姐姐的墓园

李西闽 著

重庆出版集团 重庆出版社

图书在版编目（CIP）数据

姐姐的墓园 / 李西闽 著. —重庆：
重庆出版社，2013.11
ISBN 978-7-229-07046-5

Ⅰ.①姐… Ⅱ.①李… Ⅲ.①长篇小说—中国—当代
Ⅳ.①I247.5

中国版本图书馆CIP数据核字（2013）第218355号

姐姐的墓园
JIEJIE DE MUYUAN

李西闽 著

出 版 人：罗小卫
策　　划：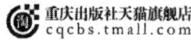华章同人
出版监制：陈建军
特约策划：王非庶
责任编辑：舒晓云
营销编辑：高　帆
责任印制：杨　宁
封面设计：7拾3号

重庆出版集团
重庆出版社　出版
（重庆长江二路205号）

投稿邮箱：bjhztr@vip.163.com
三河市宏达印刷有限公司　印刷
重庆出版集团图书发行有限公司　发行
邮购电话：010-85869375/76/77转810
重庆出版社天猫旗舰店
cqcbs.tmall.com
全国新华书店经销

开本：787mm×1092mm　1/16　印张：16　字数：223千
2013年11月第1版　2013年11月第1次印刷
定价：32.00元

如有印装质量问题，请致电023-68706683

版权所有，侵权必究

目　录

序／1

第一卷　风中的秘密／1

　　那天上午，天上飘着细雨，我的右眼皮不停地跳，像是不祥的预兆。我在不安的情绪中，接到了陌生的电话，电话中，一个嗓音沙哑的女人告诉我，姐姐死了。

第二卷　锋利的刀子／39

　　她单腿跪在吴晓钢身体旁边，从腰间掏出了一把尖刀，狠狠地插进了他的心脏。姐姐站起来，走进他家的卫生间，洗了洗手，然后开始梳头。此时的她异常平静，苍白的脸上浮现出一丝笑意。

第三卷　渐渐腐烂的苹果／87

　　想起刚刚经历过的那场劫难，榕像是做了一场噩梦，她的人生就是一场噩梦接着一场噩梦，这是她个人的宿命还是所有女人的宿命？那颗苹果要么被人吃掉，要么在污浊的空气里腐烂，榕觉得自己就是一颗渐渐腐烂的苹果。

第四卷　孔雀／127

　　我无语了，很冷，很冷。
　　我想，我已经死了，心死了。

我是一只土鸡，永远无法变成凤凰，不，无法变成孔雀。

第五卷　透明的心脏／165

姐姐守在医院急救室外面，心急如焚，她心里在为潘小伟祈祷。她脑海里一直浮现出这样的情景：潘小伟像毛片里的黑社会大哥一样，不停地摇晃着身体，颤抖的手指着天花板，吼叫道："苍天啊，苍天啊，何处是我，是我虚幻的故乡啊——"

第六卷　六月一日／209

我终于明白了姐姐当初和他说的话，我一直心存疑虑，原来是这样，姐姐为了让自己安心考大学，为了我的安全，竟然对他说了这样的话语。姐姐欺骗了上官明亮，姐姐的谎言让上官明亮等待了那么多年，等来的却是姐姐的死讯。

献给W和M

献给被侮辱与被伤害的女性

——题记

序

王小妮

　　这是一个在追寻中展开的故事。

　　常被冠名恐怖悬疑小说作家的李西闽的这部新书《姐姐的墓园》，以两条并行的线索推进，一条线索在寻找一个已辞世的年轻女人的最后栖身地，另一条线索回溯故事主人公的命运悲剧，全书在时空上有大的跨度，从这国家的东部到西部，从一个小女孩的童年到她的过早离世。最后，终于被弟弟找到的她得以永久地安身在中国西部的世外桃源香格里拉，而她宿命般的故事依旧在不断地诉说，正被更多和她境遇相近的人们重复延续着。

　　相信李西闽可以选择更轻车熟路的笔法去完成这个故事，对于悬念和惊悚，他应该处理得更自如和便当，但他没这么做，他是想定了，要用一本书来写惯常状态下的人物命运，就像他在题记中说的，他这部书要：献给被侮辱与被伤害的女性。

　　一个女子，无论出身寒苦，还是漂亮聪明，都是生命本身的给予，不是她能选择的，但就是这些原本的自然而然，在她三十六年的短促生命里，灌注了太多不幸。当漂亮聪明的女孩子这些本该闪光的生命因素，附加在出身寒苦乡村这个不可选择的大背景上之后，一切正常美好，最终都折返回来，变成了对她的不断的自我加伤。而更可怕和更容易被轻视的是，所有这些伤害并没有跟着故事终止，它时刻就在我们身边。

　　擅长悬疑惊悚的小说家李西闽在这部新作《姐姐的墓园》里，写的只是现实社会生活的常态，而常态决不等于正常的生活，我想，这才是他真正要说的。书中的乡村女孩从童年到青年的各种境遇,似乎是她一个人的宿命,但在整个社会背景下都是非常态,所有的扭曲,都涉及一个基本常识:社会公平和人间关爱。没有这个前提,不可能给正常人建立正常生活轨迹。我猜想,也许正是基于这个大前提,他在书中设置了主人公的弟弟,作为讲述者的这个人物始终贯穿勾连着故事的两条线索,他孤身一人,西去寻找,决意让自己的姐姐落土为安。李西闽是要为这人间保留最后一丝血脉相连的责任和温暖吧。

在苦苦追寻的故事背后,《姐姐的墓园》更是一个关于人的基本尊严的故事,是每一人都有理由获得安全和幸福的故事。

第一卷

风中的秘密

1

父亲去世前那个晚上,我梦见了姐姐。姐姐走在山路上,背影飘忽不定,我在她后面追赶,却怎么也追不上她,她就像风一样。我朝她的背影呼喊:"姐姐,姐姐,你跟我回家,爸爸要死了——"她听不见我的声音,还是风一样往前走,山路崎岖,她如履平地。我希望姐姐能够回过头,那样就能够看见我,也许就会停下来,认真听我说话,然后跟我回家。姐姐没有回头,很快就不见了踪影。我凄凉地站在陌生的山野,欲哭无泪。我不知道梦中的姐姐去了何方,父亲去世,她竟然没有回家。

早晨梦醒后,我听见了父亲的惨叫。我来到父亲卧房,瘦骨嶙峋的他躺在床上,蜡黄的脸上都是汗水,深陷的眼睛散发出最后的光亮。父亲朝我伸出颤抖的手,想说什么却什么也说不出来,喉结滑动了一下,手颓然落下。我很清楚,他想问我,姐姐怎么还没有回来。他和姐姐斗了一生的气,却希望离开人世时见到姐姐,我十分理解他。父亲此时是一条即将渴死的鱼,他大口地呼出了几口浑浊之气后,停止了呼吸。他终于像一块无用的破布,被尘世抛弃。

死亡对父亲而言,是一种解脱。我真不忍心每天听到他因为疼痛发出的惨叫。可是,父亲带着遗憾离去,我内心也很纠结。他和姐姐的恩恩怨怨,我都知道,很多时候,我就像个局外人,冷漠地观望,我无法解决他们之间的问题。我清晰地知道,父亲死了,我没有落泪,只是悲恸地长叹。我再次拿起手机,拨姐姐三年前留给我的手机号码。其实,在一年前,此号码就已经是空号,我一直没有删除,是希望某天能够拨通,听到姐姐的声音。我无望地关掉了手机,凑近父亲死灰的脸,哽咽地说:"爹,你安心去吧,你不用再担心姐姐了,她都不担心你,你担心她干什么呢?你好好上路吧,这个世界根本就不值得你留恋,希望你能够在天堂和妈妈相聚,过上好日子。"说完,我站直了身,开始办理父亲的丧事。屋外那棵乌桕树上，扑满了死鬼鸟，它们不停地哀叫，小镇上的人看到如此情景，就知道我父亲死了。

那时我不清楚姐姐在何方。

我也不清楚要是她知道父亲死了会不会回来奔丧。

无论如何，她是父亲的女儿。我相信，她能够感觉到父亲亡故，不管她回不回来，不管她会不会感到悲伤。

父亲入土为安后的那个黄昏，我在中学校门口碰到了上官明亮。上官明亮是条光棍，四十多岁了，也没有娶上老婆。他长得一表人才，找个女人应该没有问题，他不肯娶妻生子，也许是因为我姐姐。他和我姐姐有过一段轰动小镇的纠葛，也是因为那场纠葛，姐姐心中埋下了伤痛和仇恨，姐姐和父亲的恩怨，也受这场纠葛影响。我曾经想杀了他，现在看到他，也特别恶心。

他站在我面前，比我高出一头。他用莫测的目光俯视我，说："你姐没有回来？"

我冷冷地说："回不回来，关你什么事？"

他浑身电击般颤抖了一下，然后镇定下来，说："我晓得她没有回来。"说完，他转身而去。我望着他高大的背影，内心突然有些惆怅，我试图理解这个男人，尽管在漫长的岁月里，我多次诅咒他被雷劈，或者酒后暴死，也多次想亲手杀了他。

2

我是唐镇中学的体育老师，在人们眼中，是个头脑简单四肢发达的家伙。我的学生都喜欢我，就是枯燥的体育课，我也会用生动有趣的语言给他们讲解。有些学生会对我说："李老师，你不去教语文，简直太可惜了。"我只是笑笑。我承认姐姐对我的影响很大，我也像她一样喜欢舞文弄墨，我经常会在网上写些东西，满足自己的虚荣心。有时因为上网太多，我老婆黄七月就会不停地数落我，我不怕老婆埋怨，却怕看到女儿惊恐的目光。女儿李雪花才5岁，每次我和老婆吵架，她就会躲在一边，惊恐地看着我。我会突然心痛，停止争吵，过去抱起她，安慰她幼小的容易受伤的心灵。

黄七月也是老师，她在唐镇中心小学教数学。

她是个脚踏实地的女人，对我姐姐有很大的看法，在她眼里，姐姐是个不切实际的人，是个幻影，是一阵风。黄七月多次预言，姐姐没有未来，什么也没有，到头来就是一场空。我说，谁到头来不是一场空，谁又能不死？黄七月蔑视地说我胡搅蛮缠，姐姐在我面前是坏榜样，黄七月不希望我也成为女儿的坏榜样。我的确没有她理性，理性的她经常会让我无所适从，甚至陷入现实冰冷的深渊。

我在为姐姐辩护时，心里其实也没底，我无法判断姐姐的正确与错误。我是个矛盾之人，姐姐对我影响深刻，我又怕成为她那样的人，我幻想能够像她那样自由地漂泊，又能享受安逸的家庭生活。我爱我姐姐，我又恨她。我爱她，是因为她也爱我，我恨她，是因为她对父亲的残忍，很多事情，我都原谅了父亲，她却还耿耿于怀。

父亲过世两年后的那个春天，雨水丰沛，湿漉漉的唐镇充满了霉烂的气味。我不喜欢雨季，我感觉每一寸皮肤都在发霉，浑身瘙痒。那天上午，天上飘着细雨，我的右眼皮不停地跳，像是不祥的预兆。我在不安的情绪中，接到了陌生的电话，电话中，一个嗓音沙哑的女人告诉我，姐姐死了。我呆呆地站在雨中，锋利的长矛刺中了心脏，我无法呼吸。过了许久，我的泪水才奔涌而出。

我姐姐死了。

我姐姐死了。

我不知道她为什么会死，我也不知道她为什么会死在那遥远偏僻的西部山地。这些年来，姐姐偶尔会突然打个电话给我，她知道我的手机，而她的手机号码总变，永远不会告诉我她的行踪和一切关于她的事情。为了让她能够找到我，我一直没有变换手机号码。每次她打电话给我，都不会有太多的话，她在另一边静静地听我说话，我还没有说完，她就会突然挂断电话，我打过去，她也不会接了。她只是想听到我的声音，证实我还好就行了，她心里记挂我。父亲过世后，她来过一次电话，我告诉她父亲的死讯时，我不清楚她的表情，电话那头的沉默让我恐惧。我一直都在等她的电话，只要她能够来电话，哪怕不说一句话，我也知道她还活着，我心里也同样牵挂着她。我没有想到，等来的是陌生人的电话，而且是关于她的死讯。我说不出内心的悲恸，觉得无力，我抓不住姐姐，就像抓不住那一缕风。

……

我决定去寻找姐姐的死因，去把她的骨灰带回来安葬。我不能告诉黄七月，如果告诉了她，她一定不会让我去西部山地。我请好假后，准备偷偷离开。那是个微雨的早晨，空气中还散发着霉烂的气味，我没有胃口吃早饭，我装得若无其事的样子，看着黄七月母女吃饭。黄七月边喝粥边用异样的目光瞟我。她说："你怎么不吃？"我笑了笑说："不饿，不饿。"她说："你笑得好假。"我是笑得好假，本来我应该哭的，我姐姐死了，我怎么能笑得真实呢？黄七月说："我是越来越看不懂你了，你吃也好，不吃也好，我也没有力气管你了。"我无语。黄七月和女儿吃完早饭，就离开了家，她送女儿去幼儿园，然后再去学校。黄七月和女儿走出家门后，就一直没有回头。我心里特别伤感，有种生离死别的味道。

我很快地收拾好行李，提着行李箱，匆匆地离开了家。

快到汽车站时，我又碰见了上官明亮。

上官明亮挡住了我的去路，鬣狗般闻了闻我身上的气息，说："李瑞，你是去找你姐姐？"

见到他，想到死去的姐姐，我愤怒地说："你给我滚开！"

他没有滚开，还是站在我面前，敏感地说："是不是她发生了什么事情？"

我说："滚！"

他终于闪到一旁，让我经过。

走出一段路，我回头望了望，他还站在那里注视着我。我突然想，他是否还恋着我姐姐，他至今没有婚娶，是不是因为我姐姐？我突然朝他吼道:"我姐姐死了,你满意了吧,王八蛋!"

他的身体摇摇欲坠。

过了会儿,上官明亮狂笑道:"她怎么会死,哈哈哈哈,她怎么会死!"

是的,姐姐怎么会死?

3

我从来没有去过那么远的地方。从唐镇坐汽车到县城,又从县城坐火车到江西南昌,再从南昌坐火车到昆明,接着从昆明坐长途汽车到香格里拉,一路上走了好几天。疲惫不堪的我被扔在迪庆汽车站。此时已是黄昏,阳光还是那么强烈,天是那么蓝,蓝得让我昏眩。在这陌生之地,我内心忐忑不安,有种无依无靠之感。姐姐当初来到此地时,是不是也有这种感觉,我不得而知。

我打开了手机。

一路上,我的手机都处于关机状态。我不敢开机,如果开着手机,黄七月会把它打爆,她是个不依不饶的女人。打开手机后,手机屏幕上出现了许多短信,都是黄七月发过来的。她用手机短信,反反复复地问我去了哪里,为什么不告诉她就出走,是不是和哪个女人私奔了,开机后赶紧给她回电话,她很担心又十分愤怒,还有怒骂和哀求……我没有心情应付她发来的手机短信,我想回去后再和她解释,尽管这样对她极为残忍,也是莫大的伤害。

我给胡丽打电话,告诉她我已经到了。胡丽就是告诉我姐姐死讯的人,她没有想到我会来,而且那么快就赶过来了。接到我电话时,她愣了一会儿,然后才说:"你等我,我马上过去接你。"

我站在汽车站外面,点燃了一根烟,吸着烟等待胡丽。

我心里突然有了种想法,姐姐会出现在我面前,她微笑地端详着我,说:"阿瑞,姐想死你了。"我会吃惊地说:"你没死?"她还是微笑地说:"姐命硬,怎么可能死呢,我还有很多事情没做完呢,怎么能死?"我说:"你怎么能够骗我,你知道我有多么悲伤吗?"姐姐笑出了声:"我要不骗你说自己死了,你会到这个地方来看我吗?"我悲喜交集,流下了泪水。姐姐像童年时那样,擦去我的泪水,抱着我说:"不哭,不哭,阿瑞乖,姐姐给你糖吃。"

就在我想入非非之际,一个又瘦又矮满脸黝黑的女子出现在汽车站门口,尖声喊叫:"谁是李瑞,谁是李瑞?"

人们都用古怪的目光看着她。

我扔掉手中的烟头,小学生般举起手,大声说:"我是李瑞。"

她走到我面前,目光严峻地审视着我,说:"你就是李瑞?"

我点了点头。

她说:"你和你姐姐一点都不像,她那么漂亮,你却这么丑。"

我没有理会她略带嘲讽的话语,说:"我姐姐怎么没来?"

她吃惊地说:"我不是告诉你,你姐姐已经——"

我凄凉地说:"她真的死了?"

她眼中闪动着泪光,轻声说:"她真的走了。走吧,跟我去我的酒吧,我会把知道的一切告诉你。"

4

胡丽把我带到古城的一条幽静小街。小街两旁都是客栈和酒吧,大都关闭门扉,也看不到什么人。我想,如此幽静的小街上,这么多客栈和酒吧,他们会有生意吗?胡丽看穿了我的心思,她说:"现在是淡季,5月以后,客人就多了,到时,这里就会热闹非凡。"我不清楚旅游旺季时这里会有怎么样的热闹,我也不清楚为什么会有那么多人来这里,就像我不知道姐姐为什么会来这里一样。

胡丽的酒吧叫"狼毒花酒吧"。酒吧木门边斑驳的泥墙上挂着一块木牌,木牌上画着一朵红色的狼毒花,狼毒花的上方,歪歪扭扭地写着酒吧的名称，我猜想，木牌上的狼毒花和字都出自胡丽手笔。我没有问她，她笑了笑说："那狼毒花是你姐姐画的，字是我写的。"我突然有种想法，胡丽是狼毒花，姐姐也是朵狼毒花，她和胡丽之所以成为好朋友，因为她们臭味相投。

这是古旧的民房，进门后，有个院子，院子里杂乱地放着花盆和空酒瓶子等杂物，花盆上的花草都枯萎了，它们经过寒冷以及霜雪，不知会不会在春风中醒来，长出稚嫩的绿苗，然后开出美丽的花朵。民房是两层楼的房子，下面一层有个厨房和一间房间，中间是个一百多平米的厅，厅里有个吧台，放着几张长条的原木桌子，桌面黑乎乎的，泛着油光。墙上错乱地贴满了照片和游客的留言条。可以想象，这里热闹时候的样子。胡丽告诉我，楼上有几间客房，到时都会爆满。

胡丽把我领到楼下的那个房间，对我说："你就住这儿吧。"

房间里有股浓郁的骚臭味，这难道就是狐狸的味道？

尽管我难以忍受房间里的怪味，还是入乡随俗，在这里安置下来。胡丽让我休息一会儿，她去给我准备晚饭。胡丽把我关在房间里，自己出去忙碌了。其实我不饿，我只想早些知道姐姐是怎么死的，她的遗体又在何处？狭小的房间里放着两张床，还有张小书桌，书桌上凌乱不堪，有香烟、烟灰缸、火机、小香炉、藏香、饼干盒等等。我的目光被一个小镜框吸引，镜框里镶着一张照片，这是姐姐和胡丽的合影，背景是苍茫的雪山。照片中的姐姐和胡丽都笑得灿烂，近乎狂野，姐姐比我最后一次见她面时黑了许多。我拿起镜框，抚摸照片中姐姐的脸，悲恸再次袭击了我的心脏，泪水禁不住滚落。最后一次见到姐姐，是在我和黄七月结婚后的第二天。那天晌午，我突然接到了姐姐的电话，她说她在河边的小树林里等我，而且叮嘱我不要告诉任何人。我借故离开了家，直奔河边的小树林。高挑清瘦的姐姐站在一棵乌桕树下，风把她的头发吹乱。我出现在她面前时，她颤抖地喊了声："阿瑞——"我惊喜地喊了声："姐——"姐姐眼中有泪，但没流下来。她拉着我的手，说："阿瑞，你结婚了，是个真正的男人了，以后就要承担起责任了，我也放心了。"她的手冰凉，我不清楚她离开这些年到底发生了什么事情，是什么让她的手如此冰凉，让她的眼如此忧伤。我说："姐，跟我回家吧，爸的内心早就和你和解了，他一直想念着你，担心你，每次你打电话给我，我都会告诉他，他说他想听听你的声音，可是——"姐姐给了我一个信封，我知道信封里装的是钱。她说："阿瑞，这是姐姐的一点心意，你收着，不要嫌少，好好生活，好好照顾爸爸和你妻子。"说完，她转身走了。我拦不住她，她就是风，自由的风。

……

我闻到了饭菜的香味。

胡丽在房间门口喊我："李瑞，出来吃饭。"

我说："我不饿，不想吃。"

胡丽说："我理解你的心情，饭总归要吃的，快出来随便吃点吧。"

我走出了房间。

一张长条桌上摆上几副碗筷，桌上有四大盘菜，分别是醋溜土豆丝、回锅肉、手抓羊肉、大盘鸡。看来还有人要和我们一起吃饭。果然，我入座后，门外进来两个男人，一个光头，抱着吉他，一个刀条脸，手里提着一瓶白酒。胡丽把我介绍给他们，他们听说我是李婉榕的弟弟，脸色有些变化，显得沉重。光头叫王杰，是个流浪歌手；刀条脸叫张冲，是一家客栈的老板，他刚刚从内地回来。

他们在喝酒。

我没喝，一来，我不会喝酒，二来，我也没有心情喝酒。他们也没有逼我，推让几句就放过了我。除了手抓羊肉，其他菜都是辣的，我吃不了辣，吃了块羊肉就吃不下了，默默地坐在那里看他们喝酒。他们的话也很少，不停地喝酒。喝到最后，张冲醉了，他哭了，嚎叫道："要是婉榕在多好，要是婉榕在多好——"胡丽抹了抹眼泪，说："她在，一直都在。"看得出来，他们对姐姐有感情，我不知道说什么好，心就像一坨冰，浑身发冷。

王杰没有说什么，长叹一声后，就开始弹唱：

风起了雨下了

荞叶落了
树叶黄了
春去秋来
心绪起伏
时光流转
岁月沧桑
不要怕不要怕
无论严寒或酷暑
不要怕不要怕
无论伤痛或苦难
不要怕不要怕
……

  张冲和胡丽也跟王杰一起唱。
  唱完这首名为《不要怕》的歌,王杰干了一杯酒,对我说:"这是你姐姐最喜欢的一首歌,她也会唱,她经常和我们一起唱。"
  我相信姐姐刚才也在和他们一起唱,真的相信。
  这个晚上,酒吧没有别的客人。提起姐姐,他们都和我一样悲伤。在香格里拉古城,他们四个人是最好的朋友,是死党。夜深了,我和胡丽把王杰和张冲送出了酒吧,在酒吧门口,王杰扶着烂醉如泥的张冲,说:"你们回吧,对了,李瑞,在这里有什么事情一定要告诉我们,我们会帮你的。"我说:"谢谢。"
  他们走后,我看到不远处的路灯下站着一个人。
  那是个男人,我可以感觉到他在朝我们张望。因为路灯昏黄,我看不清他的脸,只知道他个头很高。我不清楚他是谁,但是,我心里明白他的敌意,或者某种不良的情绪。胡丽拉了拉我的衣袖,说:"进屋吧,外面冷。"我说:"那人是谁?"胡丽说:"别管他!"我心想,胡丽一定知道他是谁,而且胡丽对他有气。我们进了屋,胡丽用力地关上了门。

门外有风刮过，发出野兽般的呜咽。

我想那个站在路灯下的男人会在这个夜里干什么，在这个陌生的地方，我隐隐约约感觉到有某种危险在临近。

5

现在这个时候，白天天气还可以，晚上还很冷，其实太阳落山后，气温就降下来了。胡丽在我住的房间里生了炉子，炉子的炭火很旺，房间里十分温暖。我没有想到胡丽会和我同居一室。她给我铺好床，说："睡吧，我累了，有什么事情叫我就行了。"她当着我的面，脱掉外衣，钻进了被窝。我从来没有和陌生女人同居一室过，既紧张又害臊。我站在那里，不知所措。胡丽看了看我，说："你怎么不睡？"

我支支吾吾，不知说什么好。

胡丽明白了什么，笑了笑，说："傻瓜，睡吧，这有什么大不了的，我本来想安排你到楼上的客房住的，可是客房没有炉子，怕你晚上会被冻坏，就安排你和我一起住，别多心了，我都信任你，你还怕什么，就是发生什么事情，吃亏的也是我呀。睡吧，你姐姐以前也是和我住一个屋的，就睡你那张床。况且，来这里的驴友男女混住是很正常的事情，也没有发生过什么不好的事情，能够走到一起的，都是有缘分。"

听了她的话，我上了床，躺进了被窝。

胡丽拉灭了灯。

因为有炉火，屋里还有些光亮，不是那么黑。我睁大眼睛，看着黑乎乎的天花板，我想着姐姐。就是现在，我还不相信姐姐真的死了，我还认为她在和我开一个巨大的玩笑，也许明天早上醒来，我就可以看到姐姐的笑脸，听到她温存的话语。不一会儿，胡丽就打起了呼噜，我有生以来第一次听到女人打呼噜。这个打呼噜的女人是个有故事的女人，和我姐姐一样，只不过，我不了解她们的故事。

胡丽说好要告诉我关于姐姐的事情，她却睡了。

我想喊醒她，问她一些问题，可我没有这样做。

我辗转反侧，难于入眠。不知过了多久，世界沉寂下来，我听不到胡丽的呼噜声了，也听不到屋外呼啸的风声了，炉火的光亮也消失了。黑暗中，我仿佛听到姐姐微弱的喊声："阿瑞救我，我好冷，好冷——"

我竖起耳朵，寻找声音的方向。

声音好像是在门外。我不顾一切地冲出了门，厅里黑漆漆的，我什么也看不见。我喊道："姐姐，姐姐，你在哪里——"

"阿瑞，救我，我好冷——"

声音从酒吧外面的街上传来。我又不顾一切地跑出了酒吧。街上空空荡荡，静悄悄的，什么人都没有，只有昏黄的路灯，散发出诡秘的光芒。我喊道："姐姐，姐姐，你在哪里？我要带你回家——"

"阿瑞，救我，我好冷，好冷——"

声音在不远处，我朝着声音的方向奔跑。我要找到姐姐，带她回家……声音一直在飘动，我一直追着姐姐的声音。我被那虚幻而微弱的声音引导，来到了苍凉的山野。我看到了白光，黑暗中的白光异常耀眼。姐姐的声音就从白光中传来："阿瑞，救我，我好冷，好冷——"白光是从一个巨大的深坑里散发出来的。那深坑是个冰窟，有几十丈深，我看到了姐姐。她躺在冰窟中，似乎快被冻僵了，她伸出无力的手，朝我微弱地说："阿瑞，快救我，我好冷，好冷——"

我心如刀绞，颤声说："姐姐，我一定救你，一定带你回家！"

我得想办法下去，把姐姐救上来。我要找一根长长的绳子，固定在上面，然后放下去，我可以顺着绳子爬下去，把姐姐救上来。我转身正要回狼毒花酒吧找绳子，还想着找胡丽他们来帮忙，却发现一个高大的男子站在我面前。我来不及问他是谁，他就伸出双手，把我推下了深坑。我的身体在下坠，不停地下坠，我绝望地喊叫，可是，无论我怎么喊叫都无济于事，我一直在坠落，仿佛坠入了一个无底洞。白光消失了，我陷入万劫不复的黑暗之中，不停地坠落。

……

胡丽把我从噩梦中唤醒。

她穿着红色的秋衣秋裤,用毛巾擦着我的满头大汗。我睁开眼,看到她干瘦黝黑的脸,她的眼中噙着泪水。胡丽温存地说:"弟弟,你做噩梦了。"她叫我弟弟,是的,她像姐姐一样叫我弟弟,她也是我姐姐。我眼泪流下来,唤了声:"姐——"

她坐在我的床边,伸出干瘦的手臂,抱住了我的头,说:"弟弟,别怕,姐姐在。"

我抽泣着。

她说:"我理解你的心情,你姐姐走后,我也和你一样悲伤。哭吧,弟弟,哭出来就好了,别憋着,别憋坏了身体。"

我突然号啕大哭。

胡丽也和我一起哭。

6

通过胡丽的讲述,我知道了姐姐来香格里拉的一些事情。

姐姐和胡丽是在五年前认识的,那是在西藏,她们同住在拉萨的一家旅馆里,然后结伴而行,走遍了西藏,成了好友。胡丽说,并不是所有旅行者都是快乐旅行,也有些人走的是痛苦之旅,因为选择旅行,是逃避一段糟糕的生活,也许有的人在旅行中得到了解脱,也有的人越走越痛苦,她们就是越走越痛苦的那一类人。她们都有不堪的过去,在旅途中惺惺相惜,相依为命,度过了那段难忘的时光。分别后,姐姐回到了上海,而胡丽回成都后,独自来到了香格里拉,在这里租了房子,开起了酒吧,一干就是五年,五年来,她没有回过成都。她们一直有联系,胡丽希望姐姐也能够放弃上海的生活,来这里和她一起开酒吧。姐姐当时没有答应她,可就在两年前,姐姐来到了香格里拉。

对姐姐的到来,胡丽十分高兴。

那是盛夏的某天,姐姐突然出现在狼毒花酒吧门口。那时狼毒花酒吧热闹极了,楼上的客房住满了人,也有很多人在这里喝酒喝茶,歇脚

13

聊天。胡丽酒吧里就她一人打理，自己是老板，也是服务员，忙得不可开交。她根本就不知道姐姐已经来到。脸色苍白的姐姐背着灰色帆布背包，站在门口，喊叫道："胡丽——"忙碌中的胡丽没有听到她的叫喊。姐姐又叫了声："胡丽——"这时，一个穿红色T恤留着小胡子的小伙子走出来，他看到了身材高挑的姐姐，说："你找谁？"姐姐说："请问，这是胡丽开的酒吧吗？"小胡子点了点头，目光在姐姐身上扫描，说："是的，你是她什么人？"姐姐不喜欢他放肆的目光，冷冷地说："我是她姐。"小胡子笑了起来，说："哈哈，没想到胡丽还有这么漂亮的姐姐。"姐姐厌恶地盯了他一眼，径直走了进去。胡丽正从厨房里端了杯咖啡出来，突然看见了姐姐，呆了。姐姐朝她说了声："鬼丫头——"胡丽扔掉手中的托盘，托盘和咖啡杯飞出去，掉在地上，咖啡杯碎了。她这疯狂的举动让酒吧里的人们瞠目结舌。胡丽朝姐姐扑过去，抱着她，说："婉榕姐，你可想死我了！"姐姐也抱着她，说："我也想你。"

　　那天晚上，胡丽叫来了张冲、王杰，陪姐姐喝酒。姐姐喝得烂醉，在床上躺了一天一夜才起来。姐姐十分憔悴。胡丽心里明白，姐姐又经历了一场劫难，才来投奔自己的。胡丽没有问她又发生了什么事情，而是细心照料着姐姐。开始那段时间，姐姐寡言少语，也帮着胡丽做一些事情，尽管胡丽让她休息。表面上，姐姐是柔弱的，加上她长得漂亮，许多好色之徒闻声而来。整个旅游旺季，香格里拉古城人流量很大，各色人都有，自然少不了心怀鬼胎之徒。

　　有些男人会用一些下流的话语挑逗姐姐，姐姐无动于衷；也有些男人对她说些甜言蜜语，她同样无动于衷；对姐姐的冷漠，男人们无计可施。目睹他们的表演，姐姐觉得他们是可怜虫，内心也挺蔑视他们。但是有个长发男子，额头上有块闪亮的刀疤。他每天晚上独自坐在某个角落喝酒，目光始终不离开走来走去的姐姐。姐姐注意到了这个人，只是不理会他。

　　胡丽也注意到了长发男子的目光。她知道他是谁。胡丽告诉姐姐，千万不要搭理这个男人，说他是孬种。他叫宋海波，是个雕刻艺人，他雕刻的作品放在工艺品商店里卖。姐姐问她，为什么他是孬种？胡丽说："给你讲讲他额头上那块刀疤的来历吧。很多人看到他额头上的那块刀疤，都以为他是个狠角色，其实不是那样，那刀疤是他自己用雕刻刀划出来的，他毁自己的容，就是为了让人觉得他是个惹不起的主。宋海波曾经谈过一次恋爱，女人是个画家，也长住古城。后来，女画家被一个男诗人勾引了。他去找诗人，诗人用水果刀顶住他的喉咙，威胁他放弃女画家。女画家就站在旁边，冷笑地看着他。他没有像个男人一样去战斗，而是选择退缩。他跑到我这里来，大哭，还问我们该怎么办。王杰对他说，你拿出自残的勇气去对付诗人，是最好的办法。他哭着说他下不了手，他说他连鸡都不敢杀。王杰说，那我们也没有办法了。我们都瞧不起他。他很久没来我们酒吧了，现在又出现了，我觉得他看你的眼神不对，你可得当心。"

姐姐觉得不可思议，不过，世上什么人都有，见怪不怪了。

姐姐特别佩服胡丽，认为自己应该像胡丽那样，做一个对男人脱敏的女人。在香格里拉古城，熟悉胡丽的人都不会把她当女人看，就是游客，接触她之后，也会对她得出一个"男人婆"的结论。她在这里呆了五年，竟然没有男人泡过她，对很多女人而言，这是多么残酷的事情，胡丽却认为是自己的骄傲。她说："没有男人泡的时光，是真正自由的时光。"姐姐也许做不到这样，尽管她被男人伤得体无完肤。

有些男人企图对姐姐动手动脚，迫于胡丽的压力，他们迟迟没有动手。准确地说，他们是害怕一个叫扎西的当地人。那家伙无疑是古城打架最生猛最不要命的汉子，他身上有许多刀疤，是真正在战斗中留下来的刀疤，那是男人的勋章。谁都不知道他为什么会和胡丽称兄道弟，他偶尔会来看她，在酒吧里喝顿酒，扔下半只牦牛，就带着兄弟们走了。他是个开货车的司机，一直在滇藏线上跑。

姐姐问过胡丽，是不是和扎西有什么暧昧的关系？

胡丽认真地说："没有，我离开成都，就没有和哪个男人有过暧昧关系，更不用说上床什么的了，况且，他也瞧不上我的身体，他曾经开玩笑说，我想和他睡，他都不会要，因为我太瘦了，身上没有二两肉，他不喜欢瘦的女人，也搞不清楚汉地的人为什么要减肥。他把我当他的弟弟，说只能把我当成弟弟，要成为他的女人，我真不合格。"

姐姐说："那他也不会喜欢我，我也那么瘦。"

胡丽笑了，说："当然，不过，你也可以成为他的弟弟。"

姐姐没有见到扎西之前，就发生了一件事情。

终于有人按捺不住了，要对姐姐下手，准备对姐姐下手的人就是那个小胡子。这个小胡子是个奇怪的人，胡丽和她的朋友们都不知道他的名字，也不清楚他是何方神圣，他总是会出现在古城的各个酒吧，而且总是一个人单独行动。胡丽说，以前也没有见过此人，是这个夏天才出现的。

那个晚上，狼毒花酒吧里坐满了人，十分嘈杂、混乱。胡丽和姐姐忙得不可开交，端茶送水，俩人都浑身是汗。再忙，她们也乐意，一年也就忙三四个月，忙完就进入漫长的淡季，淡季里只能守株待兔，几乎没有生意，如果旺季时没有较好的收入，淡季就有可能没饭吃。许多人羡慕在这里开客栈和酒吧，认为是浪漫的事情，其实没有什么浪漫，辛苦倒是常态，无论是淡季还是旺季，都得有吃苦耐劳的准备，不是无奈和逃避，她们也不会选择在这里谋生。

王杰在吧台旁边的小舞台上弹唱，他的歌唱得好，总是能够博得阵阵掌声。他一直在古城的各个酒吧里唱歌，一个晚上要赶好几个场子，他在这里唱歌不收任何费用，只要一瓶啤酒，几首歌唱完，那瓶啤酒也喝完了，他就抱着吉他去赶下个场子。小胡子在和几个青年男女喝酒，他们不知在说着什么，不时爆出一阵大笑，好像他在给那几个青年男女讲什么有趣的事情。那几个青年男女是狼毒花酒吧里的住客，不是和小胡子一伙的，小胡子虽然独自一人来找乐，却也没有寂寞的时候，总是能够找上几个暂时的酒友。

小胡子朝姐姐招了招手，大声说："上啤酒！"

姐姐问："要多少瓶？"

小胡子的脸在燃烧，眼睛也在燃烧，看上去有些醉意，他说："来半打！"

姐姐就拿了六瓶啤酒走了过去。姐姐把酒放在他们桌子上，小胡子笑着盯着姐姐因为忙碌而红润的脸，说："美女，一起喝两杯吧？"姐姐没有理他，这时王杰正在唱《不要怕》那首歌。姐姐第一次听到这首歌，被迷住了。她注视着王杰，眼睛也湿润了，这首歌打动了姐姐，触到了她内心的疼痛之处。就在这时，小胡子放肆地伸出手，在姐姐的屁股上使劲掐了一下。

姐姐尖叫了一声，王杰的歌声也戛然而止，姐姐扬起手，狠狠地扇了小胡子一巴掌。姐姐的尖叫和清脆的掌声，把酒吧里所有人的目光吸引过来，酒吧里顿时一片寂静。那时胡丽在厨房里烤肉串，根本不知道外面发生了什么。挨打的小胡子气急败坏地站起来，冲着姐姐吼叫道："臭婊子，你敢打我！"姐姐冷冷地说："打的就是你这种流氓！"小胡子气得发抖，他用颤抖的手抄起了一个空啤酒瓶子，举过头顶，要砸姐姐。姐姐蔑视地看着他，说："有种你就砸，往我头上砸，把我砸死！我早就不想活了。"小胡子举着啤酒瓶的手还在颤抖，他说："你，你别逼我！"就在这时，一个高大的身影从某个角落里晃过来，挡在了姐姐面前，他手中也提着一个空啤酒瓶子，他回过头，对姐姐说："不要怕。"说完，他扭过头，举起啤酒瓶，坚定地朝小胡子的头上砸了下去，啤酒瓶在小胡子头上炸开了花，玻璃渣子四处飞溅，血也从小胡子的头上涌了出来。

酒吧里人们的激情被高个男子的行为点燃，顿时一片叫好声。

小胡子歪歪扭扭地倒了下去。

有人说："他会不会死了？"

有人惊恐起来。

姐姐也有些惊恐，这毕竟是一条人命，她的身体微微发抖。高个男人对她说："不要怕，我一人做事一人当。"

这个高个男人就是被胡丽称为孬种的宋海波。姐姐感激地看了他一眼，也替他担心。

这时，胡丽端着一盘烤肉串走出来，看到厅里的情景，赶紧跑过去，说："怎么了，怎么了？"王杰走到她身边，说："那孙子要流氓，欺负婉榕，被宋海波砸了一啤酒瓶子。"胡丽突然哈哈大笑起来，拍了拍宋海波的肩膀，说："海波，你让我刮目相看呀，有种！有种！你要早这样，你对象就不会跟人跑了。"胡丽的话显然不合时宜，宋海波却没有生气，反而笑了笑说："过奖，过奖！"胡丽没再理会他，而是朝躺在地上的小胡子踢了两脚，说："起来，起来，别装死，你这样的人老娘见多了！"有人说："他不会死了吧？"胡丽说："哪那么容易死，不就一啤酒瓶吗，老娘也挨过，我现在不活得好好的？"她又踢了小胡子两脚，说："快起来滚吧，要是我哥来了，你就死定了！"胡丽的话音刚落，小胡子突然从地上爬起来，双手捂着受伤的头往外面跑，走到门口，他回过头恶狠狠地说："你们等着，你们等着——"

胡丽说："等着你，龟儿子！"

小胡子消失后，酒吧里一阵欢呼。

姐姐什么也没说，默默地走进房间，关上了门。宋海波也没有说什么，离开了狼毒花酒吧。酒吧打烊后，姐姐有点害怕，害怕小胡子带人来报复。关上酒吧门后，她还用一根粗木头顶在门上。胡丽无所谓，她说："姐，别怕，给他一百个胆也不敢来。"姐姐说："还是小心为妙。"胡丽说："姐，两年过去了，你还是如此多虑，有什么好怕的呢，大不了一死嘛，在这样乌七八糟的世界，活着都不怕，还怕死！反正，我是抱着活一天算一天的念头，再没有什么能够让我害怕了。"

姐姐叹了口气，说："你说得也对，有一天过一天吧。"

胡丽说："睡觉吧，别想太多了，想多了累脑子，本来这里氧气就不够。"

让姐姐觉得奇怪的是，那个晚上竟然平安无事，而且，从那以后，小胡子就一直没有出现过，她再也没有见到过那个掐了自己屁股一下，又挨了一啤酒瓶的男人。男人真是怪东西，似乎每个男人都不一样，又仿佛都一样。

宋海波在那个晚上后，有一段时间没有踏进狼毒花酒吧，好像躲着什么。

7

姐姐到香格里拉的头两个月,一直都郁郁寡欢,两个月后,她脸上才偶尔出现笑容。扎西也是在她到来的两个月后才和她会上面,当然,扎西不是专门来看姐姐的。扎西一进门就咋咋唬唬。他的汉语不是很好,有些话姐姐听不太清楚,不知道他在说什么。扎西的嗓门很大,他一进门,酒吧里楼上楼下的人都知道他来了。他头上扎着辫子,穿着藏袍。他把半只牦牛放进厨房,就嚷嚷着要喝酒。

扎西第一眼看见姐姐,愣了一下。胡丽说:"哥,你怎么了?"扎西眼神慌乱地避开姐姐的脸,说:"没什么,没什么,喝酒,喝酒。"胡丽陪他喝酒,他们有说不完的话,扎西会把这段时间在路途中发生的事情告诉胡丽,胡丽也会说些他不知道的事情,比如姐姐和小胡子的冲突。姐姐插不上话,坐了会儿,就到院子里浇花。扎西的目光不时地往院子里瞟。

扎西高大粗壮,黑红的脸,浑身上下透出一股野性,那双眼睛却孩童般清澈。姐姐没有见过如此纯粹的男子,在她眼中,扎西是荒原中的雄狮,虽然充满野性,但没有汉地男人常见的猥琐和戾气。

扎西喝够了酒,就走了。

他没有和姐姐说太多的话,姐姐从他毫无遮拦的目光中明白了点什么。姐姐没有在意,她很明白,自己和他不可能发生什么,无论什么样的男人,她都不想和他发生什么故事了,未来怎么样,她已经不抱任何幻想。扎西走后,胡丽惊讶地端详着姐姐,说:"你发现没有,我哥喜欢你。"姐姐红着脸说:"别乱说,我这样一个老女人,残花败柳了,有谁会真喜欢。"胡丽说:"姐,如果我是男人,也会喜欢你,你有种说不出的魅力。"姐姐说:"小丽,别提男人,好不好?"胡丽点了点头。

不过,她又说:"如果我哥真的喜欢上你了,那怎么办?我哥还没有女朋友,我一直想给他找个女朋友。"

19

姐姐说:"你还说,我不可能再对谁动心了,求你,别说了,好吗?让我在这里安安稳稳地多呆几天。你要再说这些事情,我马上就走。"

胡丽不说了,轻轻地叹了口气。

胡丽以为扎西走后,又要很长时间才来喝酒。岂料没过几天,他又来了。扎西是骑着马来的,他的坐骑是匹漂亮的枣红马,他还牵着另外一匹雪青马。来到狼毒花酒吧门口,扎西跳下马,没有进门,喊叫道:"妹妹,出来——"

胡丽走了出来,说:"今天怎么骑马来了?"

扎西笑了笑,说:"我想带她出去玩。"

胡丽说:"带谁?"

扎西直接说:"李婉榕。"

胡丽说:"哥你太偏心了,也不带我。"

扎西笑着说:"你是我妹妹嘛。"

胡丽说:"好吧,正好也可以让我姐出去散散心。"

扎西说:"也不知道她会不会骑马?"

胡丽说:"会的,会的,以前我们去西藏,骑过马的。"

扎西说:"叫她出来吧。"

胡丽把姐姐叫了出来。姐姐看了看扎西,扎西今天穿着白色的衬衣和黑色的马裤,足蹬黑色靴子,十分精神。姐姐脸红了,说:"我不想去。"胡丽说:"去吧,去吧,我哥不是老虎,不会吃掉你的。"扎西也笑着说:"我妹说得是,我不是老虎,不会伤害你的。"姐姐认识的很多男人,起初都说不会伤害她,到头来还是给她的心灵留下了不可磨灭的伤痕。姐姐叹了口气,骑上了马,她不想让扎西难堪。

扎西开心地骑上马,对姐姐说:"走吧。"

姐姐骑着马和他走了。

看着他们离去,胡丽若有所思,心里突然忐忑不安,担心他们会发生什么预想不到的事情。

扎西把姐姐带到一片辽阔的大草甸子上。天蓝,阳光灿烂,草甸子上各种野花盛开。整个大草甸子就他们两人。这是没有开发的草甸子，游客几乎找不到这个地方。姐姐的心情也辽阔起来，她兴奋得策马狂奔。扎西在后面追赶着她。很快地，扎西超越了她。姐姐不服输，追赶着扎西。扎西的马术肯定比姐姐好，姐姐怎么也追不上他，就那一会儿工夫，扎西就远远地把姐姐扔在了后面。姐姐还是不停地追赶，她狠狠地在马屁股上抽了几鞭子，马儿吐着粗气，以最快的速度飞奔。突然，马失前蹄，姐姐被摔了出去。扎西回头看了一眼，发现姐姐摔落在草丛里，赶紧打马回来。姐姐趴在草丛里，死了一般。扎西来到姐姐身边，跳下马，焦虑地说："你没事吧？"他蹲下来，伸出手，推了推姐姐。姐姐说："没事，让我趴会儿。"扎西说："真的没事吗？有没有受伤？"姐姐说："真的没事，没有受伤，只是吓坏了，让我平静会儿。"扎西这才放下心来，坐在草地上，陪着姐姐。

　　过了好大一会儿，姐姐才翻过身，面向湛蓝的天空躺着，她长长地叹了口气，说："很久没有如此亲近大地了，我呼吸着青草的气息，好像回到了故乡，回到了童年，像是做梦一样。"

　　扎西说："你的故乡在哪里？"

　　姐姐说："福建闽西一个叫唐镇的小地方，那也是山区，不过，那里的山没有这里的高，也没有这里的雄峻。"

　　扎西的眼睛里充满了向往："你故乡是不是也很美？"

　　姐姐说："没有这里美。"

　　扎西说："那应该也很美。我也想到外面的世界去看看，我长这么大，没有离开过藏地。我妹说要带我去汉地，可是我一直没有机会。"

　　姐姐说："去看看可以，别迷恋汉地。"

　　扎西说："以后有机会再说。你真的没有受伤？起来走走，看看有没有伤着手脚。"

　　姐姐动了动手和脚，说："放心吧，没有问题，让我再躺会儿，我喜欢这样无忧无虑地躺着，就像躺在故乡河边的草地上，我喜欢青草的气味，也会让我迷醉。"

　　扎西说："那你就躺着吧。"

　　他站起来，在草地上采了一束野花，回到姐姐身边，坐下来，把那束野花递给姐姐。姐姐把花束放在鼻子上闻了闻,说:"好香呀。"她把花束放在了胸脯上,姐姐的胸脯随着她的呼吸起伏,花束也在起伏。

扎西说:"喜欢吗?"姐姐说:"喜欢。"扎西也躺了下来,他拔了根草,叼在嘴巴上。姐姐说:"要是永远这样躺着,该有多好,没有忧伤,没有悲情,也不要有欢乐,就是这样平平静静地躺着。"扎西说:"那样会饿死的。"姐姐说:"是呀,浪漫毕竟当不了饭吃。"

一阵风吹过来,十分凉爽。

扎西说:"你知道我为什么嘴巴里叼着草根吗?"

姐姐说:"不知道,为什么呢?"

扎西说:"我说了你可不要害怕。"

姐姐说:"你说吧,我不怕,其实我胆子很大的,我什么也不怕,就怕伤情。"

扎西说:"草甸子上有很多鬼魂在游荡,我躺在这里,鬼魂会过来,以为我死了,要带走我的灵魂。我嘴巴里叼着草根,草根一直在动,鬼魂看到后,就知道我是活人,就不会带走我的灵魂了。"

姐姐说:"真的?"

扎西呵呵大笑。

姐姐说:"你笑什么呀?"

扎西说:"笑你呀,我知道你害怕了。"

姐姐说:"我真的没怕,就让鬼魂把我带走好了。"

扎西突然认真地说:"鬼魂带不走你的,只要我在这里,鬼魂就不敢带走你,我会保护你的。"

姐姐内心涌起某种久违的温暖和感动。

他们躺在草地上说话的时候,那两匹马在不远处吃草。

姐姐想到一个问题,说:"扎西,你为什么要带我出来玩?"

扎西说:"见你第一面的时候,我就从你的眼睛里看出了问题。你很不快乐,内心不快乐的人就是笑也好像在哭,我看得出来,你心思很重,一定是有什么难言之隐。所以,我想带你出来,骑骑马,看看风景,也许会好受些。"

姐姐眼睛湿了，她其实是很容易动感情的人，正因为她容易动感情，也很容易受到伤害。姐姐说："谢谢你，扎西。"

扎西爽朗地说："不用谢，这是我应该做的。你是我妹的姐姐，也是我的姐姐。"

是的，姐姐的年龄比他大。

姐姐说："除了带我出来散心，还有别的原因吗？"

扎西说："没有。"

姐姐试探地说："你不喜欢我？"

扎西没有说话，看着天上一朵闪亮的白云飘过，白云仿佛是美丽的仙子。

姐姐说："扎西，回答我，好吗？"

扎西说："怎么说呢，我也喜欢我妹，当然也喜欢你，可是，这不是那种喜欢，我很快就要结婚了，是我们村里的姑娘，她长得很漂亮，很多小伙子追求她的，她就喜欢我一个人，我们已经订婚了，等结婚时，我请你和我妹来喝喜酒。"

姐姐心里一块石头落了地，是自己多心了，她误会了这个淳朴的藏族汉子。可为什么胡丽说他没有女朋友呢？

扎西回答了她这个问题："这事情我连我妹都没有告诉，你也不要告诉她，到时给她一个惊喜。她总是说，我再不找女朋友，就老了。哈哈，她太小看我了，我怎么会找不到女朋友？"

姐姐笑了。

扎西说："休息好了吗？"

姐姐说："好了。"

扎西说："那我们骑马再去看看风景吧。"

姐姐说："好。"

扎西朝那两匹马的方向吹了个嘹亮的唿哨，两匹马听到唿哨声，抬起头，朝他们奔跑过来。他们重新骑上马，朝草甸子深处走去。扎西唱起了歌，藏族民歌，歌声嘹亮优美，姐姐从来没有听过如此纯粹的歌声。扎西告诉她，他唱的是情歌，是男人追求女人时唱的情歌。姐姐说:"你唱得真好,不去当歌唱家,太可惜了。"扎西乐了,说:"我们这里的人,都会唱歌跳舞,唱得比我好的不知道有多少,遍地都是歌唱家。"姐姐也笑了,说:"扎西,你给你未婚妻唱过情歌吗?"扎西说:"当然唱,有一段时间,我每天早上在她家门前的山坡上唱,她一听到我的歌声就打开了门,站在门口看着我傻笑。"

一阵风吹过来,把姐姐的头发吹乱了。

……

那个晚上,姐姐对胡丽说,这是她有生以来最平静的一天。姐姐把一天里的事情告诉了胡丽,只有扎西要结婚的事情没告诉她,姐姐答应过扎西,给他保守这个秘密。

8

宋海波自从那次用酒瓶子砸破了小胡子的头之后,好久没有来狼毒花酒吧喝酒。秋天来临后的一天晚上,他才踏进狼毒花酒吧的门。他一进狼毒花酒吧,目光就四处搜寻姐姐的身影。他没有看到姐姐。他还是坐在角落里,边喝酒边看着酒吧里的男男女女聊天喝酒,他们说什么,他都听不进去。胡丽把两瓶啤酒放在他面前的桌面上,说:"海波兄,你好久没有来了呀。"宋海波笑了笑,低声说:"你知道我胆小怕事,说实话,我用酒瓶子砸了人,后悔死了,也害怕极了,担心小胡子报复我,所以我就到昆明去躲了一段时间,我感觉应该没事了,才敢回来。"胡丽笑了,说:"你明明是老鼠胆,还要逞英雄,活该。那天你要不出手,王杰也会出手的。"

宋海波也笑了笑,说:"没办法,那晚也是鬼使神差,脑袋一热就上了,我的脑袋很少那样发热的。"

胡丽说:"就冲着你那难得的脑袋发热,我就改变了对你的印象,你不是孬种,是条汉子。我一直想替我姐感谢你,却一直没有找到机会。今夜你终于出现了,这样吧,今天晚上你随便喝,喝多少酒都算在我头上，一会儿我还要烤肉给你吃。"

宋海波说："谢谢，谢谢。"

胡丽说："应该的，应该的。"

宋海波说："怎么没看到你姐？她走了？"

胡丽说："你还记得我姐？"

宋海波说："当然，怎么也忘不了，我一直记得她忧郁的眼神，想起她忧郁的眼神，我心里就会疼痛。"

胡丽说："你还是别想了，她不会喜欢你的。"

宋海波说："她喜不喜欢我，不重要，重要的是我可以一直想着她，心里有个人，活得比较踏实。能告诉我她到哪里去了吗？"胡丽叹了口气说："天下怎么就有你们这些情圣呢。我姐上个月走了，去白马村村小支教了。"宋海波说："是雪山脚下的那个白马村吗？"胡丽点了点头。宋海波说："她和你在一起好好的，怎么就去了白马村？"胡丽说："虽然我们是好姐妹，可是我们还是不一样。我姐不喜欢酒吧里喧闹的生活，她说看到那么多人挤在酒吧里喝酒玩闹，她头就发晕。她来这里，就是来寻找平静生活的。我体谅她，不能因为我再扰乱她的心绪，就让我哥给她找了个村小，在那里教孩子们语文，白马村小正好缺汉语老师。"宋海波说："她在那里过得好吗？"胡丽说："还可以吧，最起码比在酒吧里要强，属于她自己的时间十分充裕，她可以在那里慢慢地疗伤，恢复元气。"宋海波说："来这里之前，她到底发生过什么事情？"胡丽说："喝你的酒吧，该问的问，不该问的就不要问了，她和你没有什么关系。"宋海波不再说话，独自喝酒，胡丽也去忙着招待客人了。

大雪封山前，白马村小放假了，所有的人都离开了学校，姐姐也回到了香格里拉古城。那时，古城的旅游业也进入了淡季，汉地来这里开客栈和酒吧的老板大都离开了此地，有的回老家，有的去度假了，还有的去大理休息。古城宛如一座空城，冷冷清清，夏日里的热闹荡然无存。

胡丽是不会离开的，她早已把这里当家了，说要在这里老死。姐姐没有来的那三年里，她都独自一人在狼毒花酒吧里过冬，像条冬眠的蛇。要不是有个别没有走的朋友以及扎西来看望她,她会缩在被窝里几天不起床,干粮和水就放在床旁边,有时冻得半死,才发现炉火早灭了,很不情愿地起来重新生火。王杰也是不离开的人,他看守张冲的客栈,偶尔会过来让胡丽弄顿好吃的,吃饱喝足后,唱歌给胡丽听,其实也是唱给自己听,孤独寂寞的人有时需要自己唤醒自己,那样才感觉到自己还活着,还存在于尘世。王杰曾经追求过胡丽,没有成功,胡丽心如铁石,根本就不可能答应他的求爱。有一次,王杰喝完酒,问她:"胡丽,你还是女人吗?"胡丽说:"哥们,这还用问吗?"王杰说:"我不相信你一个女人会没有欲望,你难道就没有难以忍耐的时候?"胡丽说:"早就没有了,想起做那种事情,我就觉得恶心。别说这些废话了,你要把我当哥们,就好好喝酒唱歌,你要玩什么,我陪你,但是,千万别往那个地方想,想歪了,我会把你赶出门,不会再允许你踏进狼毒花酒吧一步!"她的话十分决绝,王杰也就彻底死了那条心。王杰偶尔也会找个文艺女青年睡上一觉,胡丽就是知道了也不会说什么,那事情和她真没有什么关系。

这个冬季,姐姐给狼毒花酒吧带来了些许生气。

姐姐也就是在这个冬季,学会了弹吉他,学会了一些歌,最重要的是,学会了唱《不要怕》这首歌。有段时间,王杰睡醒就往狼毒花酒吧跑,他要教姐姐弹吉他和唱歌。其实,姐姐的嗓音并不好,王杰鼓励她唱。王杰说:"不要怕,唱吧。"姐姐听到"不要怕"这三个字,内心有种莫名的感动,她说:"对,不要怕。"他们在弹吉他和唱歌,寂寥的狼毒花酒吧有了生气,古城也有了生气。胡丽也不像往年那样冬眠了,只好起床,陪着他们,然后给他们准备食物。他们主要的食物就是土豆和肉,胡丽变着法子做菜,她能够把土豆做出十多种花样,以免他们吃腻了。

姐姐抱着吉他唱《不要怕》的样子让胡丽着迷。

胡丽说:"我知道为什么会有那么多男人喜欢你了,你看你那眼神,忧伤中透出一种无所谓,仿佛洞察一切;你看你那表情,楚楚动人,柔弱中带着决绝,让人怜爱;你的歌声是发自内心的呐喊,而不是做作的演唱。姐，你真的很美。"

姐姐说："你别夸我，我不是你说的那样。"

也许是姐姐的歌声传进了宋海波的耳朵，他偷偷地来到狼毒花酒吧的门口。门关闭着，姐姐在里面歌唱。宋海波把脸贴在门上，目光透过门缝，往里面窥视。他看到姐姐、胡丽和王杰围坐在厅中央的火盆边，王杰弹着吉他，姐姐在放声歌唱，胡丽给火盆里添柴。宋海波心里忐忑不安的，想进去和他们在一起，又害怕什么。经过一阵思想斗争，他决定进去。宋海波敲了敲门。

胡丽说："这时候有谁会来？"

王杰说："是不是扎西？"

胡丽说："他前两天才来过，昨天晚上下大雪，他出不了山的，不可能吧。"

王杰说："去看看吧。"

胡丽去开了门，发现是宋海波，说："你怎么来了？"

宋海波脸红了，额头上的那条刀疤也更红了。他说："来看看，来看看。"

胡丽说："外面冷，赶紧进来吧。"

宋海波进了屋，搬了椅子，坐在火盆边上，挨着王杰。他不敢用正眼看姐姐，而是用眼角的余光瞟姐姐。姐姐感觉到了他的目光，姐姐唱完歌，对他说："上次谢谢你呀。"宋海波说："不客气，不客气。"

胡丽说："海波，你会唱歌吗，也来一首，让王杰给你伴唱。"

宋海波说："我五音不全，不会唱，不会唱。"

王杰说："来一首吧，自娱自乐，怎么唱都可以。"

宋海波说："饶了我吧，我真不会唱歌。"

姐姐说："你们别为难他了，看他窘迫的样子，多难受呀。"

胡丽笑了，说："海波，你说实话，今天来，是不是冲着我姐来的？"

宋海波低下了头，不说话了。

姐姐说："小丽，你别乱说。"

王杰笑了，说："他就这熊样，有贼心没有贼胆。"

那个晚上,他们一起喝酒。宋海波没有什么话语,只是一个劲地喝酒,不管他们在说什么,也不管他们唱什么。最后,宋海波把自己灌得烂醉。让他们想不到的是,醉酒后的宋海波反而唱起了歌,不过就唱一句:"山上的姑娘真漂亮,哎呦妈呀,哎呦妈呀真漂亮,真漂亮——"

宋海波反反复复唱这句歌,把他们逗得哈哈大笑,姐姐的眼泪都笑出来了。那次酒醉之后,宋海波又很长时间没有出现。

宋海波在姐姐眼里,也是个捉摸不透的怪人。

说到醉酒,姐姐来香格里拉直到死去,除了一开始那次,只喝醉过一次酒。那是大年三十晚上。那天晚上,姐姐和胡丽还有王杰一起吃年夜饭。宋海波没有出现,他们不知道他在哪里过年,他就是一个无人关心的孤魂野鬼。他们吃年夜饭时说起他来,姐姐还有些同情他。更多的是,他们同情自己,他们也是无家可归流落异乡的孤魂野鬼。他们也想念故乡的亲人,可是因为每个人都有不堪的过去,不愿意告诉亲人自己的去向,也不想听到亲人的声音,亲人的声音会让他们更加痛苦,所以,在这个喜庆的夜晚,他们都没有给故乡的亲人打电话。他们在一起,喝酒,唱歌,说着各种逗乐的鬼话。他们让自己兴奋,让自己痛快地笑,痛快地哭。

姐姐在那个大年夜,的确喝多了。

平常她会控制自己,不让自己喝醉,她十分清楚自己喝醉酒是什么状况。这个晚上,她完全放开了,在这偏远的边地,没有人会嘲笑她的醉态,没有人会对她指手画脚,没有人会对她不敬。她是自由的,自由地歌唱,自由地喝酒。喝醉后,自由地哭。她抱着胡丽痛哭。她想把自己的一切都告诉胡丽,可是什么也说不出来,只是痛哭。她的哭嚎勾起了胡丽内心深藏的痛苦,胡丽也痛哭起来。面对两个痛哭的女人,王杰也抹了抹泪,他没有让自己哭出来,而是大声地唱《不要怕》。

他唱了一遍又一遍,唱累了,他就抱着吉他离开了狼毒花酒吧。

那是个风雪之夜。

狂风漫卷雪花,连同两个女人的鬼哭狼嚎,回荡在古城的上空。就在这个风雪之夜,姐姐告诉胡丽,她是个杀人犯。

……

9

　　胡丽说到这里,天已经大亮了。她还没有告诉我姐姐是怎么死的,死于何处。她在给我讲姐姐的事情的过程中,我不忍心打断她,只要有关于姐姐的事情,我都要听,多年来,我一直渴望得到关于姐姐的消息。

　　胡丽说:"弟弟,天亮了,你一晚上都没有合眼,睡会儿吧,你睡好了,我再给你讲。"

　　我说:"我不累。"

　　胡丽说:"在高原上,一定要休息好,否则容易高反,你还是睡会儿吧,我去给你准备早餐,我弄好后叫你。"她也很累了,我不能逼她再讲下去,让她也透口气。胡丽打了个呵欠,走出了房间。她把门带上后,我躺在床上,脑海一片混乱,姐姐的形象也十分模糊,我无法拼凑出她完整的样子。

　　我的确累了。我在凌乱的思绪之中昏睡过去。不知过了多久,我在胡丽的吼叫声中惊醒过来。胡丽的声音充满了愤怒,虽然声音很大,可我听不清她在说什么,也许是因为她说话太快了,也许是她因为愤怒而吐字不清。我一激灵从床上翻滚起来,走出了房门。胡丽不是在酒吧里吵吵,而是在酒吧外面。

　　我跑了出去。

　　我看到胡丽指着一个长头发男子的鼻子,怒骂和质问道:"畜生,你说,是不是你害死了我姐!"那长头发男子脸色黑红,额头上有一块闪亮的刀疤。他吞吞吐吐,欲言又止的样子。胡丽气得浑身发抖:"畜生,一定是你害死了我姐,白马村小有人在我姐死的那天见到过你,还看到你和我姐一起离开了村小,你说,到底发生了什么,我姐为什么会死!"我在梦中梦到把我推进深坑的就是这个长发男子,也是昨天晚上路灯下站着的那个人,难道真的是他杀了姐姐?如果真是那样,我会杀了他,我发誓,我会杀了他。我阴沉着脸走了过去,那男子显然发现了我，他突然转过身，飞快地跑了。胡丽看到我，说："弟弟，你怎么不多睡一会儿？"我说："我睡不着了。"胡丽说："是不是又做噩梦了？"我摇了摇头，说："这个人是谁？"胡丽说："他就是宋海波。"我说："我猜出来了。"胡丽说："走，我们进屋说吧。"

我们回到了酒吧里。

胡丽从厨房里给我端出来一碗面条，说："快吃吧，你一定饿了，吃完了，我们再说话。"我狼吞虎咽地吃完了面条，根本就没有品出面条的滋味，胡丽问我好不好吃，我回答不上来，我心里记挂着姐姐的事情，吃什么也索然无味。

胡丽说："我刚才到门口，发现宋海波在那里探头探脑，就觉得他心里有鬼，我好好问他，他总是连个屁都不放，气得我真想把他一刀劈了。我们怀疑姐姐的死和他有关系。我们明白，他真心喜欢姐姐，他曾经背着我们，到白马村小找过姐姐，还不止一次。就在姐姐死的那天，他也去过，有人看到他和姐姐一起离开的，他们离开不久，姐姐就出事了。那是今年的第一场暴雨过后的事情，姐姐被山上滚下来的石头打落到澜沧江里……可怜的姐姐，死了连遗体也没有找到。我们找了很久，都没有找到姐姐。最后，我们放弃了寻找，才打电话给你的，姐姐曾经把你的手机号码告诉过我，说她要有什么不测，让我打电话给你，你的手机号码姐姐一直记着，我也一直记着。"

我的眼里积满了泪水，就是流淌不下来。我想，姐姐一定是在某个地方等着我。

我说："我要去寻找姐姐。"

胡丽说："我陪你去，我也想找到她，或许她没有死。"

我说："宋海波是不是真的杀了姐姐？"

胡丽说："其实我也不能确定。我相信他真的爱姐姐，况且他那么懦弱的人，怎么下得了杀手呢，如果他真的杀了姐姐，他会恐惧的，会逃跑的。他没有逃跑，昨天晚上和刚才他在酒吧外面徘徊，一定是知道你来了，他是不是有什么事情要告诉你？问题是，我问他是不是来找你，他却什么也不说。我和王杰去找过他，要他说出真相，他也什么都不说。要是扎西还在，一定会把他扔到澜沧江里去的，可扎西——"

我说："扎西怎么了？"

胡丽黯然神伤，她抹了抹眼睛，说："我哥他，他也走了。生命就是如此无常，去年秋天，一场车祸，夺走了他年轻的生命。本来，他准备在那次出车回来举办婚礼的，走前还送来了请柬，也给姐姐送去了请柬。我和姐姐都很高兴，等着他回来，等着那场盛大美好的婚礼。可是——我哥对我像亲妹妹一样，他的噩耗传来，我哭了三天三夜，那么一个亲爱的哥哥就这样走了。他对姐姐也很好，经常送一些好吃的东西到白马村小，怕她在那里受苦。他走后，姐姐也很伤心。她对我说：'是不是所有对我好的男人都会很不幸，我是灾星，我不该来的，是我把灾祸带给了他。'我安慰姐姐，说我哥的死和她没有关系，那是他的命。我不希望姐姐因为此事郁郁寡欢，我不希望我亲爱的人离开我，我们是一条藤上结的两颗苦瓜，我们相互爱惜，相互温暖。我怎么也没有想到，我哥走后，姐姐也会走。我不相信，真的不相信姐姐走了，她怎么能够就这样离我而去？冬天来临后，她还要来陪我度过漫长的冬季，有她在，我才感觉到温暖，感觉到没有被这个世界彻底抛弃。"

胡丽哭出了声。

我的泪水终于又一次流淌下来。

10

胡丽把姐姐的遗物交给了我。一个灰色的帆布背包，背包里有个笔记本电脑，很老式的那种，厚厚的，拿起来觉得沉重；还有厚厚的两本笔记本；一个小布娃娃。背包里没有衣物，胡丽说，那些衣物她拿到澜沧江边烧了，只留下了这些东西交给我。背包里也没有化妆品什么的，胡丽说，姐姐从来不用那些东西，到哪里都是素颜，都是不经修饰的自然模样。姐姐留在尘世的东西少得可怜，她活着时可以说是一无所有。

我对胡丽说："丽姐，我在这里一刻也呆不下去了。我要去寻找姐姐，无论怎么样，我都要找到他。"

胡丽说："我理解你的心情，我陪你去。"

我们制定了一条寻找姐姐的路线，先到白马村，然后从白马村沿着澜沧江一直往下走，寻找姐姐。这是一条艰难的道路，很多地方不能通车，只能徒步。我们准备好了小帐篷、睡袋、手电以及干粮和水壶。姐姐的笔记本，我也带在了背包里，我用的是姐姐留下来的灰色帆布背包。

张冲和王杰劝我们不要去，马上进入雨季了，一路上十分危险，况且，他们已经找过一遍，不可能找到姐姐了，湍急的澜沧江水早已把姐姐冲到了不可到达的远方。我不听他们的劝告，固执地要去寻找姐姐。王杰说："你实在要去的话，我陪你去，让胡丽留下来，她是个女人，路太难走，她恐怕受不了。"我觉得王杰说得有道理，也让胡丽留下来，现在开始，渐渐有游客前来了，她留下来，也不会影响生意。胡丽说："还是我陪弟弟去吧，我什么苦没有受过，我不怕，我要不去，心里不会安宁，至于生意，让它见鬼去吧。"胡丽决定的事情很难改变，张冲他们无奈，只好由着她的性子。王杰搬到狼毒花酒吧来住，帮胡丽看店，也替她开门营业。

一切准备好后，我们就出发了。

从香格里拉古城到白马村，将近两百多公里。公共汽车把我们拉到德钦县城时，已近黄昏。我们没有在德钦县城过夜，胡丽拦了一辆货车，在天黑之前，把我们捎到了澜沧江边的一个村庄。胡丽十分有经验，很顺利地住进了一个藏民的家里。藏民很热情，招待我们吃了饭，我们就睡下了，因为明天一早还要赶路。躺在床上，我听到了澜沧江江水的呜咽，姐姐的呼救声在我脑海回荡。胡丽说："弟弟，快睡吧，不好好休息，真的不行的，这里海拔很高，要是高反了，很麻烦的。"我说："好的，睡吧。"尽管如此，我还是辗转反侧，很久才进入梦乡。

第二天一大早，我们就起床了。

没有想到是个晴天，走出藏民的家门，我们就看到了梅里雪山。神山的十三座山峰神奇地呈现在我们眼前，显得雄奇而又庄严。胡丽说："弟弟，你的运气好，刚刚来就可以看到瓦卡格博的真容，许多人来了很多次都看不到,它总是藏在云雾之中。"我无心观赏如此神奇的美景,但我心里向神山祈祷,希望神山保佑我找到姐姐,哪怕是她的遗体。藏民知道我们要去白马村,好心的他给我们准备了两匹骡马,他要送我们去白马村。白马村不通汽车,如果靠两腿走过去,需要好几个小时。我们十分感谢他。藏民自己骑着匹骡马走在前面,我们走在后面。我们一直走下坡路,进入澜沧江大峡谷,然后过了一座铁索桥,到了澜沧江的对岸。过桥后,我们沿着澜沧江边的崎岖小道,一直往上游走。路的一边是悬崖峭壁,另外一边是湍急的澜沧江,悬崖峭壁上的石头随时都有可能滚落,掉到澜沧江里也很危险。胡丽说,要是下过暴雨,这里很容易发生泥石流,泥石流经常把路给冲垮。生活在这里的人是多么的艰辛,姐姐在这里能够呆上两年,有多么不容易?我不敢深入地想象,担心着骡马会一脚踩空掉进澜沧江里。

走了很长的一段路,就要拐进山里时,胡丽让我们停下来。她神情肃穆地说:"弟弟,姐姐就是从这里掉进江里的。"

我抬头看了看山上,这里还有石头滚落的痕迹,又看了看澜沧江,浑黄的江水咆哮着怒气冲冲地往前方奔涌。

我从骡马背上翻身下来,站在江边默哀。

我仿佛听到姐姐的哀叫。

我情不自禁地喊了声:"姐姐——"

不知道姐姐听到我的声音没有?

上山时,我觉得仿佛来过这里,是的,我来过这里,是在梦中,我来过这里,是在父亲死前那个晚上的梦中,我来过这里。我在这里追赶着姐姐,姐姐头也不回地走了,消失在风中,我不知道风中关于姐姐的秘密。我想这里的风一定知道姐姐的去向,我心里说,风呀风呀,快告诉我,姐姐在哪里?

我们翻过了一座山,终于到达了白马村,白马村就在雪山脚下。

送我们来的藏民要回去了,胡丽给了他两百块钱,他没有收。看着他骑着骡马,牵着两匹骡马远去,我内心十分感动。

我们来到了白马村小。校长是个中年藏族汉子,他的脸赤红,眼睛很亮,穿着一件旧皮夹克,头发乱糟糟的。听说我是李婉榕的弟弟,他显得热情,还有些哀伤。我们的行李放下之后,他说要带我们去一个地方。山里的天,说变就变,不一会儿功夫,天上就乌云密布,雪山也罩在云雾里。校长给我们一人一把伞,说有可能会下雨,他自己披上了塑料雨披。我们跟在他后面。一路上,风光旖旎,但美丽的风光仿佛和我们没有关系。校长一路无话,我和胡丽也沉默不语,我们没有问他要带我们到什么地方,也不必问。我内心极为敏感,我猜到了一点,校长带我们去的地方一定和姐姐有关。

那是一片向阳的山坡。

山坡上的野草正在返青,那是生命的迹象。山坡上只有一棵树,那是一棵雪松,雪松上挂满了经幡,五颜六色的经幡在风中飘扬。雪松周围被一圈白色的石头环绕,像白色的花环。校长对我们说:"那是村小的学生们从河滩上捡来的石头,为了纪念李婉榕老师,把这里当成她的墓园。"

"再过一段时间,山坡上就会开满野花。"胡丽说。

校长说:"是的,很快了。到时候,李老师就会被鲜花围绕,同学们说了,要把鲜花铺满她的墓园。她一直在这里,不会离开。"

我站在那棵雪松底下,仿佛看到姐姐笑容满面地站在我面前,有很多话要和我说。她一定有很多话还没有和我说,我曾经期待着某一天,她会出现在我面前,给我讲她漂泊的故事,讲她的心路历程,讲她的一切,我静静地聆听,可以感觉到她口中呵出的温热气息。我流下了泪水,突然害怕起来,害怕自己死后,还有很多话没有和最爱的人讲。我好想给妻子黄七月打个电话,告诉她姐姐的死讯,告诉她我的去向,告诉她我找到姐姐的遗体后马上回家,然后再也不离开她。可是,当我打开手机,发现这里没有讯号。我很后悔,没有告诉她就远离了家乡,她一定在痛苦之中煎熬。

胡丽说:"姐姐,你在这里安息,也遂了你的心愿,这地方多好呀,背靠神山,向着太阳升起的地方,宁静而又美丽,等我死了,我也要在这里陪你。姐姐,不要怕——"

11

晚上，我们住在白马村小。校长给我们找了个向导和两匹骡马，明天和我们上路，到澜沧江下游寻找姐姐的遗体。

晚饭也是在白马村小吃的，校长和几名老师和我们一起吃饭，校长特地加了两个菜，一个韭菜炒鸡蛋，另一个是醋溜土豆丝，这两个菜都是姐姐喜欢吃的。吃饭的时候，老师们都不太说话，他们有些怕生，要是姐姐在，他们也许不会这样沉默。校长拿出青稞酒给我们喝，我说不会喝酒，校长说喝点吧，胡丽告诉校长我的确不会喝酒，校长放过了我。他不解，说："李婉榕老师的酒量好，她弟弟怎么就不行呢？"胡丽说："弟弟不能喝，我陪你喝吧。"校长说："你们汉地的人，怎么女娃子都比男的能喝？"胡丽说："也不全这样。"

几杯酒落肚后，校长的眼睛闪闪发亮，话也多了起来。

他说了姐姐很多好话，还讲到了扎西和宋海波。和胡丽说的一样，扎西对姐姐很好，他经常来看她，还给她带好吃的东西。每次姐姐都把好吃的东西和师生们一起分享。扎西每次来的时间都很短，放下东西，和姐姐说几句话后，就骑马走了。扎西和校长是朋友，他总是叮嘱校长，要好好关照姐姐。校长说，姐姐根本就不要他们关照，反而关照村小的师生们。村小来过一些支教的老师，没有一个像姐姐那样吃苦耐劳，没有一个像姐姐这样待那么久，那些老师没有一个住上一年的，有的没有待满三个月就走了，主要是这里的生活条件太差了，吃住都不如人意，经常停电，还没有手机信号。姐姐不在乎这些，姐姐在乎的是内心的平静。

扎西死后，姐姐十分悲伤。

她总是在课余的时间里，到山坡上，站在那棵雪松树下，向远方眺望，希望来路上出现一匹枣红马，那是扎西的马。她有时会问校长："人死后真有灵魂吗？"校长认真地说："有的。"她说："扎西的灵魂一定还在。"校长说："在的，在天堂。"姐姐说："看来我再也不能和他相见了。"校长说："可以的，我们都会在天堂相见。"姐姐说："不，不能，我上不了天堂，我是罪人。"

校长也认为宋海波是个古怪的人。

其实，宋海波才来过三次。第一次来的时候，他在村口碰到了校长，他是徒步从澜沧江对岸走过来的，看上去筋疲力尽的样子。他问校长："村小在哪里？"他额头上闪亮的刀疤使校长警惕："你要找谁？"宋海波说："我找李婉榕。"校长说："你认识李婉榕老师？"宋海波目光躲闪，说："认识，认识。"校长说："你找她干什么？"宋海波说："来看看她，看看她。"校长把他带到了学校。姐姐见到他，诧异，说："你怎么来了？"宋海波脸红耳赤地说："来，来看看你——"他们也没有说什么话，姐姐带他在山坡上走了走，尽了地主之谊。宋海波毕竟为姐姐砸过小胡子一酒瓶子，姐姐还是把他当作朋友。那晚，宋海波住在村小，和一个男老师住一屋，校长留了个心眼，让那个男老师看着他。半夜，宋海波蹑手蹑脚地从床上爬起来，出了房门，然后轻轻地关上门。他鬼魂般来到姐姐房间门口，站在那里一动不动。男老师躲在暗处，监视他。他一直在那里站着，一站就站了大半夜，天快亮了才悄悄回到男老师的房间。第二天一大早，他就离开了村小。男老师把他的行为告诉给校长，校长猜不出他到底想干什么，不过，他还是旁敲侧击地提醒姐姐，要提防宋海波。第二次去，还是那样。宋海波最后一次去，就是在姐姐死的前一天。他到达白马村小时，已近黄昏，还是一副筋疲力尽的样子。见到姐姐后，姐姐当着校长的面对他说："你以后不要再来了，很辛苦的，我在这里很好，也不想和外界有什么来往，你就不要来打扰我了。"宋海波落寞的样子，什么话也没有说。姐姐没有带他去山坡上溜达，吃完晚饭，姐姐就回到了自己的房间，关上了门。校长也对他说："你以后真的不要再来了，李婉榕老师不欢迎你。"宋海波还是什么也没有说。那晚，他还是和那个男老师住一屋。他和男老师也无话可说。男老师还是继续监视他。到了半夜时分，他以为男老师睡着了，还是蹑手蹑脚地起了床，悄悄地走出了房门。他来到了姐姐房间门口，呆立在那里。夜空之中，乌云翻滚，一场暴雨就要来临，山风呼啸，怪兽般嚎叫。站了许久，宋海波敲了敲姐姐的房门。姐姐没有回应。他又敲了敲房门，姐姐在里面说："谁？"宋海波说："是我，开开门，我想和你说一句话。"姐姐说："你有什么话就在门口说吧。"宋海波说："婉榕，求你，开开门，我就说一句话，说完就走。"姐姐说："你就在门口说吧，我听得到。"宋海波沉默了一会儿，突然跪在姐姐房门外，抽泣起来。姐姐说："你为什么哭？"他没有回答姐姐的问题，继续抽泣。姐姐说："你回去睡觉吧，天亮了再说，好吗？"宋海波还是继续抽泣。姐姐有点恼火，说："你这人怎么回事，还是男人吗，哭什么哭！"宋海波终于说出了三个字："我爱你——"

姐姐无语了。

说完那三个字，宋海波站起来，抹了抹眼睛，回房间去了。

宋海波刚刚躺下，暴雨就来临了。

男老师一夜没有合眼。

宋海波也一夜未眠。

天亮后，暴雨停了。宋海波要走，校长告诉他，刚刚下完暴雨，路一定很不好走，让他等等再走。姐姐也劝他不要急着走。宋海波说："我该说的话也说过了，该走了，再留在这里，就是我的不对了。"校长见他去意已决，也没有再拦他，只是让他一路小心。姐姐心里有些过意不去，提出来要送他一段路。宋海波没有拒绝，校长也没有阻拦。校长看着他们走出了村小，若有所思。

校长万万没有想到，他们走后不到一个小时，宋海波急匆匆地跑回来，说姐姐出事了，他泪流满面，悲痛万分的样子。校长马上带着师生们来到了姐姐出事的地方……校长流着泪说："如果当时我阻拦她，不让她去送他，那什么事情也不会发生。"

老师们都低下了头。

胡丽喝了口酒，说："校长，不怪你，不要自责了，一切都是命，也许是上天怜悯我苦难的姐姐，提早让她上天堂。"

校长抹了把泪说:"她是个好人,一定会上天堂的。"

姐姐死后,校长发动白马村的村民和胡丽他们一起,试图找到姐姐的遗体,可是找了好长时间,无功而返。凭他们的经验,姐姐的遗体是无法找回来了。校长知道我们明天就要出发,重新踏上寻找姐姐的道路,他面露难色,可是没有阻止我们。我心里明白,他对我们的行动表示怀疑,不相信我们能够找回姐姐,但他什么也没有说。他尊重我们的选择,也理解我的心情。

我们住在姐姐住过的房间里,我可以感受到姐姐的存在。

我对胡丽说:"丽姐,我不太相信宋海波会杀了姐姐。"

胡丽说:"可是他一定知道什么,却没有说。"

我说:"总有一天,他会说的。"

胡丽说:"也许。"

第二卷

锋利的刀子

1

  我们上路了，去寻找姐姐。这是个阴天，看不到雪山，莽莽苍苍的群山在烟雾缭绕之中，神秘而又苍凉。向导是个藏族青年，叫次仁强巴，我们都叫他强巴。强巴话不多，笑起来露出一口洁白牙齿，在藏地，有如此洁白牙齿的男人还真不多，我想，就是在若干年以后，我想起强巴，也会记着他那口洁白的牙齿。

  强巴走在前面，不停地回头观望，看我们是不是走丢了。要是我们走得太慢，他会停下来等我们，碰到危险的路段，他会跳下骡马，示意我们不要动。我们就拉紧缰绳，骡马停住了脚步。强巴走过来，先牵着胡丽骑的骡马，走过危险路段，然后过来帮我。

  我们沿着澜沧江边的崎岖小道，一路往下游走。

  每到一片可疑的河滩，我们就要下来仔细寻找，企图发现关于姐姐的蛛丝马迹。每到一个村落，我们会询问村民，有没有发现姐姐的踪影。这样找起来十分辛苦，可是我不会退缩，不找到姐姐，我决不收兵。这些天，我都没有睡好觉，走着走着，头就开始发晕，心跳很快。胡丽就把用红景天泡的水给我喝，并且停下来休息。

  我们坐在澜沧江边，望着流淌的江水，默默无言。

  我突然想到一个问题，说："丽姐，你说，我姐姐真的杀了人吗？"

  胡丽喝了口水，说："她自己是那样说的。"

  我说："姐姐和你讲过她杀人的经过吗？"

  胡丽说："讲过。你想听？"

  我点了点头。

  我不相信姐姐会杀人，真的不相信。当初我要杀了上官明亮，是她制止了我。上官明亮是她这一生噩梦的开始，如果没有上官明亮，也许她的人生就不会改变，她也不会四处漂泊，不会杀人，不会来藏地定居，那么就不会死。人生没有那么多如果，也不可能回到过去，重新书写。命运隐藏在每个人的生命纹理之中，不可改变，也无法预知。

从胡丽口中，我得知了一个和姐姐有过密切关联的男人，他叫吴晓钢。

吴晓钢就是姐姐杀死的那个人。

2

姐姐从西藏回到上海，重新开始生活。和胡丽告别时，她十分不舍，胡丽说："想我了就来找我，我随时张开双手欢迎你。"姐姐想起和胡丽在藏区的日日夜夜，内心就有温暖和安慰，她也经常打电话给胡丽，和她说说话，用来消解无处不在的压力和莫名其妙的痛楚。回上海后的头两个月，姐姐恍恍惚惚，好像还在高原游荡，有种梦幻的感觉。奇怪的是，她在高原晒黑的脸没有脱皮，回上海后就开始脱皮了。

她在自己50多平米的蜗居里，不想出门。她不是怕什么，而是觉得没有必要让别人像观赏动物园的猴子那样审视自己脱皮的脸。姐姐也不想照镜子，该怎么样就怎么样，无所谓了。有时，她会恶狠狠地想，自己干脆变成一个丑八怪好了，那样倒也没有什么烦恼了，她心里很清楚，自己的几分姿色，是祸根。姐姐变成丑八怪的想法没有如愿，两个月过后，她那张从不施粉黛的脸黑皮脱尽，又重现了粉白光洁，犹如蛇蜕。有个男人说过，姐姐是条蛇，姐姐从来不这么认为，如果是蛇，也是无毒的水蛇，而不是毒蛇。

姐姐的积蓄花光了。

她必须重新找一份工作，来养活自己。胡丽在电话里说："姐，你来我这里，我养你。"姐姐不是走投无路，从来都不会去麻烦朋友，她还从来没有管别人借过钱，就是再困难也忍耐着，她不相信有渡不过去的难关。但像姐姐这样高不成低不就的女人，找份工作也是很难的事情。

一连几天，面试了好几个公司，都没有被录用。

姐姐沮丧极了。这个城市那么大，难道就没有自己谋生的地方？她站在街边的梧桐树下，看着街道上车来车往，真希望有辆车停在自己面前，车里走下一个老板，微笑地对她说："请你到我公司去上班吧。"那是幻想，车里有男人向她投来莫测的目光，那不是需要她去工作，那目光里包藏的含义，姐姐心里十分清楚。穿着牛仔裤和方格棉布衬衫的姐姐如果打扮得妖艳，那么，男人的目光会像蜜蜂一样，粘在姐姐身上。姐姐一直如此朴素地打扮，她穿不惯那些时髦的衣服，尽管她也欣赏和羡慕那些打扮入时的女人，觉得她们是天仙。她想，自己如果不是出生在唐镇，而是出生在上海或者任何一个城市，她也会和她们一样花枝招展。她总觉得，无论怎么打扮，也洗不干净自己身上的泥土味。就是她不这样想，潜意识里也有这样的念头存在，这是姐姐的宿命。

沮丧的姐姐落寞地回家。

其实，那个蜗居也不能称为家，而是个暂住地。自从离开唐镇，她就一直没有找到家，家在哪里？她不知道。唐镇那个家，离开后就不是她的了，她也不可能回到那个家里去了，尽管那里还有她的亲人，偶尔，她还会想念他们。就是亲人让她回去，她也不会回去，她一无所有，混得人不像人鬼不像鬼，回去换来的只是父亲的白眼和嘲讽以及弟弟的伤感，怎么可能回去！

饥肠辘辘。

姐姐饿了，此时，她才想起来，自己一天没有吃饭了，暮色将近。一阵风吹过来，梧桐树上掉落几片枯叶，姐姐的身体微微颤抖，直觉告诉她，冬天很快就要来临了。要是找不到工作，这个冬天，姐姐就要喝西北风了。姐姐体味过没钱时的窘迫和无奈，那种对生活的绝望会被某些人认为是矫情，有人会说，你有手有脚怎么会饿肚子呢，事实上，很多有手有脚的人还在贫困线上挣扎。

姐姐看到了那间熟悉的餐厅。

那是名叫"孔雀"的餐厅。孔雀餐厅门边的半边墙上画着一只巨大的孔雀，如果没有那斑斓的羽毛，姐姐会认为那是一只恐龙。她对画在墙上的孔雀印象深刻。每次路过这里，她心里就会想起那个叫陶吉祥的上海男人。当初，是陶吉祥把她从深圳带到了上海，也是陶吉祥抛弃了她。她无数次想把这个男人从心里抹去,可是根本就不可能。她轻轻地叹了口气。孔雀餐厅开了很久了,陶吉祥把她带到上海时就有,现在还开着。第一次来这里吃饭,是陶吉祥带她来的。有一段时间,他们经常来这里吃三杯鸡,孔雀餐厅的三杯鸡特别好吃。就是和陶吉祥分开后,姐姐偶尔还会到这里来吃饭,一个人点份三杯鸡,要一瓶啤酒,寻找某种情绪。

过去的,永远不会回来了,就像陶吉祥再也不会陪她在孔雀餐厅吃饭了。

孔雀餐厅门口立着一块牌子,上面写着招收服务员的信息。看完那块牌子上的内容,姐姐眼睛一亮。她站在餐厅门口,迟疑了一会儿,然后鼓足勇气,推开了孔雀餐厅的彩色玻璃门。迎接姐姐的是个圆脸大眼睛穿着旗袍的女迎宾。她笑着说:"请问,就您一位吗?"姐姐有些尴尬,红着脸说:"对不起,我不是来吃饭的,我是来应聘的。"女迎宾说:"没有关系。应聘要找我们老板娘。"姐姐说:"老板娘在吗?"女迎宾说:"在楼上,我帮你叫她。"女迎宾接着上楼去了。过了一会儿,女迎宾跑下来说:"老板娘在楼上二号卡座,你上去吧。"姐姐说:"谢谢。"女迎宾说:"不客气。"这时餐厅里还没有客人,姐姐上楼后,两个女服务员走到女迎宾跟前,低声说着什么,表情怪异。

姐姐来到了楼上,在二号卡座找到了老板娘。老板娘正和一个满脸麻子的光头厨师说着什么,光头厨师不停地点头,一副谄媚的样子。老板娘见姐姐到来,笑着对光头厨师说:"张师傅,拜托你了。"光头厨师说:"老板娘,你放心吧,我一定按顾客的口味调整那道菜。"老板娘说:"那你去忙吧。"光头厨师站起来,瞟了姐姐一眼,然后下楼去了。

老板娘也站了起来,睁大双眼看着姐姐。

姐姐微笑地说:"老板娘——"

老板娘脸上堆满了笑容,惊讶地说:"呀,是你呀——"

姐姐说:"老板娘还记得我。"

老板娘说:"怎么能忘呢,老顾客了呀,我还记得,你最喜欢吃我们店里的三杯鸡了,那可是我们店里的招牌菜。可是你好久没来了呀,现在还好吗？"

姐姐说："是呀，很久没来了，心里还惦记着老板娘呢。你看我现在这样子，算好吗？"

老板娘端详着姐姐，说："好，怎么不好，越来越漂亮了呀。"

姐姐说："我都老菜帮子了，还漂亮什么。哪像老板娘滋润，脸色那么好，皮肤嫩得吹弹可破。"

老板娘开心地笑，说："你别夸我了，我成天劳心劳肺，这个小饭店要了我的命，要不是为了养家糊口，我早就不干了，谁不想享清福呀。"

姐姐说："怎么样也比我强。"

老板娘说："坐，我们坐下来说。"

姐姐坐在她对面，心里七上八下，忐忑不安，她还是不能像往常那样平等地和老板娘对视，那时，她是顾客，是老板娘心中的上帝，现在不一样了，完全不一样了。老板娘看出了姐姐的心思，说："刚才听朱娅说，你来应聘？"

姐姐点了点头。

老板娘说："你不是开玩笑吧？"

姐姐认真地说："不是开玩笑，实话告诉你吧，我实在是走投无路了，如果再找不到工作，我就要饿死了。"

老板娘说："我真的不敢相信，你这样的大美女，还找不到工作？就是不要工作，也会有很多男人争着养你。"

姐姐说："我不要别人养我。"

老板娘说："我们店里，是需要一名员工。前几天，洗碗的阿姨走了，店里差一名洗碗的人。洗碗工很辛苦的，要负责收拾桌子，还要洗碗和打扫卫生，你细皮嫩肉的，能吃得消吗？"

姐姐咬了咬牙说："我吃得消，我出身农村，什么苦都可以吃。"

老板娘换了另外一种口气，说："现在饭店生意难做，食材每天都在涨价，房租也在涨，员工还是代缴三险，生意也不像以前那样红火了，你真要来这里做的话，工资可能不会很高，你可要考虑好。"

姐姐说："老板娘，我不要你给我代缴三险，我是个没有未来的人，目前能够吃上饭就满足了，工资的问题你也不要为难，我有自知之明，你随便给吧。"

老板娘笑了："该交的我还是会替你交的，你放心，只是这工资，我的确说不出口。"

姐姐说："你不要顾忌什么，直说吧，我不会和你讨价还价，要不是走到这一步，我也不会来你这里应聘，既然来了，我就要接受现实。"

老板娘说："那一个月给你一千五，怎么样？"

姐姐说："没有问题，一千五就一千五。"

老板娘说："那什么时候能来上班？"

姐姐说："就现在吧！"

老板娘说："你真是个爽快人，以前是爽快，现在同样爽快，我喜欢你这样的人。对了，你以后就把我当姐姐吧，在店里干活的都是兄弟姐妹，我们是一家人。"

姐姐说："嗯，嗯，老板娘，我有个不情之请，不知当说不当说。"

老板娘笑面如花，说："我们是姐妹了，有什么不该说的，有什么话，尽管说！"

姐姐说："我没有什么好隐瞒的，我现在身无分文，我想请老板娘先预支一个月的工资给我，不知可否？"

老板娘沉吟了会儿，说："预支工资不是不可以，不过我们店虽然小，但是规章制度还是很严格的，况且，也没有这样的先例，我想想怎么办。这样吧，我个人先借五百块钱给你，等你工资发了还给我，你看怎么样？我是个通情达理的人，如果这五百块钱用完了，你可以再向我借。"

姐姐说："谢谢老板娘。"

3

姐姐终于又重新获得了工作。她很珍惜这份工作，尽管干的是脏活和累活。每天，她都比其他员工早两个小时到店里，拖地、擦桌子、摆台……还给二楼窗台上点缀餐厅景致的小盆植物浇水；深夜，她是最后一个离开餐厅的人，连看守餐厅的老头都十分同情她，私下里劝她不要如此卖命。

姐姐在餐厅里很少说话，她认为，干好自己分内事就行了，其他事情她不太在意。

别看这餐厅不大，连老板娘在内也就十多号人，但里面也充满了各种矛盾，只要有人的地方，就会有争斗。姐姐在餐厅干了不几天，有些服务员就开始说她的闲话。不久，服务员中就流传着关于姐姐的谣言：李婉榕以前是做鸡的，经常陪客人来孔雀餐厅吃饭，老一些的服务员还看到过她和嫖客打情骂俏，那样子又骚又浪，现在她得了脏病，没有人要了，就来餐厅做洗碗工，大家可要小心，不要传染上脏病了……对于谣言，姐姐听在耳里，心里有气，但是没有发作出来，她想，忍忍就过去了，她们不可能没完没了地说，等她们说得自己都没有兴趣了，自然就懒得说了。

姐姐和她们格格不入。

一天下午，姐姐在清理餐厅，服务员们在休息，她们在小声谈论着什么，不时爆出幸灾乐祸的笑声。姐姐没有理会她们，继续干活。那个叫小美的服务员和迎宾朱娅说得最起劲了，姐姐知道朱娅为什么要这样对自己。就在她来上班的第二天，朱娅把她拉到一个角落，对她说："李婉榕，你晓得吧，厨房里的厨师们都不是好东西，你得提防他们。"姐姐说："我不招惹他们，料他们也不会对我怎么样。"朱娅说："你就是不招惹他们，他们也会骚扰你的，你长得这么好看，他们还能便宜了你？"姐姐说："没怎么严重吧？"朱娅见姐姐不把她的话当回事，心里就恼恨姐姐了。小美和她是一伙的，当然听她的，在孤立姐姐的事情上，当了帮凶，她们还威胁其他服务员，叫她们不要和姐姐说话，也不要帮她干活。

朱娅和小美正在尽情发挥想象力，说姐姐的坏话，老板娘突然站在她们面前。

老板娘冷冷地说："你们在嚼什么舌根子？"

朱娅说:"我们没嚼谁的舌根子,在讲笑话呢。"

老板娘说:"别以为我不晓得你们在说什么,我警告你们,少说些昧良心的话!"

老板娘走后,朱娅说:"一定是那婊子在老板娘那里告了我们黑状。"

小美说:"我去教训教训她。"

朱娅说:"算了,我会让她死得难看的。"

一个深夜,大家都走了,还剩姐姐一个人在洗碗。看守餐厅的老头走过来,说:"小李,随便洗洗好了,赶紧回家睡觉吧,你这样太辛苦了。"姐姐说:"吃饭可以随便,饿不死就行了,这碗可是要洗干净,不然客人用了不卫生的碗筷,要得病的。"老头说:"好姑娘,好心会有好报的。"姐姐说:"我也想偷懒,可是将心比心,我拿了这份工资,就要做好这份活,客人花了钱,不光要吃到可口的饭菜,还要得到卫生安全的保障。"老头叹了口气:"大家都像你这样想,就好了。"说完,他到楼上去了。

姐姐洗完碗,伸了伸僵硬的腰,然后才拿起提包,和老头告别,走出了餐厅的门。

街上行人稀少,十分冷清。

她看到不远处的一棵梧桐树下,一个男人在抽烟,神情诡秘的样子。

走近前,她才发现是张大厨,他的光头上戴着一顶鸭舌帽。姐姐如果不知道他身份的话,也许会认为是上世纪三十年代的特务穿越到了现在。姐姐想起了朱娅说过的那些话,心里有了警惕。她没有理会张大厨,从他旁边径直走了过去。

张大厨扔掉手中的烟头,说:"李婉榕,你先别走,我有话和你说。"

姐姐停住了脚步,回过身,冷漠地说:"有什么话?"

张大厨走近她,在离姐姐两步远的地方站住,说:"你是不是得罪了朱娅?"

姐姐说:"我没有得罪任何人。"

张大厨笑了笑,说:"你没有得罪她,可她认为你得罪了她,她可

47

是不好惹的主,你小心为好,现在,她说你是婊子,以后还指不定干出什么伤害你的事情。"

姐姐说:"她说得没错,我是婊子,我睡过很多男人,你是不是想睡我?"

张大厨说:"那好吧,我不想多说什么了,我该说的也说了。另外,我告诉你,不是所有男人都是流氓,也不是所有男人都是嫖客。我不会想睡你,我家里有老婆。回去路上小心点,我也该回家了。"

姐姐看着他离去。

他的背影在初秋的街上,显得虚幻而落寞。

也就在这个初秋的晚上,发生了一件让姐姐料想不到的事情,那件事情再一次改变了姐姐的人生轨迹。

4

姐姐回到家,放下包,迫不及待地脱光了自己,走进卫生间,打开了淋浴。每天深夜回家,她都是这样,累得浑身散架的姐姐没有什么欲望,只想赶紧洗个澡,把自己放平在床上,好好地睡上一觉。她没有注意到窗帘被风拂起,窗门已经被打开。姐姐洗完澡,擦干身体后,连内衣内裤都没有穿,就倒在了床上,关了灯。

很快地,她沉睡过去,响起了均匀的鼾声。

姐姐沉睡过后不久,床底下钻出来一个男人,他无声无息地站在床前,看着黑暗中的姐姐,也许他看不清姐姐的脸,只是努力地想看清姐姐的脸。男人默默地站了会儿,然后打亮了手电,在房间里寻找着什么。他蹑手蹑脚地找遍了姐姐的家,没有找到一件值钱的东西,只是在姐姐的钱包里找到了两百多元钱。他回到姐姐的床边,又默默地站了一会儿,然后把手电光照在了姐姐的脸上,他似乎想看清楚这是一张什么样的脸,会有如此一贫如洗的穷家。当他看到姐姐美丽的脸蛋时,有些吃惊,这样美貌的女子,怎么会这样穷?他一直没有关掉手电,手电光一直照着姐姐的脸。

姐姐突然惊醒过来,猛地坐起来,喊叫道:"谁,你是谁?"

她意识到自己一丝不挂,赶紧拉起被子,遮住了胸脯。

男人没有逃,他不慌不忙地打开了房间电灯的开关。灯亮后,他才关掉手电,把手电放进挎包里。姐姐看清楚了,这是个粗壮的男人,三十多岁的样子,平头,留着络腮胡子。他的眼睛贼亮。姐姐惊恐地说:"你,你是谁?你想干什么?"

男人叹了口气,说:"我是贼,贼,你知道贼是什么意思吗?"

姐姐惊恐地点了点头,说:"知道,知道,你,你是贼。"

男人说:"你知道我为什么要做贼吗?"

姐姐摇了摇头。

男人说:"我没有钱,我穷得叮当响,我妈妈躺在医院的病床上,没有钱开刀动手术。所以我就变成了贼,就要来偷东西,偷钱,救我妈妈的命。你以为我喜欢做贼吗?从小我妈妈就教育我,要做个好人,不偷不抢。可是,她的话不对,做个好人没有钱,不能救她的命,我只有做贼,才能救她的命。我上了我妈妈的当,要是早就做个坏人,我现在就不会如此狼狈不堪。"

姐姐说:"可是我没有钱,你找错人家了。"

男人说:"是的,你是个穷光蛋,你家里什么也没有,连一台手提电脑都是不值钱的旧货,你比我还穷。你是我做贼以来,碰到的最穷的家伙。按理说,我应该马上就走,因为你穷得连我都想施舍你,给你点钱。可是我不能走,我要好好教育你,让你开开窍,不能再这样穷下去了,否则连贼都瞧不起你。我很同情你,真的很同情你的。你看你,长得这么漂亮,怎么就没有钱呢,这多浪费资源哪!我很心痛,我要是像你一样是个漂亮女人,我一定会让自己过上幸福的生活,住着别墅,养着名贵的小狗,和一帮贵妇搓搓麻将,逛逛街,买点奢侈品。我没有你这么好的资本哪,女人漂亮就是最大的资本,什么都可以用美貌换来,你完全可以钓个金龟婿,就是钓不到金龟婿,也可以被富人包养起来,当个小三什么的,那也是大把银子滚滚而来呀。就算你当不了富人的小三，也可以到夜店里捞钱哪，陪人喝喝酒唱唱歌，顶多让人摸摸，一个晚上也有几百大钞的小费，要是你放开点，陪客人出台，那收入就更加可观了。你说，你多浪费资源哪，我都替你心痛。美女，你该醒醒了，看你这个穷酸样，活着有什么意思？"

姐姐心里的怒火被他的话语点燃，她什么也不怕了，大声吼叫："你他妈是谁呀，你也配教育我！老娘就是愿意穷，关你什么事！你怎么不让你妈去当小三，去夜店当婊子！你有什么资格教训我，滚，给老娘滚得远远的——"

男子愣在那里，不知所措。

姐姐又说："滚，快给老娘滚，否则老娘报警了。"

男子这才反应过来，说："好，我滚，我滚，滚得远远的。"

说完，他走到窗前，拉开窗帘，要从窗户上爬出去。姐姐说："混蛋，有门你不走，你爬窗干什么？"

他说："谢谢，谢谢，我一般从哪里来，就从哪里走，谢谢你的门，我用不着。"

姐姐也愣了，这是什么贼呀！

不一会儿，男子就消失了。

姐姐从床上爬起来，关好窗门，拉紧窗帘，站在那里，突然爆出一阵大笑。姐姐笑得泪流满面。笑完后，她擦干眼泪，关掉灯，重新钻入被窝，刚才发生的事情仿佛是一场梦。如果真是场梦那就好了，就没有后来悲惨的事情发生了。

5

的确，姐姐觉得那是一场梦，那贼是梦幻之中的人，早上醒来后，贼的面目已经模糊。这是个晴天，天空难得的湛蓝。姐姐走在上班的路上，心情不好不坏。来到餐厅后，她就开始一天的辛劳。姐姐在劳作时想起夜里贼说的那些话，她相信不少女人用那些方式获得金钱，获得美好生活，以前她也想过那样，可是她做不到，真的做不到。

还是踏踏实实地干活吧，这样赚来的钱，可以心安理得地花。姐姐这样想。

她已经过了做梦的年龄，现在只是有一天过一天，经历过那么多坎坷，姐姐已经看淡了尘世的浮华。

午后，客人走光之后，姐姐开始收拾桌子。

就在这时，小美在楼上惊叫："不好了，我的钱包被偷了。"楼下的服务员听到她的喊叫，都跑上了楼。

朱娅也跑上了楼。

老板娘在吧台算账，没有理会楼上的喧闹。姐姐也没有理会，自顾自地干活，她不敢怠慢，稍有怠慢，活就干不完。老板娘被吵得不行了，才抬起头，说了声："闹什么闹，怎么不让人安生？"

朱娅带着哭丧着脸的小美下了楼，来到吧台前。

老板娘说："怎么回事？"

朱娅说："小美，你不要急，好好和老板娘说，实在不行，就报警。"她说完，恶毒地往姐姐瞄了一眼。

老板娘说："报警？报什么警！店里有什么我处理不了的事情？有什么事情快说，没看到我在忙吗？你们就是不省心，总是添乱。"

小美说："老板娘，我没有添乱，我的钱包真的被偷了，上午换衣服时我还检查过，还在我包里的，刚才我找钱包，准备去买冰激凌吃，发现钱包不见了。"

老板娘说："你敢肯定钱包真的是在店里丢的？我们店从来没有发生过这样的事情。"

小美说："我用我的人格担保，我的钱包真的是在店里被偷的。"

朱娅说："老板娘，我觉得小美说的是实话，我们店里以前的确没有发生过这样的事情，这不来了新人吗，谁知道她手脚干不干净。"

姐姐听清楚了她的话，这话明显是冲着她来的，姐姐没有说什么，继续干活，她问心无愧。老板娘也听清了朱娅的话，她也知道这话是冲着姐姐来的，老板娘看了看独自干活的姐姐，然后对朱娅说："话不能乱说，没有证据之前，不能冤枉人的。"

朱娅说："现在大家都没有离开餐厅，我建议搜搜大家的身和包，自然就见分晓了，谁是贼谁不是贼，清清楚楚。"

她又用恶毒的目光看了看姐姐。

姐姐发话了："我同意朱娅的意见，搜身吧，先从我搜起。"

老板娘没有说话。

姐姐走到朱娅面前，说："朱娅，你不是怀疑我吗，那就让你来搜我的身吧，一个钱包不是一根针，很容易搜到的。"

朱娅说："那好，这样也能够证明你的清白。"

朱娅在姐姐的身上摸了一遍，没有搜到小美的钱包，姐姐笑了，老板娘也笑了。小美说："别高兴得太早，还有包没有搜呢，我们在工作的时候，有人看到李婉榕进了楼上的衣帽间。"姐姐说："走，上楼检查我的包。"她们跟着姐姐上了楼。张大厨一直在旁边冷眼看着她们的闹剧，嘴角挂着一丝冷笑。张大厨和老板娘一起上了楼。

姐姐上楼后，来到了衣帽间，打开了自己放东西的那格柜子，从里面拿出包，递给跟在后面的朱娅，平静地说："你检查吧，看里面有没有小美的钱包。"

朱娅在众目睽睽之下，气势汹汹地夺过姐姐的包，拉开拉链，在里面翻了起来。不一会儿，她从姐姐包里找出一个红色的塑料钱包，举过头顶，大声说："大家看看，这就是小美的钱包。"

一阵哗然。

朱娅把包扔在姐姐身上，说："李婉榕，你怎么解释？"

姐姐有点发懵，储物柜明明锁起来了，各人保管自己那格储物柜的钥匙，谁会有钥匙打开自己储物柜的锁，把小美的钱包放进自己的提包里？

这时，老板娘说："朱娅，你怎么证明这个钱包就是小美的？"

朱娅说："小美，你自己说，里面有什么东西？"

小美说："里面有三百元钱现金，还有一张写着我名字的工行卡，还有我的身份证。"

朱娅打开红色塑料钱包，从里面拿出三张一百元的钞票，说："大家看看，这是三百元。"她把三百元钱放在小美手中，又从红色塑料钱包里拿出一张银行卡，说："大家看看，这是小美的工行卡，上面有小美的签名。"朱娅把银行卡给小美拿着，接着从红色塑料钱包里拿出一张身份证，说："这是小美的身份证，大家看清楚了，如假包换！"

大家的目光都落在了姐姐身上。

老板娘也不吭气了。

朱娅对姐姐说："你还有什么话好说？看你人模狗样，原来是个小偷。"

小美也帮腔，说："小偷，你看怎么办？"

姐姐的脸一阵红一阵白，如此羞辱让她无地自容。可是，姐姐经历过很多屈辱和不幸，她没有在她们的羞辱下崩溃，而是让自己冷静。她没有回答她们，而是在思考，她想起了昨天晚上下班后张大厨说的话。张大厨说得没错，她们真的采取了行动。姐姐沉默了一会儿，冷冷地说："这是栽赃，我根本就没有拿小美的钱包。"

朱娅冷笑道："栽赃？你有什么证据说小美栽赃？人证物证都在这里，你还狡辩！真不要脸！"

姐姐说："那你有什么证据说我偷了小美的钱包？"

朱娅说："笑话，钱包都从你包里搜出来了，这不是证据吗？"

姐姐说："谁看到我拿了小美的钱包，放进了我包里，站出来说？我从上班到现在，就一直忙个不停，我什么时候拿了小美的钱包？大家评评理，我来孔雀餐厅后，只管做自己该做的事情，从来不参与你们的事情，你们说我是婊子，给我泼脏水，我都不在意，你们摸着自己的良心说，我哪里得罪你们了？"

这时，张大厨走到姐姐面前，说："我没有看到李婉榕拿小美的钱包，可是，有人看到小美把自己的钱包偷偷放进李婉榕的包里。"

朱娅气急败坏地说："张大厨，你别血口喷人！"

张大厨不慌不忙地从口袋里掏出手机，打开视频，举起来，让大家看。大家纷纷把头凑近张大厨的手机，看个究竟，老板娘也凑过头，了解到底发生了什么。姐姐没有凑过去看，她认为自己是清白的。朱娅和小美也没有凑过去看,突然显得特别紧张,她们的脸色很难看。手机视频里,一个女服务员左顾右盼地走进了衣帽间,神色慌张。她来到姐姐的那格储物柜前,又往外看了看,发现没有人,就用一把钥匙打开了姐姐的储物柜,急忙拿出姐姐的包,拉开拉链,然后从裤兜里掏出一个红色的塑料钱包塞进了姐姐的包里。她重新拉上姐姐提包的拉链,锁上储物柜的门,紧张地摸了摸自己的胸脯,长喘了口气,匆匆逃离现场。

张大厨说:"大家都看到了吧,是谁搞的鬼?"

员工们嘻嘻哈哈地笑着,谁也不说话。

大家心里都明白了,那个栽赃者,就是扬言自己的钱包被盗的小美。张大厨对朱娅和小美说:"你们自己要不要看看,你们栽赃的过程都被拍下来了,我只要把这个东西交给派出所,看看倒霉的是谁。"

朱娅脸色苍白,浑身发抖。

小美突然指着朱娅,声嘶力竭地说:"都是她,都是她让我干的,都是她让我干的!也是她让我造谣的,她说,只要把李婉榕赶走,就给我五十块钱。"

老板娘气坏了,厉声对小美说:"你给我住嘴,你也不是什么好东西,你们俩都给我滚蛋!我的餐厅容不下你们这样的龌龊小人。"

她们俩站在那里,低下了头,小美的泪水流了下来,滴落在地板上,砸出一朵朵小小的泪花。姐姐对老板娘说:"老板娘,算了吧,原谅她们吧,也怪我不好,我这个人比较孤僻,不合群,也许无意之中伤害了她们,我也有错。"

老板娘说:"小李,你没有错,都是她们吃饱了撑的,干出如此丢人的事情。"

姐姐说:"无论怎么样,事情澄清了,就烟消云散了,我不是鸡肠小肚的人,这事也没有对我造成什么伤害,我看就算了。老板娘,给我一个面子,饶了她们吧,谁没有犯过错呢。"

老板娘说:"大家听到没有,李婉榕说的什么,她的心胸多么开阔。这事我听李婉榕的,就算了,过去了,但是以后如果再发生这样的事情,别怪我不客气。虽然说我和婉榕不追究此事,但是朱娅、小美,你们必须向婉榕道歉。"

张大厨嘟哝道："道歉,太便宜她们了。"

朱娅没有道歉,她抬起头,瞪了张大厨一眼,说："你这个无耻之徒!"

说完,朱娅下楼去了。老板娘追到楼梯边,说："朱娅,你想干什么?"

朱娅头也不回地说："我不干了!"

她离开了孔雀餐厅。

老板娘气得发抖,回过头,对小美说："你,你也走吧。"

小美流下了泪水,说："我不走,我不走,我孩子在老家还等着我的奶粉钱,我不能没有工作,不能没有工作。"

姐姐说："老板娘,你让她留下吧,求你了。"

好几个员工说："老板娘,让小美留下吧。"

老板娘叹了口气,说："留下可以,但是有个条件。"

小美说："老板娘你说,什么条件我都答应。"

老板娘说："从今天下午开始,小美去做洗碗工,婉榕接替朱娅,当迎宾。"

姐姐说："这样不妥吧?"

老板娘斩钉截铁地说："孔雀餐厅是我的,我说了算,就这样定了,大家该干什么就干什么去吧。"

……

这天晚上,姐姐比往常提早了两个多小时回家。在回家的路上,姐姐想到还在洗碗的小美,没有幸灾乐祸,而是替小美难过。她本来想留下来帮小美的,因为来例假,肚子很痛,就离开了餐厅。张大厨还是站在那棵梧桐树下等她,见她过来,扔掉手中的烟头,迎上来说："小李,今天要不是我,你就——"姐姐说："谢谢你。"张大厨笑着说："不客气,不客气,小李,我想请你到酒吧里喝杯酒,可以吗?"姐姐又想起了朱娅的话,心里一阵恶心,说："我不想喝酒,想回家,你自己去喝吧。"张大厨还想说什么,姐姐没有等他的话说出口,迈开腿一阵小跑，远离了他。张大厨骂了声很难听的话，悻悻而去。

姐姐回到家，刚刚开门，就闻到了一股花香。

姐姐想，她没有在家里养花，也从来没有买过鲜花，怎么会有花香呢？诧异的姐姐开灯后发现，一束鲜艳的红玫瑰静静地躺在桌子上。有人来过，还给她送了束红玫瑰，这人是谁？她检查了一下窗户，发现窗户开着。她突然想到了那个古怪的贼。难道是他送来的玫瑰花？如果不是他，那又会有谁呢？

姐姐在这个城市里，没有什么朋友，更谈不上可以给自己送花的男朋友了。

姐姐觉得不可思议。

姐姐发现花的上面有张小纸片，她拿起了小纸片，上面写着这样一行字："不要问我是谁，你应该像鲜花一样生活。"字迹歪歪扭扭，十分难看，这句话倒让姐姐怦然心动。一会儿，姐姐恢复了平静，心想，这也许是个恶作剧。她想把花扔了，走到门口，又折了回来，把花束放在鼻子下闻了闻，花香沁人心脾。姐姐自言自语道："怪不得那么多人喜欢花，还真好闻，以前我怎么就不喜欢花呢，看来，这三十多年真是白活了。"姐姐想找个花瓶把花养在水里，否则花儿很快就会枯萎，可是，姐姐找遍了家里的每个角落，都没有找到花瓶。她只好让花束留在桌子上，让它自生自灭了。

睡觉前，姐姐把门窗都关好了，生怕贼又跑进屋里来。

姐姐不怕那个贼，怕的是那个贼的唠叨。

姐姐躺在床上，肚子痛得要命，她哼哼唧唧地叫着。以前痛经，她会吃一种叫"益母草"的冲剂，可以缓解她的疼痛。她知道家里没有益母草了，又不想出门到药店买药，只好忍耐着疼痛。她经常对自己说，任何疼痛都会过去的，只要有足够的忍耐能力。实在痛得受不了了，她就在床上翻滚。姐姐想到了桌子上的那束玫瑰花，她强忍疼痛爬起来，一把抓过那束玫瑰花。她把花朵放在鼻子下，使劲地呼吸，一次一次地呼吸，花香转移了她的注意力，使她慢慢地入睡。

6

　　姐姐忘了自己已经不是洗碗工了，还是早早地来到了餐厅。小美比她来得更早，已经在拖地板了。小美看姐姐进来，抬头朝她笑了笑，姐姐也朝她笑了笑。姐姐醒悟过来，本来她可以在家里多睡一个小时觉的。姐姐没有后悔，早上起来，肚子不痛了，这让她欣慰。姐姐没有闲着，帮小美一起干活。小美说："你别动手，我自己来。"姐姐说："都是店里的活，我有空帮你干干，也是应该的。"小美十分感动，说："你是个好人。"姐姐说："我不是好人。"小美不知说什么好。姐姐说："凭良心做事情就好了，我们都是苦命人，不应该相互仇恨。"小美说："我知道了，凭良心做事。"

　　老板娘来了，看到姐姐和小美一起干活，便对姐姐说："婉榕，你过来，有话对你说。"

　　姐姐走到她跟前，说："老板娘，有何吩咐？"

　　老板娘端详着她，说："你说说看，朱娅打扮得漂亮吗？"

　　姐姐说："漂亮。"

　　老板娘说："是的，她很会打扮，其实，她卸了妆后资质平平，和你根本就没法比。她在的时候，因为她打扮得好看，嘴巴又甜，吸引了不少回头客，现在她走了，那些回头客需要你来吸引。我想和你谈谈，能不能稍微打扮一下，比如你的头发，能不能梳得整洁点？另外，对客人要笑脸相迎，多说好听的话，不知你能不能做到？"

　　姐姐说："我从来不用化妆品，我也不会说好听的话。"

　　老板娘说："你用不着用化妆品，就这样就很好，我只想让你把头发梳整洁些，现在这里有些凌乱。其实，你不用浓妆艳抹，稍微打扮一下就可以了，你的气质很好。至于好听的话，你琢磨琢磨，说得得体就可以了，我也不是要求太高。"

　　姐姐点了点头。

老板娘说："来，我给你梳头。"

姐姐说："谢谢老板娘。"

老板娘给姐姐梳头时，十分的认真和温存。姐姐想起了早逝的母亲。母亲在她小时候也给她梳过头，也是如此认真，如此温存，还说着温暖的话语。老板娘也说着温暖的话语："婉榕，你看你的头发多黑呀，就像绸缎一样，我看着就喜欢。"老板娘的手也十分温暖，偶尔碰到姐姐的耳朵和脖子，她可以感觉到老板娘手指的温度。姐姐说："老板娘，你真像我妈妈。"老板娘笑着说："我要有你这样漂亮的女儿就好了，可惜我生的是儿子，现在上大学，除了管我要钱，就没有好听的话对我说，和我像仇人一样，还瞧不起我这个当妈的，好像我开饭店丢他的脸，一点良心都没有。"

老板娘给姐姐梳完头，说："你去照照镜子。"

姐姐照了照镜子，发现自己变了一个人，变得温婉可人，她十分吃惊。穿上店里的旗袍和半高跟皮鞋后，简直和她以前的形象判若两人，她发现自己原来也可以那么美，可是，姐姐总觉得不自在。

她红着脸对老板娘说："挺不习惯的。"

老板娘说："习惯就好，习惯就好。我有信心了，婉榕，你一定会给我们餐厅带来好运的。"

老板娘说得没有错。

姐姐当孔雀餐厅的迎宾后，回头客渐渐多了起来，餐厅的生意也好多了。有些客人吃饭时眼睛也不老实，不停地用目光瞟她。姐姐的确很不习惯，那些男人的目光就像是一把把锋利的刀子，割得她体无完肤。更有甚者，还有个老头吃完饭，临走时，色迷迷地盯着她的大腿，走到她面前，黏糊糊地说："小姐，你的腿长得美妙绝伦。"姐姐差点一口痰吐在他皱巴巴的老脸上，不过，她忍住了，还是微笑地面对老头，看着老板娘的面上强忍着种种心理上的不快，可她不知道自己能够忍耐多久。姐姐总是这样对自己说："习惯就好了，习惯就好了。"

也有的男人直接要她的联系电话，她留的都是餐厅里的电话。

那天晚上，一个油头粉面的男子带了三个花枝招展的女子在餐厅里吃饭。他一进门,就盯上了姐姐。酒过半程时,那人把老板娘叫了过去。老板娘坐在他旁边,嗲声嗲气地说:"黄教授,有何吩咐?"黄教授说:"饭店里来了那么漂亮的姑娘,也不通报一下。"老板娘满脸堆笑:"哪里,哪里,你看,你带来的姑娘个个都赛天仙,你还缺漂亮姑娘哪?"黄教授指着那三个美女,说:"老板娘,你自己看看,这些姑娘哪个有气质,漂亮是漂亮,就是没有气质,不就是花瓶吗?"那三个姑娘没羞没臊,还在那里直乐。老板娘说:"好了,好了,我陪黄教授喝杯酒。"黄教授说:"你陪我喝酒算什么,去,去叫那个迎宾过来陪我喝两杯。"老板娘面露难色,说:"她,她要工作,你也知道,我们店小,一个萝卜一个坑,都闲不着,还是我陪你喝吧。"黄教授有点生气,说:"那不喝了,以后也不来了,一点面子也不给。"

老板娘十分尴尬。

她无奈,只好说:"黄教授息怒,息怒。我马上去叫她过来。"

老板娘走后,黄教授抹了抹油亮的头发,说:"这老板娘就是拎不清。"

不一会儿,老板娘把姐姐带到了黄教授旁边,黄教授换了一副嘴脸,微笑着彬彬有礼地对姐姐说:"请坐。"姐姐看了看老板娘,为难的样子。老板娘说:"这是艺术学院的黄教授,拍了不少电视剧,是个大名人,他让你坐,你就坐吧。"姐姐这才坐了下来。姐姐低着头,心里突然难受起来,如果老板娘不说此人是教授,她不会如此难受,教授这个词触动了姐姐心里的旧伤。老板娘去门边替姐姐招呼来客,姐姐坐在那里,不知所措。黄教授盯着姐姐,说:"你看,多好的姑娘,还会害羞,我就喜欢你这样的姑娘。来,陪我喝一杯。"姐姐说:"我们餐厅有规定,工作时,不能陪客人喝酒的。"黄教授说:"你放心吧,就喝两杯,我和你老板娘说好了的。"黄教授给姐姐倒了杯红酒,递给她,说:"喝吧。"姐姐无奈,接过了酒杯,黄教授端着酒杯,和她手上的酒杯碰了一下,然后一口喝下。姐姐也喝了那杯酒。姐姐喝了两杯酒后,就要走。黄教授按住了她,姐姐把黄教授按在自己肩膀上的手拨开,说:"你不是说就喝两杯吗?"黄教授说:"再喝一杯,喝完这杯

59

酒，你就可以走了。"姐姐说："我不能再喝了。"桌上其中一个美女说："黄教授让你喝，你就喝嘛，要是哄黄教授高兴了，他让你去当演员，你可知道，我们黄教授捧红了多少明星。"姐姐说："我不想当演员，也不想红。"黄教授说："你看，多有个性，我就是喜欢这样的女人，再陪我喝一杯，好吗，最后一杯。"姐姐接受了他的请求，喝完最后一杯酒就离席而去。她走前，黄教授给了她一张名片，让她有什么事情找他。姐姐去了洗手间，洗了把脸，然后把黄教授的名片拿出来，撕得粉碎，扔进了垃圾桶，恶狠狠地说："什么狗屁教授！"

其实，餐厅就是个舞台，许多人在这里表演，在这里现形。

7

那段时间，隔三差五，姐姐晚上回家后，都可以看到一束鲜艳的玫瑰花。那个神秘的送花人还送来了一个玻璃花瓶，每次来，都把花插在花瓶里，放在姐姐家的桌子上。姐姐回到家里，看到玫瑰花，头几天不以为然，时间长了，还是有些感动。她那小蜗居因为玫瑰花，渐渐有了温暖，不再冰冷。姐姐看着玫瑰花，呼吸着花香，把一天里在餐厅见到的各种嘴脸清零，脑袋变空后，她就觉得轻松了，就能够安然入睡。

有个人经常给自己送花，这是多么美好的一件事情。

可是姐姐不知道那送花人是谁。

她怀疑是那个话多的贼，却不能确定，她想打个电话问个清楚，又没有那贼的电话号码。这个城市那么大，大得离谱，要找到他，简直是大海捞针，姐姐也不可能去找他。况且，找到他又怎么样，和他说什么？老板娘有天语重心长地对姐姐说："小李，我看你还是找个人嫁了吧，这样独身下去，也不是个事情。"姐姐说："说心里话，我也想找个人嫁了，安安生生地过日子，问题是，现在的男人，谁信得过？谁能够和你相伴一生？我也有过男人，他们都一个一个离我而去，留下伤痕累累的我。"老板娘说："只要愿意找，一定能找到合适的人，我看看给你介绍一个吧。"老板娘好心，给她介绍了几个男人，都黄了，不是姐姐不中意，就是男人觉得不合适。姐姐是个实在人，一见面就对男人说自己有过几个男人，那些胆小的男人没有交往就败下阵来。

姐姐知道，一个人要坚持做一件事情是非常困难的，一个人要坚持给她送花也是需要毅力的。姐姐有时竟然对那个送花人想入非非。她想，如果送花人真心爱自己，如果他还没有结婚，是不是可以考虑嫁给他？姐姐不图他什么，只要他真心对待自己，和自己平平静静地生活。她也会想，假如送花人真的是那个贼，只要他对自己真心，同样可以接受他做自己的丈夫，她会说服他找一份正常的工作，不再行窃，她会和他一起照顾他生病的妈妈，一起承担义务。

有时，姐姐会梦见那贼，手上捧着一束玫瑰花，站在她面前，向她求婚。

她会在梦中羞红脸。

许多事情就像梦境一样。

比如那个贼，真的在某个晚上，手捧着玫瑰花站在她的床前，让姐姐不知所措。那是隆冬时分的某个晚上，特别寒冷，窗外刮着冷冽的风，飘着雪花。姐姐下班后，澡都没洗就钻进了被窝，她盖着两床被子，还觉得冷，双脚怎么也捂不热。睡前，她还在想，那送花人是不是出什么事情了，已经好几天没有给她送花了，桌子上玻璃花瓶里的玫瑰花都快枯萎了。姐姐内心有些不安，对那送花人有了一丝牵挂。姐姐迷迷糊糊地睡着了。

准确地说，姐姐是被冻醒的。

姐姐醒过来后，闻到了浓郁的玫瑰花的香味。她睁开眼睛，发现房间里的灯亮着，一个男人手捧着一束玫瑰花站在床边。姐姐没有像上次那样惊讶，只是顿时不知所措，张着嘴巴，什么话也说不出来。男人就是那个贼，真真切切，就是那个贼，他还是小平头，不过，络腮胡子剃得干干净净。姐姐以为他又会口若悬河，开始谆谆教诲。没想到，他竟然一言不发，只是含情脉脉地望着姐姐，眼神里还有些羞涩。

姐姐突然笑了，笑出了声，然后说："你，你怎么不说话，怎么不教训我了？你说话呀，傻瓜，说话呀，怎么不说话了？是不是哑巴了，或者偷东西时被抓住了，让人割了舌头？"

他还是没有说话，只是留下了泪水，泪水滴在玫瑰花的花瓣上，无声无息。

姐姐坐起来，脸上的笑容消失了，说："你怎么了？哭什么呀？"

他说："你也许以为再不会有人送花给你了吧？"

姐姐说："其实送不送花给我，我不会在乎的，你到底怎么了？"

他说："我几天没有来给你送花，是因为我妈妈死了，她没有动手术就死了，都怪我，怪我没本事，没钱给她治病。"

姐姐听了他的话，心里也十分难过，穿上羽绒服，下了床。她从他手中接过玫瑰花，放在桌子上。然后拿了两张餐巾纸，递给他说："不哭了，擦擦眼泪吧。"他接过餐巾纸，擦了擦眼睛，说："我以为能够救她的，我真的以为能够救她的，谁知道妈妈她会那么快离我而去，我有罪哪——"

姐姐不知道怎么安慰他，扶着他，让他坐在椅子上，给他倒了杯水，说："人死不能复生，你尽力了，妈妈会谅解你的。"

他突然抱住姐姐的腰，大哭起来，像一个孩子。

姐姐情不自禁地抱住他的头，轻声地说："哭吧，哭吧，哭出来就好了，我理解你，我妈妈死后，我也十分悲伤，觉得天塌了，地陷了。当时，我怎么也哭不出来，爸爸打我耳光我也哭不出来，整个人傻掉了，心里憋得要死。你哭吧，我不拦你，痛快地哭出来，哭出来就好了。我知道，你是好人，那天晚上，你说是因为妈妈病了偷东西，如果那时我有更多的钱，也会给你的，心甘情愿给你的。你不要自责了，哭完就好了。"

他说："对不起，其实我很软弱，我不该做贼的。"

姐姐说："你是个傻瓜，没有钱，还给我送花，一送就是几个月，你真是个傻瓜。"

他说："自从第一次看到你，我就爱上了你，我——"

姐姐说："别说了，别说爱字，你的心意我知道，我接受了你的花，也接受了你的心意，不要说爱，千万不要说爱，我不要听那个字，不要听——"

他抽泣着,说:"好,我不说了,不说那个字了,我会一心一意对你好的。"

姐姐说:"不,我不要承诺,不要。"

他抱紧了姐姐。

姐姐也抱紧了他。姐姐没有想到会来得那么快,那么突然,她会再次接受一个男人,再次卷入爱河。

这是无法逃脱的命运。

……

天亮后,姐姐赤身裸体醒过来,发现男人不见了。桌子上花瓶里将要枯萎的玫瑰花被夜里他带来的新鲜玫瑰花替代了,那束将要枯萎的玫瑰花被扔在垃圾桶里。姐姐醒来没有看见男人,心里感觉特别不安。他送了那么多玫瑰花,会不会就为了一夜的狂风暴雨,他得到她后就悄然离去,再也不会出现了?有些男人就是这样的,没有得到之前,像只辛勤的小蜜蜂飞在花丛中,得到之后就消失得无影无踪。

他也许就是个采花大盗。

从他的行为上分析,他根本就不像真正的贼。哪有小偷教训被偷者的,哪有小偷坚持不懈给被偷者送花的,要是碰到别人,早就报警抓人了,只有姐姐傻乎乎的,任他摆布。姐姐越想越不对劲,觉得自己上了男人的当。她自言自语道:"我怎么这么傻呢,一次次上男人的当。"

她心里懊恼极了。

可是,闻到玫瑰花的香味,她又推翻了自己的想法:不,他不是那样的人,不是的!他对母亲如此孝顺,不可能是坏人,而且,有谁会坚持那么长时间给一个素不相识的女人送花,要不是真心喜欢,根本就是不可能的事情。

姐姐安慰着自己敏感而脆弱的心灵。

姐姐从床上爬起来,抖了抖被子,她觉得被子还散发着男人的气息,那种气息让她迷醉,她心里一直在说服自己,那个男人不是采花大盗,而是真心喜欢她的人。穿好衣服,她发现桌子的花瓶下有一张纸条，纸条上写满了歪歪扭扭的字。没错，这是男人留下来的纸条，姐姐迫不及待地拿起纸条，浏览起来。

纸条上写着这样的字：我先走了，还要给我妈妈办理后事，等料理好妈妈的后事，我再来看你。谢谢你在我悲伤时给我的安慰，我答应你，再不会去做贼了，我会好好做人，以报答善良的你。我虽然还不知道你的名字，但是你已经占据了我的心灵。最后，我告诉你我的名字和手机号……

姐姐看完纸条上的字，眼睛湿了，是的，他不是那样的人，姐姐也知道了那个男人的名字——吴晓钢。姐姐马上给他发了条手机短信："晓钢，你的纸条已阅，放心办妈妈的事情，等着你。李婉榕。"

姐姐的脸发烫。

她感觉到内心有团火苗死灰复燃，渐渐地烧遍全身，她不知道这火会不会把自己烧焦。

爱情的再次来临，让姐姐焕发出了新的生命。

其实，生命就是一次次燃烧的过程，直到最后，变成灰烬。

8

姐姐像是变了一个人。在上班的途中，她会莫名其妙地对陌生人傻笑，有的陌生人以为她精神有问题，躲着她；有的陌生人会瞪她一眼，说句不好听的话；有些陌生人比较友好，会回报她一个笑容，并且朝她点个头。无论陌生人的表情如何，姐姐心里还是开出了花，幸福的花。看到路边冬青上的积雪，姐姐把雪握成一团，放在手上把玩，完全不顾雪的冰冷。

老板娘也发现姐姐不对劲。

姐姐一到餐厅就一直傻笑，像个花痴。

老板娘说："小李，你没事吧？"

姐姐说："没事，没事。"说着，还在老板娘肥嘟嘟的脸上掐了一下。老板娘摸着被掐的脸，说："你脑子是不是有病，掐得这么用力，痛哇！"姐姐乐呵呵地去换旗袍了。换完旗袍，姐姐让老板娘给自己梳头。老板娘边给姐姐梳头，边说："小李，你今天到底怎么了？是不是上班路上捡到钱包了？"姐姐说："捡到钱包算什么，还得还给人家，划不来。"老板娘说："那你告诉我，碰到什么好事了？"姐姐说："现在不告诉你，到时候你就知道了。"老板娘说："嘿嘿，还卖关子，不告诉就不告诉，我还不想知道呢。"姐姐说："老板娘，你不想知道还问什么？"老板娘说："不问就不问了。"姐姐说："老板娘，你别生气嘛，你应该开心才对，我的情绪好，工作也会好呀，你难道希望我天天愁眉苦脸？"老板娘说："看你这张嘴巴，不说时三锤子砸不出个屁，说起来就伶牙利齿，没完没了了。"姐姐还是没有控制住自己的嘴巴，轻声对老板娘说："我有男朋友啦——"老板娘有点吃惊："我给你介绍了那么多人你都没有看上，怎么一夜之间就有男朋友了？"姐姐说："有什么大惊小怪的，缘分到了，自然就有了。"老板娘说："你说得有理，是得有缘分。"姐姐说："祝福我吧。"老板娘说："祝福你。我想问你呀，你了解他吗？"姐姐说："不是很了解，可是我感觉他人不错，厚道仁义。"老板娘说："还是要好好考察，再托付终身，人心隔肚皮，知人知面不知心，一定要小心为好，一步走错就步步错。"姐姐说："我知道了。"老板娘说："不要怪我话多，我是为了你好。"姐姐说："谢谢老板娘。"

姐姐相信自己这次不会看走眼，还对未来充满了幻想。

她幻想着和吴晓钢成亲，恩恩爱爱地过幸福的夫妻生活，吴晓钢和她一起回到老家唐镇，唐镇的乡亲都夸她找了个好老公，不再用阴损的目光歧视她。最重要的是，父亲能够接纳她，能够获得父亲的祝福。还有弟弟，她的安稳生活，也可以让弟弟不再担心，不再为了找不到她而焦虑，姐姐也不用再向父亲和弟弟隐瞒自己在外面的生活。

一连几天，没有吴晓钢的消息，打他的手机，手机关机，发手机短信，他也不回复。敏感的姐姐心里又七上八下，惴惴不安。她又面对着那束将要枯萎的玫瑰花，胡思乱想了。吴晓钢会不会真的消失了，再也不会来了？她都已经配好了一把房间钥匙，等他来后交给他，让他再也不要像贼那样从窗户上爬进来了。姐姐心里十分焦虑，等得不耐烦了，又给他打电话，他的手机还是处在关机状态。姐姐把手机扔在桌子上，恶狠狠地骂道："吴晓钢，你这个混蛋，竟然和我玩消失，要是我发现你骗我，看我不把你碎尸万段！"躺在床上后，姐姐叹了口气，想，也许你的命运就是这样，注定孤老一生，你也不要期待了，随遇而安吧，是你的跑不掉，不是你的，你怎么强求也没有用。想到这里，姐姐心里平静了些，渐渐地睡着了。

就在姐姐沉睡之后，吴晓钢从窗户爬了进来。他小心翼翼地关上了窗门，拉好窗帘，站在床边，迟疑了一会儿。他今天没有带来玫瑰花。黑暗中，他看不清姐姐的脸，只能听到姐姐的鼾声，还可以闻到姐姐身体散发出的女人气息。吴晓钢没有开灯，他怔怔地站了一会儿，然后脱光了衣服，钻进了姐姐温暖的被窝。

姐姐醒过来，她是在噩梦中醒来的。

她梦见吴晓钢浑身是血，站在她面前哭。她想抱住吴晓钢，可是怎么也靠近不了他，她伸出手企图抓住他，却怎么也够不着。姐姐喊着他的名字，他一直悲伤地哭。

姐姐醒来后，发现身边躺着一个人，他侧着身子，脸朝着姐姐，左手放在姐姐的胸脯上。姐姐知道他是谁，又惊又喜，可姐姐以为自己还在梦中。姐姐掐了掐自己的大腿，有疼痛感，证明不是在梦中，她还可以听到窗外嗖嗖的风声。吴晓钢躺在那里，一点声音都没有，连呼吸的声音也听不见。他就像一具尸体。姐姐把他的手从自己胸脯上拿开，他的手还是温热的，她心想，躺在身边的人还不是尸体。这个家伙什么时候进屋的，什么时候钻进被窝里的，姐姐一无所知。他就是个贼，他的行为符合贼的特征，姐姐不喜欢他这样。她要他光明正大地走进自己的家门，而不是总这样偷偷摸摸的。

姐姐推了推他，说："醒醒，醒醒。"

吴晓钢睡得很死，怎么叫也叫不醒。姐姐脾气上来，伸出手，在他的手臂上狠狠地掐了一下。姐姐掐人是出了名的疼，她那么用力掐吴晓钢，他竟然无动于衷，还是昏睡。姐姐想，他会不会真的死了？她把食指放在他鼻子底下，感觉不到他的呼吸，可他的身体还是温热的呀。姐姐拍了拍他的脸，说："你快醒醒，不要吓我，不要吓我。"

吴晓钢笑出了声。

姐姐又使劲地在他的手臂上掐了一下，气恼地说："看你装死吓我，看你装死吓我！"

这次，吴晓钢痛得鬼叫了一声，说："你也太用力，我不是你的仇人。"

姐姐咬牙切齿地说："你就是我的仇人，就是我的仇人。你小子也够狠的，这些天，打你手机也不接，发消息给你也不回，我还真以为你死了呢。你来了也不叫醒我，鬼鬼祟祟的，真讨厌。"

吴晓钢抱住了姐姐，说："对不起，对不起，妈妈的后事办完后，我就身无分文了，手机也欠费停机了，现在还没有开通呢。"

姐姐推开他，说："先别抱我，说清楚了再抱。"

吴晓钢说："好吧，好吧，我听你的。"

姐姐说："手机停机了，怎么不用座机打，就是没有座机，也可以在电话亭里用公用电话打呀，你知道，我都担心死了。"

吴晓钢说："对不起，我因为悲伤过度，都糊涂了，其实我心里一直想着你。"

姐姐说："这次我原谅你，以后再这样，我就把你从我心里删除，你就是给我送一辈子玫瑰花，我也不会再理你了。"

吴晓钢说："婉榕，我保证，再不会有这样的事情发生了。"

姐姐说："另外，你答应过我的，不会再做贼了，你说话要算话，我最瞧不起言而无信的男人。我给你配好了家里的钥匙，你以后来，直接从家门进来，大大方方地进来，我不要你再爬窗户了，如果你再从窗户上爬进来，我也不会再理你了。记住没有？"

吴晓钢说："记住了，我敢不记住吗。"

姐姐说："记住就好。还有，以后不要再给我买玫瑰花了，我们都不是有钱人，这样的情调我们玩不起，你想想，这几个月，你给我买玫瑰花花了多少钱呀,你不心痛我还心痛呢。你要真心对我好,就要听我的,明白吗?"

吴晓钢说:"我明白了。"

姐姐说:"你对未来有什么打算?"

吴晓钢说:"一切都听你的。"

姐姐笑了笑,说:"你真会踢皮球,我问你对未来有什么打算,你就把你的想法说出来好了,还说一切听我的,实话对你说,我对未来没有什么信心,也不知道以后会怎么样,人算不如天算,我脑子很乱,想听听你的想法,看能不能给我指明方向。"

吴晓钢沉默了。

姐姐说:"你是不是很为难?你得考虑好问题,两个人在一起,不是小孩子玩过家家,我三十多岁的人了,无法再浪漫,需要实实在在的生活,我不在乎你有没有钱,只要你踏踏实实和我过日子。"

吴晓钢说:"我也想踏踏实实和你过日子,我想,是该去找份工作了,然后和你好好过。"

他说完,又抱住了姐姐,姐姐这次没有拒绝。

9

姐姐和吴晓钢在一起同居了。同居的日子有苦恼也有快乐,总体上来说,还过得去,最起码,姐姐活得还有点希望。吴晓钢说他找了一份工作,他没有告诉姐姐在公司里干什么,只是说公司的工作很忙,经常要加班,还要经常出差。因为公司在郊区,吴晓钢不能天天回来,一般两三天回来过个夜,看他那么辛苦,姐姐也没有说什么。他要是出差,一般一走就一个星期,其实,他们真正在一起的时间还是不多的,姐姐没有什么怨言,还挺支持他的工作。

和吴晓钢好了之后,姐姐心里有了安慰,脸上常常挂着笑容。

老板娘总是问姐姐:"小李,你什么时候办喜事呀?你要办喜事,就在我们餐厅办吧,我不收你的钱,我一直把你当女儿看待,就算给你陪嫁。"

姐姐十分感动,说:"谢谢老板娘。他工作很忙,根本就没有时间考虑结婚的事情,每次我和他提这事,他总是说,等赚到钱了再说。我说有钱没钱都没有关系,没钱我们办简单点。他就哄我,说不能将就,结婚是大事,要办得风光。他说得还挺真诚的,我就无话可说了。"

老板娘说:"不是我说不好听的话,你要当心哪,他这样一拖再拖的,拖到猴年马月呀?钱能赚得完的吗,像他那样上班族,要想赚大钱,也不是那么容易的事情,有的事情不能由着他来,你自己也要有主心骨。"

姐姐觉得老板娘说得也有道理,决定和吴晓钢说清楚。

问题是,吴晓钢还是用那些话来搪塞姐姐。

姐姐心里就有了疑问:吴晓钢为什么不想结婚呢?

让姐姐不解的是,过年那几天,吴晓钢竟然不在家陪她过年。大年二十九晚上,他匆匆忙忙来了,给姐姐带了点年货。姐姐看他来了,还挺开心的,没有想到,和他上完床后,他提起裤子就要走。姐姐诧异地问:"你要上哪儿?"吴晓钢笑了笑,说:"我得赶回公司里去。"姐姐觉得奇怪:"你们公司不放假?"吴晓钢说:"公司放假,可是我不放假。晚上我得赶回去值夜班。"姐姐说:"为什么呀?"吴晓钢说:"现在值夜班,比平常多三倍的工资,你想想,这是赚钱的好机会哪。"姐姐找不到反驳他的理由,不快地说:"好吧,那你去吧,明天晚上记得回来吃年夜饭,我会等你的。"吴晓钢亲了她一下,说:"好,我一定回来。"

大年三十那天,姐姐还是要去上班,餐厅年初一和年初二这两天放假。晚上,吃年夜饭的客人走后,餐厅里的员工一起吃年夜饭。姐姐对老板娘说:"餐厅里的年夜饭我就不吃了,我得回家和他一起过年。"老板娘十分理解姐姐,给了姐姐一个两千元的红包,说:"那你回去吧,我也不留你了。对了,不要告诉其他员工我给了你多少钱的红包,他们没有这么多。"姐姐说:"谢谢老板娘,谢谢老板娘。"

姐姐在回家的路上想，吴晓钢会不会在家里等急了，于是，她打了个车回家。姐姐极少坐出租车，能走路的话，连公共汽车和地铁都不坐，她知道没有钱的窘迫，能省一分钱就省一分钱，她甚至两年多都没有买过新衣服。回到家里，家里冷冷清清的，根本就没有吴晓钢的身影。姐姐赶紧拨打他的手机，吴晓钢的手机竟然关机。他怎么能够在大年夜里把手机关掉呢？而且，也不给姐姐来个电话。姐姐只能想，也许是他的手机没有电了，也许他正在往家里赶呢，他答应过回来吃年夜饭的。

姐姐赶紧去厨房准备饭菜。

她把饭菜都做好了，端上桌了，还不见吴晓钢回来。

这时，临近午夜，窗外传来了烟花和爆竹的响声。姐姐独自坐在饭桌旁，心里十分焦虑和痛苦。吴晓钢到底还来不来，他此时在哪里，在干什么，姐姐一无所知。他就像一个巨大的谜，呈现在姐姐脑海。姐姐拨了好几次他的手机，他的手机还是处于关机状态。姐姐的目光落在角落里的花瓶上，顿感心酸。自从那次姐姐让他不要买玫瑰花之后，他真的再没有买过玫瑰花给姐姐。姐姐想，在那许多孤独的夜里，如果有玫瑰花相伴，也是很美好的事情，可是没有了，她只能够看着他发来的手机消息，度过寂寞长夜。现在，大年夜里，吴晓钢人不见了，没有玫瑰花，连一条手机消息也没有发过来。他又一次消失了，消失得无影无踪。

姐姐觉得很委屈，泪水情不自禁流淌下来。

她还想起了老家的父亲和弟弟，想起他们，泪水止不住往下流。多少年了，她一个人孤独地度过大年夜，这是亲人团圆的日子，她却不敢回家，不敢面对父亲和弟弟，不敢面对家乡。本来以为，这个大年夜会有人陪她度过，到头来还是孤身一人。

姐姐等到凌晨两点多了，还没有等到吴晓钢。她擦掉眼泪，说："王八蛋，不来就不来了，就算做了一场梦。你不来吃，我自己吃！"姐姐开了一瓶红酒，独自喝了起来，边喝边傻笑。

放假的这两天，姐姐一直在昏睡。

在过往的那些岁月里，姐姐受到伤害，就会在床上昏睡，她用昏睡抵抗痛苦和绝望，让自己的肌体重新生长出活下去的新元素。在昏睡的过程中，吴晓钢渐渐地在她心里死去，化成灰，在凛冽的风中飘散。吴晓钢不是姐姐的第一个男人，在他前面，有过许多男人；吴晓钢不是伤害姐姐最深的男人，在他前面，有过不少让姐姐痛不欲生的男人；所以，吴晓钢不算什么，真的不算什么，他消失就消失了，没有什么了不起的。姐姐沉睡了两天后，继续去孔雀餐厅上班，继续用虚假的笑容面对那些形形色色的男人。

一直到大年初三晚上，吴晓钢才出现在她面前。

姐姐忙了一天，腰酸背疼，正要睡觉，吴晓钢推开门，脸色阴沉地走了进来。姐姐冷冷地看了他一眼："你是谁呀？走错门了吧？"吴晓钢笑着说："对不起，我一下飞机就赶过来了。"姐姐说："你在我心里已经死了，你走吧，我不想再见到你了。"吴晓钢说："你听我解释，好吗？"姐姐说："有什么好解释的，你都死了，还解释什么。"吴晓钢站在姐姐面前，像个做错了事情的孩子，喃喃地说："婉榕，真的对不起，大年三十晚上，我正准备回来陪你过年，老板突然找到我，要我和他出趟差，去要一笔账。那是笔死账，因为欠债的人消失很久了，老板接到消息，说那人出现了，回家过年了，他就带我赶了过去。走得匆忙，我忘了带手机充电器，手机没电了，也没有打电话给你，我知道你担心我，也知道你会恨我，我错了，婉榕。"

姐姐说："你就编吧，编吧，不要再浪费口舌了，滚吧，我说过，只要你再玩一次消失，就不会再理你了的，难道你没有记在心上？"

吴晓钢突然跪在她面前，眼睛里流出了泪水，他哽咽地说："我错了，真的错了，你就原谅我这一次，好吗？我求求你了，我真的爱你，真的爱你。"

姐姐冷笑道："爱？笑话，你爱的不是我这个人，而是我身体的某个器官。放假那两天，我什么都想明白了，你可疑的地方太多，我不想一一说破，你心里很明白，我不怪你，只怪自己傻逼，活该被你玩弄。现在，你已经在我这里玩完了，你接着去偷别的女人心吧，你其实彻头彻尾就是个贼。我算是幸运的，没有陷得更深，也没有太多的不堪，反过来说，也算我玩了你吧。你走吧，不要再来了，你不会再从我这里获得任何东西，包括感情和肉体。"

吴晓钢觉得无法挽回了，姐姐冷静的语言击退了他。

吴晓钢站起来，一言不发转身就走。

姐姐说："请把我给你的钥匙留下，你不应该带走它。"

吴晓钢把钥匙放在桌子上，阴沉着脸，悻悻而去，出门后，他重重地关上了门。姐姐可以感觉到他的愤怒，她过去反锁上门，关好窗门，才爬上床，渐渐让提到嗓子眼的心放回原处。姐姐还担心吴晓钢会对自己动粗什么的，想起来还有点后怕。姐姐想，自己是不是该换个地方住了，她家的窗门是挡不住吴晓钢进来的，他不晓得用什么办法，可以把里面插销插紧的窗门打开。可是，她搬到什么地方住呢？除了这个蜗居，姐姐在这个城市找不到别的栖身之所，她也不想去找。姐姐咬了咬牙，自言自语道："算了，该怎么样就怎么样，他真的要害我，就是搬走，同样也可以找到我，他是个贼，和平常人不一样的贼。"

10

和吴晓钢分手后，姐姐没有觉得特别痛苦，不像以前那样撕心裂肺，也许是经历多了，心的承受能力强了。姐姐只是有些遗憾，遗憾又一个梦的破灭，遗憾自己注定要孤老一生。老板娘看出了什么，对她说："小李，你这几天怎么了，每天那么早过来帮助小美干活，晚上下班了也不回家，还帮小美洗碗。"姐姐笑了笑说："我回家也没有什么事情，小美一个人要干那么多活，也够辛苦的，我帮帮她也是应该的。"老板娘说："你一定是有什么事情，是不是男朋友的事情？"姐姐觉得瞒不住老板娘，就直说了："我和他分手了，我看出来了，他不可能和我结婚的。"老板娘说："怎么回事呀，说分手就分手。"姐姐说："感觉不对，再处下去会更加不好，断了反而轻松，一了百了了。"老板娘没有再说什么，她清楚，姐姐也不想说太多。

姐姐以为和吴晓钢一刀两断之后就再没有关系了，谁知道，后来发生了一件始料不及的事情，让姐姐陷入了黑暗的深渊。

姐姐和吴晓钢分手一个月后的那天晚上，姐姐下班后，还是帮小美洗碗。

她们边洗碗，边说着话。

姐姐："小美，最近有和朱娅联系吗？"

小美说："有些日子没有联系了。"

姐姐："她现在做什么呢？"

小美说："前段时间，她在电话里和我说，在一家广东菜馆做服务员。她还问我们餐厅的情况呢，听她口气，在广东菜馆干得不是很顺心，她说她讨厌老板，说她老板是个矮冬瓜，特别好色，总是动手动脚。婉榕姐，你说现在的男人怎么都那样呀，好像没有长脑子，全身上下就只长了根鸡巴，恶心死个人了。"

姐姐叹了口气说："也难为她了，她要真想回来，我和老板娘说说，就让她回来吧。"

小美惊喜地说："真的？"

姐姐说："真的。"

小美说："你没记恨她？"

姐姐说："我连你都不记恨，我会记恨她吗，猪脑子。"

小美咧开嘴笑了："对，对，我就是个猪脑子。太好了，我明天就给她打电话。朱娅一定会很高兴的。"

姐姐说："小美，你孩子多大了？"

小美说："两岁多点。"

姐姐说："你才多大年龄，孩子都两岁多了。"

小美说："我们山里人，结婚早，生孩子也早，没有办法。"

姐姐说："孩子那么小，你也舍得离开他，出来打工。"

小美说："当然舍不得，怪想他的，想起孩子，心里就难受，恨不得马上见到他，抱着他，亲他。孩子身上有股奶香味，想起来，我就心慌意乱，浑身不自在。唉，要不是家穷，我们也不会出来。家里那几亩山田，一年也打不了多少粮食，现在种地成本又高，一年到头，辛辛苦苦，收成

73

也只够自己吃,钱是一个子儿都赚不到,孩子以后要上学,都需要花钱,如果不出来打工,赚点钱,以后的日子就会更苦,没有法子。"

姐姐说:"你老公也出来了?"

小美说:"是呀,他不出来,那怎么办,不能靠我养他吧?他不在上海,在厦门打工。"

姐姐说:"你们都出来了,孩子谁带?"

小美说:"孩子他爷爷奶奶带。老人家带孩子,我也不放心,可是没有法子。"

姐姐叹了口气。

突然,姐姐觉得不对劲,胃里翻江倒海,要呕吐。姐姐猛地站起来,朝卫生间扑去,小美扔下手中的碗,急忙跟了过去。姐姐趴在抽水马桶上,剧烈地呕吐,她涕泪横流,脸色煞白。小美蹲下身,边给她捶背,边说:"婉榕姐,你怎么了,是不是吃错东西了?"姐姐没有回答她,继续呕吐。

姐姐呕吐得筋疲力尽,瘫坐在抽水马桶前,喘着粗气。小美去倒了一杯水,回到姐姐身边,把水递给她,说:"漱漱口吧。"姐姐漱了漱口,漱口水吐进抽水马桶里。姐姐说:"我不知道怎么了,这两天总是吐。"小美说:"不会是着凉了吧?"姐姐摇了摇头,说:"应该不是。"小美想起了姐姐刚才问自己孩子的事情,说:"会不会是——"姐姐说:"是什么?"小美想,姐姐又没有结婚,有些话还真不好说出口。姐姐看她为难的样子,说:"小美,有什么话就说出来,不要有什么顾忌。"小美红着脸说:"你是不是,是不是怀孕了?"

姐姐想起来最后一次和吴晓钢做爱,就是一个月前的大年二十九晚上。而且这个月的月经也没有来,还真有可能是怀孕了,和吴晓钢做爱,她没有采取任何措施,要是真怀孕了,只能怪自己粗心,信了他的鬼话,他总说射在外面没有事情的。姐姐的脑袋里一片浆糊,不知道如何是好。

……

姐姐和小美分别后,就到一家24小时开门的药店买了早孕试纸,忐忑不安地回到了家。家里的桌子上没有玫瑰花，窗门也紧闭，那个叫吴晓钢的贼没有来过，也不知道还会不会来。经过测试，姐姐确定，肚子里已经怀上了吴晓钢的孩子。姐姐呆坐在床沿，脸色苍白，精疲力竭。

11

姐姐缓过神，第一反应就给吴晓钢打电话，开始，他的手机是通的，他就是不接电话。姐姐打了几次后，吴晓钢的手机关机了。姐姐把手机狠狠地扔在床上，厉声骂道："王八蛋，吴晓钢，你是个王八蛋！"

姐姐冷静下来，想，就是接通了他的手机，又该和他说什么？说自己怀上了他的孩子，要他负责任？

这世上有多少负责任的男人？

这世界上有多少像男人的男人？

也许他会反问姐姐："你敢肯定孩子就是我的？你可以和我睡，难道就不会和别的男人睡？"

男人都是那副嘴脸，想得到你的时候，可以不停地送花，可以说尽花言巧语，可以有各种不切实际的承诺，可以信誓旦旦，但是得到后就会冷淡下来，甚至逃得远远的，仿佛什么事情也没有发生过，真出了事情，他们就想尽办法推得一干二净，实在推不掉了，就耍赖，不管你的死活。姐姐想，就是找到他，又有什么用，又能够解决什么问题，一切还得自己扛。姐姐长叹了一声，决定不再找他了，权当自己被毒蛇咬了一口，一切后果自己负责。姐姐考虑好了，明天就去医院打掉肚子里的孩子。

在漫漫长夜中熬到天亮，她向老板娘请了假，就去了医院。

妇产科里，传来新生儿的哭声。

新生儿石破天惊的声音让人心生柔软，善良的姐姐听到新生儿的哭声，她那颗饱经沧桑的心被击中了。她情不自禁地摸了摸自己的肚子，肚子里的那个幼小的生命在蠕动，他那小心脏在跳动，姐姐感觉到了。

姐姐突然热泪盈眶，是的，她肚子里的是一条生命，他在等待着未来的出世，等待着石破天惊的那声啼哭，等待着母亲的爱抚。姐姐慌乱地说："不，不能，不能扼杀他，我不是杀人犯，我是母亲，母亲——"

那一刹那间，姐姐决定把孩子生下来，无条件地把孩子生下来。

姐姐逃离了医院。

姐姐漫无目的地在这个城市里游荡。没有人在意她肚子里的小生命，没有人在意她眼中含着的泪水，没有人在意她的痛苦和爱。是肚子里的孩子让她重新获得了爱，她爱这个突如其来种在自己生命中的孩子。也许，孩子就是上帝给她的礼物，在她历尽沧桑之后，给她的安慰，她的生命也有了依托，不再是无根的雨中浮萍。姐姐想象着，孩子陪自己到老，她会呵护孩子长大成人，那种幸福感无与伦比。她甚至产生了感谢吴晓钢的念头，如果没有他，她还是孤独的，有了孩子，她就不会再孤独了，生命也有了光彩。

整整一天，姐姐在城市里游荡，幸福地想象着未来。

入夜了，姐姐该回家了。

从今天开始，她要把自己的家收拾得干干净净，不再邋邋遢遢了，她也要爱惜自己的身体，不能再饥一顿饱一顿了，不能再帮小美干活了，到适当的时候，她要告诉老板娘，然后辞职，在家好好地待产，她省吃俭用积累下来的钱，足够支撑到孩子生下来。

路过体育馆时，姐姐看到体育馆外面好多人，她知道今夜体育馆里一定有演唱会，以前她在这里看过演出，记得很久没有来看演出了。这时，一个人凑近她，对她说："要票吗，要票吗？"

姐姐说："是谁的演唱会？"

那人说："刘若英，奶茶，知道吗，票不多了，要的话就赶紧买。"

姐姐摇了摇头，她没有心情听刘若英演唱，不管她是奶茶还是多大的明星，她只想回家，好好休息，也让肚子里的孩子好好休息。突然，在离她几丈远的地方，有人打了起来。有人高喊："揍死这个赤佬！也不看看这是谁的地盘，也敢在这里撒野。"姐姐看着一个男人被打倒在地，很多条腿对着倒地的男人狂踢。有人喊了声："条子来了，大家快散！"打人者不一会儿就跑得无影无踪。姐姐看到那被打的男人歪歪斜斜地从地上爬了起来，站在那里，手上紧紧地攥着一叠演唱会的票子，他朝地上吐了口血痰，愤怒地说："这帮孙子，等着瞧，老子要血债血还！"姐姐看清楚了，那被打的男子竟然是吴晓钢，他怎么会在这里倒票，他不是在郊区的某公司上班吗？

姐姐动了恻隐之心，走过去说："吴晓钢，你没事吧？"

吴晓钢盯了她一眼，冲她吼叫道："滚，关你什么事！"

姐姐愣在那里，看着他走入人群，兜售他的票子去了。

12

春暖花开的时候，姐姐的肚子已经隆起来了。她自己也不好意思在孔雀餐厅干下去了，就向老板娘辞职，刚好朱娅也要回来，老板娘答应了她。其实老板娘早就知道姐姐怀孕了，在姐姐怀孕之初，老板娘就找她谈过话。那次谈话，姐姐印象深刻。老板娘说："你傻呀，这孩子不能生下来，会很麻烦的。"姐姐坚定地说："孩子是我的，我一定要把他生下来，不管有多麻烦。"老板娘说："你考虑过没有，这个孩子生下来，对你来说意味着什么？你会失去自由，一生都会被这个孩子拖累，你一个人要把孩子养大，要吃很多苦头的。"姐姐说："我晓得孩子对我意味着什么，他是我的血肉，我要把他养大，不管吃多大的苦头。老板娘，谢谢你，我晓得你是为我好，生下这个孩子的所有困难，我都考虑过，我会为他承担一切。"老板娘说："唉，那随你自己了，我也不多说了，你多多保重吧。"

姐姐不上班了，回到家里，准备生孩子。

姐姐的家收拾得干干净净，东西放置得整整齐齐，墙上还贴满了漂亮宝宝的照片，那是她从育儿杂志上剪下来的，据说，每天都看着漂亮宝宝的照片，自己生的孩子也会很漂亮。已经很久没有上网了的姐姐又开始上网，她上网不是像从前那样写写博客，聊天或者到各个论坛上闲逛，而是下载一些免费的育儿知识和购买一些婴儿的衣服和用品，一切东西都要在孩子出生前准备好，否则到时候没有人会帮她。

姐姐给肚子里的孩子听一些胎教的音乐，希望孩子生下来后聪明。她还时不时抚摸着肚子，轻轻地说话，那是她在和自己的骨肉交流。肚子里的孩子仿佛能够听到她说话，当她说到动情处，孩子就会在肚子里踢踢腿，伸伸懒腰，姐姐都能够感觉到。

孩子给姐姐带来的幸福感真的无与伦比。

自从她离开家乡唐镇，她从来没有如此幸福过。她没有恐惧，以前所有痛苦的经历都烟消云散，她心里只有孩子。

姐姐在温馨的家里，等待着那一天的到来。在等待的过程中，她也定期到医院里去检查。怀孕5个月的时候，姐姐去医院检查时，看到了吴晓钢。那天上午，姐姐检查完，医生告诉她，孩子一切都很正常，姐姐很高兴，只要孩子好，她就好，就是晴天。走出医生办公室，她看到了一个男人的背影，他还提着一个保温桶。那男人的背影是那么熟悉，她心里说："吴晓钢到妇产科来干什么？他不是没有结婚吗？就是和我分手后结婚，他老婆也不可能那么快就生孩子了。"

好奇心驱使姐姐跟了上去。

吴晓钢进了妇产科的病房。产房里住着三个女人，两个大肚子，一个坐在床上看书，另外一个在病房里走来走去。还有一个女人已经生了孩子，抱着孩子在喂奶。吴晓钢走进病房后，喂奶的女人抬起浮肿的脸，笑着说："老公，你来了，今天给我做什么好吃的了？"吴晓钢也笑着说："给你熬了鲫鱼汤，你喜欢的。"女人说："还喝鲫鱼汤呀，我的奶够多的了，孩子都吃不完。"吴晓钢说："孩子吃不完，我吃。"女人说："去，去，去，也不害臊，还想和我儿子抢奶吃。"另外两位孕妇听了他的话，都笑了起来。

姐姐没有笑，心里骂了声："王八蛋！"

原来吴晓钢是个有妇之夫，还骗姐姐说单身，姐姐算了下时间，他第一次进屋偷盗教训姐姐的时候，他老婆应该才怀上孩子，自己老婆怀上孩子，还给姐姐送了那么久的玫瑰花，就想占有姐姐。看到他生下儿子的老婆，姐姐什么都明白了，吴晓钢说的找工作，上夜班，加班，过年出差等等，都是谎言。姐姐还想，他妈妈生病和死也许都是假的。如果不看到这一切，姐姐不会如此难过，因为她心里早把他删除。但现在姐姐气得浑身发抖，她突然觉得自己给这个混蛋生孩子，是自己的耻辱。

姐姐躲在一个角落里抹泪。

当吴晓钢兴冲冲地走出医院的大门，姐姐出现在了他的面前。吴晓钢看着姐姐的大肚子，呆了。姐姐盯着他满是络腮胡子的脸，朝他脸上啐了口唾沫，咬牙切齿地说："骗子，贼，流氓！"

说完，姐姐转身而去。

13

姐姐当时真的气坏了，也想把孩子流掉，可是，孩子在她产生坏想法时不停地踢她，仿佛在她肚子里喊叫："妈妈，妈妈，不要抛弃我，妈妈，不要抛弃我。"姐姐心软了，她告诉自己，不能这样做，孩子是自己的，和吴晓钢那王八蛋没有任何关系，她不能抛弃孩子，孩子也不会抛弃自己，她和孩子相依为命。姐姐回到家里，轻柔地抚摸自己的肚子，温柔地说："孩子，对不起，妈妈让你害怕了，不要怕，孩子，妈妈不会放弃你，无论怎么样，妈妈都不会放弃你。孩子，不要怕，妈妈会用命来保护你，你就是妈妈的命！"

……

贼，永远是贼，改不了贼的品性。

吴晓钢是个贼，他又用贼的方式进入了姐姐的家。姐姐正在灯下给肚子里的孩子唱歌。她一抬头，就看到了吴晓钢的脸，他已经悄无声息地从窗口进来了。他手上提着一个保温桶，和姐姐在医院里见到的一模一样的保温桶。姐姐已经不再生气，她答应过肚子里的孩子不再生气的。

姐姐说："你赶快走吧，我真不想再见到你了。"

吴晓钢说："对不起，我不知道你怀孕了。"

姐姐说:"我怀孕和你没有一丁点关系,你赶快走吧,再不走我就报警了。"

吴晓钢说:"我知道你怀的是我的孩子。我要负责任的,这不,我熬好了乌鸡汤,给你补身体,还带了点钱,你先花着,以后我还会送钱来给你的。"

他把保温桶放在桌子上,从口袋里掏出一叠钱,也放在桌子上。

姐姐说:"把东西和钱都拿走,你要不走,我真的报警了!"

吴晓钢什么话也没有说,走了,他以最快的速度从窗户上爬了出去,不一会儿就消失得无影无踪。

面对那叠钱和保温桶,姐姐无动于衷。

姐姐想,生完孩子,就带孩子离开上海,她实在不想看见吴晓钢,要是在上海住下去,这个贼还会从窗户爬进来,或者在某一天,夺去她的孩子,夺去她的命。

半夜时分,姐姐饿醒了。

姐姐经常会半夜饿醒,有时就忍了,有时会爬起来找东西吃。怀上孩子后,虽然刚开始时反应很大,总是呕吐,她还是觉得自己像只饿狼,总是喂不饱自己。有时,她会调侃地自言自语:"孩子,你该不会是饿死鬼投胎吧,让妈妈那么能吃。"

姐姐饿醒后,看到了桌子上吴晓钢没有拿走的保温桶。

吴晓钢说过,保温桶里装的是乌鸡汤。姐姐从床上爬了起来,走到桌子旁边,打开了保温桶,保温桶里的乌鸡汤还冒着热气,姐姐闻到了浓郁的香味。就像当初闻到玫瑰花的香味一样,姐姐欲罢不能。姐姐什么也没想,就一口气喝下了那一保温桶的乌鸡汤,连里面的乌鸡肉也吃得干干净净。

吃饱喝足,姐姐有了种巨大的满足感,重新躺回床上。

过了两个多小时,姐姐的肚子剧烈地疼痛起来。

姐姐嗷嗷直叫,她发现事情不对,得马上去医院。姐姐没有想到打急救电话,强忍疼痛,跟跟跄跄地走出门,一步一步走下了楼梯,然后又艰难地走出了小区,来到了街旁。姐姐一只手捂着疼痛的肚子,一只手举起来,准备拦车。这时,姐姐感觉到有什么东西从下体流出来,流到大腿上,流到地面上。姐姐摸了一下大腿,举起手一看,是血,鲜血!姐姐心里说,完了,完了。她看一辆车开过来,慌忙招手,大声喊叫:"救救我,救救我的孩子——"那是一辆私家车,从她面前一晃而过。看着汽车离去,姐姐哭了,大声地哭了:"救救我的孩子,救救我的孩子——"

这是黎明前的黑暗时刻,街道上车辆很少。

一辆出租车停下了,看姐姐那个样子,又开走了。

姐姐瘫倒在地上,已经没有力气了,她还在呼喊:"救救我的孩子,救救我的孩子——"

姐姐的声音越来越微弱。

她觉得自己不行了,仿佛看到了地狱之门。

……

姐姐醒过来时,已经躺在医院急救室的病床上了。奄奄一息的姐姐听到有人在说:"她终于醒过来了。"那声音仿佛很遥远,是从另一个世界里飘过来的。姐姐睁开眼睛,看到有几张脸在晃动,那几张脸是模糊的,渐渐地,那些晃动的脸清晰起来。那是医生和护士的脸。

姐姐急促地说:"我在哪里?我在哪里?"

医生告诉她:"你在医院。"

姐姐说:"我的孩子呢,我的孩子呢?"

医生没有说话。

姐姐想坐起来,可是浑身一点力气也没有,头很疼痛,身体的某个部位也很疼痛,她的身体和灵魂都被撕裂了,都疼痛不已。这是姐姐最疼痛的时刻,和此时的疼痛相比,过去的那些疼痛都不足一提,姐姐知道,自己失去了孩子,失去了希望。姐姐再一次问医生:"孩子呢,我的孩子呢?"

医生说:"对不起,孩子没有保住。"

医生离开了。

姐姐想抓住医生,企图向他讨回自己的希望,可是,她一点力气都没有，眼睁睁地看着医生离开。医生离开后，姐姐还在挣扎，痛苦地挣扎，她的挣扎无济于事，犹如每一次面对命运的击打一样无济于事。一个护士对姐姐说："好好休息，你能够从死亡线上回来，已经很不容易了。要不是一个环卫工人用三轮车把你送来，你就没命了。"

姐姐说："到底发生了什么，是什么夺去了我的孩子？"

护士说："是你自己不要这个孩子的吧，不然，你怎么会吃那么多堕胎药呢？"

姐姐无力地说："堕胎药？"

护士说："是的，堕胎药，孩子都那么大了，你怎么能这样？你被送到医院的时候，孩子已经没有心跳了，你也大出血，差点就没有救了。"

姐姐闭上了眼睛，什么话也说不出来，内心充满了悲恸。

她想起了吴晓钢送来的乌鸡汤……

姐姐根本就没有想到，吴晓钢会在乌鸡汤里放进大剂量的堕胎药。他不希望姐姐生下这个孩子，在医院门口，姐姐示威性地朝他脸上吐唾沫，是不明智之举，姐姐挺着的大肚子让吴晓钢恐惧，这无疑威胁了他和他的家庭，让他暗下了杀手。

14

这是个晴朗的早晨，天空蓝得可怕，一丝云翳都没有，对姐姐和吴晓钢而言，这都是不平凡的一天。吴晓钢一早就来到了医院妇产科的病房，他老婆是剖腹产，住了一周医院了今天就可以出院了。老婆对他说："一会儿医生来查房，要是没有什么问题，你就可以去办手续了，我不喜欢医院，住在这里，总觉得不舒服。"吴晓钢说："忍忍，很快就回家了。"老婆说："家里都收拾好了吗？"吴晓钢说："收拾好了，我妈都收拾两天了，早上，我让她回自己家去了，我晓得你们不和，怕你见到她烦。"老婆说："这还差不多。对了，我回家后，你可不能到处乱跑了，要好好陪着我和孩子。"吴晓钢笑了笑说："我要不乱跑的话，你和孩子喝西北风呀。"老婆说："我的意思是，不要和那些乱七八糟的女人乱搞。"吴晓钢说："又来了，又来了。"

老婆说："你就不是个好东西，嫁给你，我肠子都悔青了。"

吴晓钢说："别胡说八道了！"

老婆说："你看，就晓得和我凶，哪有你这样对老婆的？"

吴晓钢不说话了。

老婆还在说："晓钢，我和你说一件事情，昨天晚上，可吓死我了。我去上厕所，感觉厕所门外站着一个人，从门底下的缝隙中看出去，可以看到一双穿着白色帆布鞋的脚。我说，你是谁？那人没有说话，走了，一点声音都没有，就走了。我出去时，走廊上很静，空空荡荡的。我十分害怕，回病房时总觉得后面有个人在跟着我，我都不敢往回看。回病房后，同房的人告诉我，刚才有个披头散发的女人进病房里看我们的孩子。她问那个披头散发的女人是谁，女人没有回答她。过了一会儿，披头散发的女人走了，走时还说了一句：'恶有恶报。'老公，你说这到底是怎么回事？"

吴晓钢听完老婆的话，浑身发冷。

他知道那个披头散发的女人是谁。

医生来了后，检查了吴晓钢老婆的刀口，说："你这刀口好像有点发炎，留下来观察一天，明天看看再出院吧。"

吴晓钢说："应该没有问题，还是今天出院吧。"

医生说："你是医生还是我是医生，这里到底听谁的，要是出院，刀口感染，谁负责？"

老婆："还是听医生的吧，早一天出院，晚一天出院，也没有什么关系。"

吴晓钢没有再说什么，但是，他心里特别不安，生怕老婆会发生什么意外。他说："我先回家，下午我做好了饭再来，晚上我陪你住在医院里。"

老婆说："那你去吧。"

吴晓钢来到护士站，对一个护士说："护士，可能有人要来害我老婆孩子，你们可要当心。"

护士笑了笑说："你神经过敏呀，有谁要害你老婆孩子？"

吴晓钢说："我说的是真的，你们真的要看好我老婆孩子，否则出了问题，我找你们算账。"

护士没有再理他。

吴晓钢走出医院的大门，左顾右盼，神情紧张，提防着什么。他来到停车场，骑上电动车，心情焦虑地往家跑。他有些后悔给姐姐送了乌鸡汤，可是，如果不送那乌鸡汤，等姐姐把孩子生下来，找上门来，他就更加麻烦了。他相信姐姐已经流产了，吴晓钢又害怕，又像是卸下了什么负担。回到家里，他觉得口很渴，倒了杯水，一口气喝了下去。然后，吴晓钢坐在沙发上，思考着什么。

突然，门铃响了。

是谁？

吴晓钢警惕地站起来，走到了门边。透过门上的猫眼，他往外面看，他什么也没有看见。见鬼，没有人，门铃怎么会响起来？他想，也许是太紧张了，他从来没有告诉过那女人住址，她不可能找上门来的，他担心的是老婆孩子，那女人已经知道老婆孩子在哪里了。不一会儿，又响起了门铃声。吴晓钢有点生气，以前楼下一个小男孩也这样按人家的门铃。他认为这又是那孩子的恶作剧，气呼呼地开了门。

门一开，他看到一个披头散发的女人蹲在门前。一刹那间，披头散发的女人猛地站起来，一头朝他的下颚撞上来。吴晓钢脑袋一懵，剧烈的疼痛让他失去了防御能力。披头散发的女人接着就用膝盖狠狠地顶在他的裆部。吴晓钢惨叫一声，双手抱住了裆部，弯下了腰。披头散发的女人就是愤怒的姐姐，她像只疯狂的母兽，抱住他的头，用膝盖猛击。吴晓钢完全被击晕了，瘫倒在地。

姐姐关上了房门，并且反锁上了。她单腿跪在吴晓钢身体旁边，从腰间掏出了一把尖刀，狠狠地插进了他的心脏。血奔涌而出。姐姐站起来，走进他家的卫生间，洗了洗手，然后开始梳头。此时的她异常平静，苍白的脸上浮现出一丝笑意，她轻轻地说："我从不在意自己的容颜，我的容颜却不老；我十分在意自己的命运，命运对我竟然如此不公。"梳完头，她随手拿起一根橡皮筋，扎在头发上。她看看衣服上的血迹，脱掉了衣服，走进吴晓钢的卧室，在衣柜里找出了一件白色的连衣裙，套在了身上。然后，姐姐把自己的衣服装进一个方便袋里，从容地离开了吴晓钢的家。

……

第三卷

渐渐腐烂的苹果

我们到了澜沧江的一个拐弯处，没有了路。呈现在我们面前的是滔滔的江水。强巴说，要倒回去，翻过一座山，才能回到澜沧江边的小路上。此时，天已经快黑了。胡丽望了望那座大山，倒吸了口凉气，说："翻过这座山，该到午夜了吧？"

强巴点了点头，说："没错，山上树林茂密，路很不好走，有些路还在悬崖边上，不能骑马，需要步行。还有，这山上还有熊，去年，有个人在山上被黑熊拍烂了头，看到他尸体的人都不认识他是谁了。"

我的心一阵抽紧。

胡丽说："今天就到此打住吧，找个地方宿营，安全第一。"

强巴说："这是最好的办法。"

胡丽问我："弟弟，你说呢？"

我说："听你们安排。"

这里虽然风光很好，环境却异常恶劣。在这恶劣的环境里找宿营地也是很讲究的，弄不好，就会把自己陷入危险境地。如果是我一个人，我还真没有办法找到好的宿营地，有可能在睡梦中就被死神带走了，这绝不是危言耸听。好在校长给我们找的向导强巴是个经验丰富的人，他在一个山谷找了块没有树林的开阔地扎营。这个地方，山体崩塌不会受到影响，泥石流也不会冲到这里，黑熊要是跑出森林也可以看得到。

我们在搭帐篷的时候，强巴朝山上的林子里走去。

我对胡丽说："他去林子里干什么？"

胡丽说："是去拣干树枝吧。"

我不解："拣干树枝干什么？"

胡丽说："你傻呀，这都不知道，晚上很冷的，生火呀。"

我恍然大悟，我还以为他要离我们而去呢。我们支好了两顶小帐篷，一顶给强巴用，一顶是我和胡丽用。胡丽本来想我们三人住在一个帐篷里，相互的热量可以御寒，可帐篷实在太小了，三个人太挤了。此时，西方的天边出现了晚霞，晚霞红得灼眼，我想，姐姐是不是也看到了火红的晚霞？

过了好大一会儿，强巴回来了。

　　他的肩膀上扛着一大捆枯掉的树枝。天黑之前，强巴生起了火。生好火，强巴把绑在骡马马鞍后面那鼓鼓囊囊的羊皮袋取下来，拿到火堆旁边。打开羊皮袋，强巴变戏法般从里面取出了一口嵌着铁链的小铁锅，还有三个木碗和一袋糌粑，以及酥油等东西。强巴在火堆上面搭了个架子，铁锅的铁链挂在架子上，就可以烧水了。强巴到不远处的地方接了水，放在锅里烧。强巴做这些事情时，都没有说话，只是面带微笑。我和胡丽也没有说话，坐在火堆旁，一直默默地看着他，我们插不上手，他也不会让我们插手。

　　当强巴把酥油茶和糌粑做好了，放在我们面前时，胡丽才说："谢谢你，强巴。"

　　我也说了声："谢谢。"

　　胡丽习惯了这里的生活，她很享受强巴给她的食物。

　　说实话，我真吃不惯这些东西，但是，我已经饿得肚子咕咕叫了，况且我不能拒绝强巴的一片盛情，强忍着把那些食物吞咽下腹。其实我们还带了面包等干粮，但我不好意思拿出来吃。我想，明天早上不让强巴弄吃的，让他和我们一起分享面包等食物。我心里很感激强巴，本来我们寻找姐姐和他没有任何关系，他却为我们付出了那么多，还要照顾我们，我于心不忍。

　　胡丽看出了我的心思，说："弟弟，凑合着吃吧，我刚开始也吃不惯这些东西，习惯了，你就会觉得，这些食物是天下最好的东西，是最滋养人的东西。姐姐刚开始也不习惯，后来也习惯了。"

　　我点了点头，笑着说："我会习惯的。"

　　强巴看我们说话，只是笑，露出一口洁白的牙齿，他的牙齿让我想起雪山。强巴不时用一根棍子去扒拉火堆，火堆在他的扒拉下越烧越旺，还发出噼里啪啦的声响，还散发出一股木头树脂的香味。

　　胡丽看了看强巴，说："我想起了我哥，扎西。"

　　说着，她用手背抹了一下眼睛。

　　如果扎西不死，他是否会和我们一起来寻找姐姐？

胡丽吃完东西，说："弟弟，我太累了，头有点晕，先睡了，你差不多也睡吧。"

我说："丽姐，你去睡吧，我烤会儿火，一会儿睡。"

胡丽钻进了帐篷。

强巴一声不吭。

我想和他说点什么，却找不到话题，无从说起。我从背包里拿出一本姐姐留下的笔记本，准备看看姐姐到底记录了些什么东西。笔记本里面，是姐姐的日记。日记时断时续，基本上是连贯的，从姐姐的日记里，基本上可以得知她离开唐镇后的生活状态。她一直过得不如意，而且很艰难，也有些快乐的时候，但是很少。整本日记的基调灰暗，我不忍心细看，我在这样宁静的山野，也害怕自己陷入黑暗。

我正想合起日记本，突然发现日记本的某页中夹着一片枯叶。我翻到了那页，拿起枯叶，看到那页纸的上面写着密密麻麻的文字，文字上面还有一个标题：渐渐腐烂的苹果。这不像是日记，倒像是一篇文章。这篇文章不短，有二十几页。姐姐上中学时喜欢舞文弄墨，我也受到过她的影响，她会把她写的东西悄悄地读给我听，问我写得好不好。我当然会说好，我喜欢姐姐的文字。我不清楚姐姐为什么会把这篇文章放在日记本里，因为其他文字都是日记。好奇心驱使我阅读这篇文章，我已经很多年没有读姐姐的文章了。

《渐渐腐烂的苹果》

1

榕是个怎样的女子，连她自己也很难判断。那个叫陶吉祥的男人将她抛弃后，榕绝望得要自杀。榕想不通，陶吉祥把她从东莞带到上海，说好一生一世都爱着她的，怎么就把她抛弃了，犹如一棵大树抛弃了一片枯叶。榕用尽了力气，也无法挽回被抛弃的命运。她的天空没有了光亮，死是唯一的道路。

她爱得太用力，用力过猛的爱，带来的是更深重的绝望。

榕在绝望中，想不出什么好的自杀方式。

她像很多傻女人那样，选择了割腕。锋利的刀子割破了细嫩的皮肤，血像树脂一样渗出来，看上去有点黏稠。渐渐地，血流加快，黏稠的血就变成了一条忧伤的小河。榕双眼流着泪，就是在这个时候，她还在呼唤着陶吉祥的名字，希望他会重新出现在面前，心痛地带她去医院，挽救她的生命。榕抽泣着，拨打他的手机，打不通，他已经换了手机号码。痴心的榕要让他知道自己在死，在一点一点地死去。

榕拍下了手腕流血的照片，传到了网上。

某个网站的论坛，榕以前和陶吉祥都在上面玩，在上面写过肉麻的关于爱情的文字。榕想，陶吉祥也许会看到她流血的手腕。榕在论坛里的名字叫"温暖的鱼。"她把照片发上论坛时，还配上了这样一段文字：鱼要死了，鱼的血要流干了，鱼不再温暖了，鱼陷入了冰窟，鱼发出最后的呼喊，好冷呀，好冷呀——

榕平常在论坛里并不引人注目，默默无闻。

她自杀的帖子发出后，马上引起了疯狂的顶帖，帖子一直在首页的头条位置。榕的血还在流，她的泪也不停地流。透过模糊的泪眼，她不停地刷新帖子，看帖子下面汹涌如潮的回复。有人在呼救，有人在劝她去医院，有人骂她说她炒作，有人安慰她让她珍惜自己的生命，有人在争吵……榕多么希望能够看到陶吉祥的网名，多么希望他在回复中安慰她，告诉她，他马上就赶过来救她。

榕失望了。

她没有等到陶吉祥的回复，也没有等到他的到来，榕觉得血很快要流干了，泪也要流干了。就在她关掉电脑，躺在床上，闭上眼睛等待死亡之际，她听到了警笛的声音，接着，纷杳的脚步声和人的喊叫声传来。她不管外面发生了什么事情，只是闭着眼睛，静静地等待死亡。

敲门声响起了，剧烈的敲门声，还有焦急的喊叫。

不是陶吉祥在敲门，也不是陶吉祥在喊叫，她无动于衷。

门被撞开了，冲进来几个警察。一个警察抱起床上的榕就往外跑。榕的眼睛紧闭，浑身无力，她想喊，喊不出来。她心里说，为什么要救我，为什么要救我，我不要活了，没有了陶吉祥，活着又有什么意义。是网站的人找到了她电脑的IP地址，然后报警，警察才找到了她。

到医院后，医生和护士马上对她进行急救。

止血，包扎伤口，挂上了吊瓶。

医生是个暴脾气，瞧不起自杀者，凶巴巴地对她说："年纪轻轻的，昏了头哇，搞什么搞！你凭什么自杀！你有什么权利自杀！有什么东西值得你自杀！那么多病人等着我救治，你还要浪费我们的时间！"

榕咬着牙，听医生的训斥，是呀，你凭什么自杀，凭什么？有什么东西值得你自杀？他都不要你了，和你没有任何关系了，你还要为他去死，这不是犯贱吗！你以前经历了那么多残酷的事情都没有自杀，被男人抛弃了就寻死觅活，这还是你吗？你不是哪个男人的附属品，你是你自己！

榕一下子想通了，如果医生安慰她，她也许还会纠结，医生的训斥让她从迷乱中清醒过来。

护士安慰她说："张医生是好人，他不应该那样说你，你不要把他的话放在心上，他也是为你好。一切都过去了，你不会有事的，好好休息，打完吊瓶，你就可以回家了。"

榕说了一声："谢谢。"

2

没有死成，就继续活下去。

榕把家里的东西都清理了一遍，有关陶吉祥的东西都被扔进了垃圾桶，还有电脑上和他有关联的照片等都删除掉了。她想撕掉日记本上那些和他在一起时写的日记，想了想，还是没有撕掉，但她不会再翻阅那些篇章了，她用订书钉把那些篇章订了起来，封存。榕也辞去了工作，这份工作是陶吉祥给她找的。榕想疯玩一阵子，等积蓄花光后再找份工作，或者离开上海。

因为那个自杀的帖子,有个网名叫"不死鸟"的网友和榕拉上了关系。通过私聊,榕获知,她也是个受过伤害的女人,也曾自杀过,现在她走出了阴影,活得很好。不死鸟对榕十分关心,每天都问寒问暖,给她讲一些人生的道理。渐渐地,榕和她成了网上的好友,有什么想法都和她说,不死鸟也耐心地听她说话,还替她解惑。榕对她产生了信任感,所以,当不死鸟邀她一同出去游玩时,榕欣然应允,内心一点防范也没有。不死鸟是湖南人,她们约定在长沙碰头,然后去张家界游玩。

榕走的时候,拿起家里唯一剩下的苹果,咬了一口,放在桌子上,准备一会儿在路上边走边吃。她背起背包,走出了门,竟然忘记了那个咬过一口的苹果。

不死鸟发过照片给榕看,榕记得她的模样。

不死鸟和她说好了,会在长沙火车站等她。

列车到达长沙火车站时,正是凌晨3点,榕走出火车站,就在出站口看到了穿着红色连衣裙的不死鸟。不死鸟的脸圆圆的,眼睛很亮,扎着一根长辫子,看上去很单纯的模样,不像她说的受过很多苦难。见到榕,不死鸟扑上来抱了抱她,说:"见到你,我太高兴了。"榕说:"我也很高兴,没想到你那么年轻。"不死鸟诡秘一笑:"我比较有欺骗性,看上去年轻,其实青春已逝。"榕说:"乱讲。"不死鸟热情地抢过榕的背包,背在自己身上,说:"我们走吧。"

本来说好了在长沙先住下来,天亮后再出发去张家界的,不死鸟改变了行程,告诉榕马上就走。她说,刚好她有三个朋友也去张家界,他们开辆面包车去,正好可以捎上她们。榕觉得不妥,说:"这样不会麻烦人家吗?"不死鸟说:"不麻烦,都是我的铁哥们。"榕心里有些不爽,她不想接触任何男人。不死鸟说:"榕,你不要害怕,真的没事的,他们的车就在停车场里等着我们呢,快走吧,别让人家久等,他们也是好心,听说我们要去张家界,担心我们路上不安全,主动要捎上我们的。"不死鸟诚恳的样子,让榕不好拒绝,只好上了那辆看上去十分破旧的面包车。

车上有三个男人,一个在前面开车,另外两个坐在她们的后面,榕看不清他们的脸。车上有股臭味，烟草和狐臭混杂在一起的臭味，可以断定，这三个男人中有烟鬼和狐臭者，榕上车后，感觉很不舒服，情绪也极其压抑。面包车还没有开出长沙市，榕就被一条黑布蒙上了眼睛，一把冰凉锋利的刀横陈在她脖子上，后面一个男子凑到她耳朵前，说："别动，你动一下，就要你的命。"

榕大惊失色，这，这到底怎么回事？

她听到不死鸟说："快，给钱，让老娘下车。"

一个男子说："妈的，什么时候少过你的钱，给你，拿着钱滚蛋。"

榕这才反应过来，自己上当了，上了不死鸟的当，她是个货真价实的骗子，而自己也是个货真价实的傻子，这么容易就被骗了。

车子停在路边，不死鸟下车后，面包车就朝城外开去。

到了偏僻处，他们把榕捆了起来，嘴巴也被胶带封住了。榕被放到后排上，一块脏兮兮的黑布盖住了她。榕没有挣扎，她知道挣扎没有用，她只有忍耐，冷静地忍耐，伺机逃跑，尽管心里充满了恐惧。

未来充满了太多的不确定性。

……

3

榕被卖到了湘西的大山里。

买她的是一个60多岁的老头。老头一个人住着一栋两层楼的楼房，他把榕锁在一间密封的房间里，房间里有一张大床。榕的右脚踝上铐着铁镣，长长的铁链的另一端锁在天花板上的钢筋挂钩上，她无法逃脱。一天三顿饭，老头都会准时送来，饭菜都不错，有荤有素还有汤，而且还相当可口，老头的厨艺看来不错。

到了晚上，老头就会进来凌辱榕。

老头个子很高，出奇的瘦，脸上只剩一层皱巴巴的老皮，眼窝深陷，像个活骷髅。老头进入房间后，脸上毫无表情，他脱光了榕的衣服，沙哑着嗓子说："你以后就不用穿衣服了，我喜欢看你光溜溜的样子。"接着，他就用干枯而又冰凉的手抚摸榕的肉体。榕被他摸得浑身起鸡皮疙瘩，恶心透了。她还是没有挣扎，任凭这个老色鬼抚摸。老头抚摸了一会儿，就气喘吁吁，他坐在她面前，冷漠地打量她，仿佛要从她身上挖出金子。榕说："你为什么要买我？"老头说："你想知道？"榕说："很想知道。"老头说："看你这么乖，我就告诉你吧。我年轻时身强力壮，有的是力气，在乡里做泥水匠。因为我父母早死，孤身一人，没有女人肯嫁给我。在给一户人家修建房屋时，东家的女人看上了我，和我好上了。她长得难看，就是骚，是狐狸精转世，每次在一起，她都恨不得吸干我的骨髓。我对她是又喜欢，又讨厌。有天晚上，她来找我，我们还在床上，就被她男人捉住了，她男人带了好多人来，轰轰烈烈。骚狐狸吓坏了，跪在地上求饶。我没有求饶，还骂那骚狐狸，也骂她男人是乌龟王八蛋。她男人气得发抖，拼命地打我。他带来的那些人也拼命地打我，有一个人说：'把他阉了算了。'骚狐狸的男人对骚狐狸说：'我们要把他阉了，你看怎么样？'骚狐狸竟然同意阉了我。我愤怒地吐了她一脸血。骚狐狸的男人恶毒呀，要骚狐狸亲手把我阉了，说只要她亲手把我阉了，就原谅她。然后，给了她一把尖刀。骚狐狸的心真狠，真的把我阉了。我这一生就毁在了她手里，从那以后，我就贫困潦倒，没有人用正眼瞧我，也没有人敢请我去做活了。老天总算开了眼，在我50岁的时候，时来运转，我在山里刨地时，刨到了一缸金子。那缸金子可能是旧时富人逃难时埋下的，也可能是当年土匪埋下的，不管那么多了，反正我发财了。发财后的我马上就建了一幢楼房，我不把楼房建在乡上，也不建在村里，而是建在半山腰上，我不屑和那些从前看不起我的人住在一起。我有钱了，我也要讨老婆，我让媒婆去给我说亲，只要说成，我就给她一块金子。问题是，没有人愿意嫁给我，连那些死了老公的老太婆也不愿意嫁给我，她们都不稀罕我的钱财。那个媒婆没有给我说上亲，还说愿意陪我睡一觉，让我给她一块金子。我说，呸！我要找的是老婆，不要搞破鞋，况且，我还能搞吗，还能搞吗？后来，我就让人贩子去给我买女人。前两年买了个四川娘们，我也是把她锁在这个房间里。那娘们性子烈，摸都不让我摸，像只刺猬，还骂我，骂得难听死了，我都不好说给你听。她可是我花大价钱买来的,怎么能够骂我,怎么能够摸都不让我摸?我气得要死,有一天,我多喝了两杯酒,就用石头把她砸死了,埋在后山一个没有人去的深坑里。埋了她,我想我该消停了,不该打女人的主意了,好吃好喝过完余生吧。过了没有多久,我的心又活络了,我心里一口气难消,没有一个女人陪我过完余生,我死不瞑目哪,我又让人贩子去帮我找女人,结果就找到了你。他们和我说,是个大城市里的年轻漂亮女人,要多给些钱,我说钱不是问题,把女人弄过来,一手交钱一手交货,两清。没想到还真是个漂亮女人,看到你,我每顿饭都可以多吃一碗,有你这样漂亮的女人陪着,也不枉这一生了。"

榕说:"你都可以当我父亲了,你不怕天打五雷轰?"

老头使劲地吞了口唾沫,说:"我怕什么?我的命根子被骚狐狸割掉后,就什么也不怕了。"

榕说:"你会对我好吗?"

老头说:"只要你乖乖的,我会对你好,把你当菩萨供起来。"

榕说:"你把我锁在这里就是当菩萨供着?"

老头说:"那你要我怎么样?我不打你,不骂你,不用石头砸死你,就是当菩萨供着了。"

榕说:"如果我乖,你让我干什么,我就干什么,你想干什么,就让你干什么,而且愿意当你老婆,好好地服侍你,你会把我放开,不锁着我吗?"

老头面无表情地说:"我没有那么傻,你说得好听,是不是有什么目的?是不是想逃走?你们这些女人,鬼着呢,我要是放开你,你不跑了?我一个糟老头子怎么追得上你。你要跑了,我的钱不又白花了?我不会那么傻的,不可能放开你的。你必须乖乖的,让我舒服,到我死之前,我会把剩下的金子给你,会打开锁链,让你远走高飞。在我没有感觉到要死之前,你不要动任何逃走的脑筋,不然,不要怪我手黑,我会用石头砸死你,把你脑浆砸出来,拖到后山的深坑里埋了。"

榕不寒而栗。

每天晚上,老头会和她在一起,摸她,舔她,让榕恶心透了。榕十分冷静,她不会激怒老头,而是顺着他,等待逃跑的机会。榕在他玩够了后,会和他聊天,通过聊天,榕知道老头心脏不太好,心里就有了主意。原来榕准备趁老头摸她时把他击倒,然后想办法逃走,但是这办法行不通,老头的力气竟然很惊人,而且他处处提防着她,让她无从下手。

榕要打消老头的顾虑,让他放松警惕,这样,榕的想法就可以实现。

她装得很温顺很体贴的样子,让老头渐渐放松了警惕。

那天晚上,屋外打着雷,下着暴雨。老头走进了房间,关上门。榕笑脸相迎:"你来了,我等你好久了。"老头看了看她,说:"外面下暴雨。"他脸上还是没有表情,榕到这里两个多月了,没有见老头笑过一次,他是个冷血的恶魔。老头爬上床,开始猥亵榕,他在抚摸榕的乳房时,榕轻轻地叫唤。老头听到她的叫唤,恶狠狠地打了她一耳光,说了声:"骚狐狸!"榕忍耐着内心的愤怒和委屈,还是迎合着他。她说:"让我在你上面,让我舔你,好吗,我好乖的,会让你舒服的。"

老头冷冷地说:"好吧。"

榕趴在老头身上,舔着他的身体。老头直喘气。见他喘气,榕觉得机会来了,整个身体压在了他的身上,说:"舒服吗,我说会让你舒服的。"老头觉得不对劲,脑袋发晕,胸口疼痛起来。他的心脏病要发作了,想推开榕,可是使不上力气了。他张大着嘴巴说:"快,快,救,救心丹——"

榕从他身上翻了下来,冷笑着说:"你也会有今天!"

老头伸出手,说:"救,救,救我——"

榕下了床,找到了老头的裤子,有一串钥匙挂在裤腰上。她一把抓过那串钥匙,从裤腰上取下来。榕找到了那把开锁链的钥匙,欣喜若狂,她以最快的速度打开了脚踝上的锁,然后把锁链铐在了老头的脚踝上。老头翻着白眼睛,快说不出话来了。榕怔怔地看了他一会儿后,就在老头衣服的口袋里寻找救心丹。她找到了那小瓶救心丹,倒出两粒,放进了老头的嘴巴里。

榕穿上了自己的衣服,她站在床边,看着奄奄一息的老头,朝他脸上吐了口唾沫,冷冷地说:"我真想看着你在我面前死去,可是这样太便宜了你,我要让你在这个罪恶的地方慢慢死去,你的尸骨烂掉了,也不会有人理你,这是你的报应,你有再多的金子有什么用,你到地狱里去享乐吧,老恶魔!"

吞下了救心丹的老头渐渐有了力气,他说:"姑娘,你放了我,我的金子分一半给你。"

榕说:"你以为我是傻子呀,我要放了你,你不会用石头砸死我吗?况且,我从来不要不义之财,你就在这里慢慢等死,好好回忆你的罪恶吧。"

老头说:"我发誓,一定不会用石头砸死你的,我真的会把金子分一半给你的,只要你放了我——"

榕没有再理会老头。

她从老头的钱包里拿了点回上海的路费,就离开了老头的楼房,跌跌撞撞地在暴风雨中狂奔而去……

4

榕回到上海,整个人有点痴呆,当她推开家门,一股霉烂的酸臭味扑面而来。是不是有人死在她的房间里,时间一长腐烂了?腐臭味刺激着榕的神经,她不知道自己的神经是更加脆弱还是变得强大,她看不清自己,真实的自己隐藏在浓雾之中。她很快地找到了腐臭味的根源,她看到桌子上一团白白的毛,就明白了是怎么回事。那是她离开家时咬过一口的苹果,已经腐烂发霉了。想起刚刚经历过的那场劫难,榕像是做了一场噩梦,她的人生就是一场噩梦接着一场噩梦,这是她个人的宿命还是所有女人的宿命?那颗苹果要么被人吃掉,要么在污浊的空气里腐烂,榕觉得自己就是一颗渐渐腐烂的苹果。

她没有把那腐烂的苹果扔掉,还是让它在桌子上继续长毛。

榕澡也不洗,把自己脏污的身体扔在床上,呼呼大睡。

她昏昏沉沉地睡了三天三夜。

在昏睡的过程中,噩梦缠绕,每次在噩梦中惊醒,她睁开眼看了看天花板,又在腐烂的气味中沉睡过去。她记不住那些噩梦的内容,也不愿意去记忆，就像她的残酷人生，每一幕都那么悲催，会压得她喘不过气。

榕是在一个夜里彻底清醒过来的，她醒来后，这个城市已经进入冬天了，她感到了彻骨的冷。她仿佛没有过春天，从生下来的那一天，就在寒冷的冬季穿行，越走越黑暗，越走越寒冷。榕哆嗦着从床上爬起来，在衣柜里找冬天的衣服。她穿上那条厚厚的牛仔裤，套上那件方格子浅蓝色的厚棉布衬衫，再加了件外套——薄薄的灰色羽绒服，然后出门去觅食。

她饿了，实在太饿了。

只要感觉到饿，就证明还活着，只要还有食欲，就还想活下去，像狗一样活下去。榕不会再去自杀，也不会再上网，更不会那么容易相信别人，无论是男人还是女人，都会让她警惕。在这物欲横流的尘世，没有几个人可以信任，要保护好自己，让自己能够安全地活下去，就要怀疑一切，提防一切。

榕走出楼门，就被寒风劫持，浑身颤抖。

这就是饥寒交迫。

走出小区大门时，门岗里那个矮胖子保安朝她古怪一笑。榕心里骂了声："去你妈的，笑什么笑。"夜色已深，附近的几家餐馆都关门了。榕想到了衡山路，那里有许多酒吧，酒吧里一定会有吃的东西。她打了个的士，来到了衡山路。就是寒冷的深夜，衡山路还是很有人气，人们在各个酒吧进进出出，带着各自肮脏或者美好的目的。

榕随便走进了一家酒吧。

酒吧里乌烟瘴气，却很温暖，空气浑浊音乐暧昧，男男女女神色飞扬，声音嘈杂，榕仿佛进入了魔幻的世界。她找了个角落里的空位坐了下来，旁边两个穿着吊带衫的年轻女孩陪一个红头发外国人在喝酒、说笑。榕看了看那两个女孩，不过20来岁的样子，她们笑得很邪，也很开心，没心没肺的样子。榕突然想到在哪里看到过的一句话：青春是用来虚度的。榕内心一阵伤感，她好像从来都没有如此快活地虚度过青春，甚至连青春都没有，她心里有些羡慕那两个年轻女孩，也羡慕酒吧里的其他红男绿女。是不是该改变一种活法了？她想。

榕要了一份意大利肉酱面和一瓶啤酒。

酒保先给她上了那瓶啤酒。

榕喝着啤酒，在等待意大利肉酱面的过程中，一直看着那两个年轻女孩。其中一个年轻女孩发现了她的目光，朝她粲然一笑，榕也朝她笑了笑。榕实在饿得不行了，催了两次，意大利肉酱面才端到她面前。榕顾不了自己的吃相，狼吞虎咽起来，不一会儿，那盘肉酱面就被她一扫而空。以前，陶吉祥带她去吃过西餐，她总是吃不惯，可现在，她吞咽下那盘肉酱面后，竟然没有感觉到肉酱面的滋味。吃完一盘肉酱面，她还是觉得没有吃饱，于是，又叫了一盘。

第二盘肉酱面上来后，她的吃相才文雅了些。

榕用叉子卷起一团面条，塞进了嘴巴，咂巴咂巴地咀嚼着，偶尔一抬头，看到那两个年轻女孩以及那个老外都笑着注视她。榕尴尬地笑了笑。起先朝她粲然一笑的女孩站起身，拿着一瓶啤酒，走到她面前，笑着说："我可以在这里坐会儿吗？"榕点了点头："当然可以。"女孩大方地说："我叫琪琪，你呢？"榕的戒备心很重，说："没有必要告诉你吧？"女孩笑了笑说："不告诉我也没有关系，我只是看你孤独，想陪你聊聊天。"榕想起了不死鸟，一阵恶心，把叉子放在盘子上，说："你怎么知道我孤独？"女孩说："看得出来。"榕说："实话告诉你，我不孤独。"女孩觉得她的抵触情绪很重，就说："那你慢慢吃吧，如果有兴趣，可以过来和我们一起喝酒。"榕没有再理她。

女孩觉得无趣，回到她的座位上去了。她和那两个同伴低声说着什么，不时发出阵阵笑声。榕觉得他们在议论自己，在嘲笑自己。她心里极不舒服，仿佛受到了侮辱，她想逃离，又倔强地坐在那里，像是对他们示威。榕心想，我凭什么要走，这地方又不是你们的专区。她又要了两瓶啤酒，自顾自地喝着。

酒吧里的音乐变成重金属摇滚乐。

人们纷纷从座位上站起来，扭动着屁股，跳起了舞。那两个年轻女孩和红头发老外也离开了座位，舞动起来。琪琪像一条扭动的蛇，狂舞着，不时露出半个白嫩的小乳房，她还用目光挑逗着红头发老外，还朝榕招手，示意榕和他们一起跳舞。酒吧里的人似乎都在狂舞，只有榕还坐在那里，在闪动的灯光中无所适从。

琪琪还是不停地朝她招手。

榕突然站了起来，加入了他们，也扭动着屁股，狂舞起来。

她曾经和发廊的同事周倩学过跳舞，那是很久以前的事情了，她在狂舞时突然特别想念周倩，那是她多年来最信得过的一个好姐妹，此时，周倩在何方？她的命运又如何？这时，琪琪和她的两个同伴围着榕，尽情地舞动。那个老外突然靠近榕，抱住了她，口里说着她听不懂的话，边扭动边用手去摸榕的屁股。榕电击般浑身颤抖，她伸出手，在老外的裆部狠狠地掐了一下，对着老外的耳朵说："去你妈的！"

老外惨叫了一声，捂着裆部蹲了下去，琪琪和那个女孩不知道发生了什么，尖叫起来。在她们尖叫的时候，榕回到座位上，一手抄起羽绒服，趁乱逃离了酒吧。走出酒吧，榕打了个寒噤，穿上羽绒服，沿着人行道一路狂奔。来到一条幽静的街道后，她停住了脚步，回头望了望，确认没有人追上来，一颗心才放回了原处。她长长地呼出了一口气，让心绪慢慢地平静下来。此时，深夜寂静的街道和喧闹的酒吧形成了很大的反差，无论多么喧闹的人生，最后还是要回归寂静，孤独才是最真实的存在。

一辆出租车停在她身边，司机摇下车窗玻璃，对她说："小姐，打车吗？"

榕没有理他，快步往前走。

司机说了声："神经病。"

榕回过头，朝着渐渐远去的出租车，大声地说："你他妈的才是神经病，你他妈的全家都是神经病——"

榕决定走回家，她吃饱喝足了，有力气了，也不怕寒冷了。

榕走在凄清的街道上，听到了一声猫叫。猫叫声凄凉而又苦寂，击中了她心里最柔软的部位。她左顾右盼，寻找着那只无家可归的猫。她看到了，看到了那只猫，猫琥珀般的双眼在路灯下发出惨淡的光芒，它躲在人行道边的某个墙角，哀怨地凝视她。那只猫就是此时的她，孤苦伶仃，无依无靠。榕走过去，猫没有逃跑，仿佛是特意在此等待她的到来，等待着和她相依为命。

这是一只黄色的小猫。

榕俯下腰，抱起了小黄猫，小黄猫身上脏兮兮的，有股腥骚味，她没有在意这些，只是一只手把小黄猫抱在怀里，一只手轻轻地抚摸猫脏乱的皮毛。榕柔声说："乖，你再不会在黑夜里漂泊了，我带你回家。"

5

有了小黄猫，榕不那么寂寞了。她终于把桌子上腐烂长毛的苹果扔了，就是扔掉了腐烂的苹果，屋里还是充满了腐臭味，她想，那是她身体里散发出的腐臭味，因为她自己就是一颗渐渐腐烂的苹果。如果没有小黄猫，她会很快腐烂掉，有了小黄猫后，她恢复了些活力，小黄猫缓解了她的腐烂。

家里还是乱糟糟的，换下的衣服扔得到处都是，厨房里吃完东西的碗筷几天都不洗，窗户门也不开，不让外面的空气透进来，其实开不开窗也是一样的，屋外的空气并不比屋内好多少，这个冬天的雾霾令人窒息。榕自己可以几天不洗澡，几天不刷牙，却天天给小黄猫洗澡，把它伺弄得干干净净，身上总是有股子沐浴露的香味。榕把小黄猫当成了自己的孩子，还给它取了个名："李小黄。"

每天晚上，榕都要喝酒，靠着酒精维持生命，她不再去酒吧里喝酒，而是在家里喝，她不喜欢酒吧的氛围，尽管那里热闹，可就是在任何热闹的地方，她都是孤独的，还不如在家里，至少还有小黄真心实意地陪着她，还和她撒娇，在她喝酒的过程中和她耳鬓厮磨。榕开心了，给小黄嘴巴里喂酒，小黄不乐意，惊叫着跑开，躲在桌子底下，一副委屈的样子。榕趴在地上，眯着眼，对小黄说："儿子，妈妈对不起你，忘了你不会喝酒，来，过来，让妈妈抱。"小黄起初还拿着架子，把脸转向一边。榕装出很难过的样子，还挤出几滴眼泪，惨兮兮地说："儿子，你不理妈妈了，妈妈难过了，妈妈伤心了，呜呜呜——"小黄这才回转过脸来，叫了声："喵呜——"小黄像是叫了声妈妈。榕说："乖儿子,叫妈妈了,快过来,让妈妈抱——"小黄就朝她扑了过去,榕抱着小黄,脸埋在猫身上,她感觉到猫身体的温热。

喝完酒,醉眼惺忪的她就会抱着小黄上床睡觉。

天亮了,小黄先醒过来,便用湿漉漉的舌头舔她的脸,她说:"儿子,别闹,让妈妈再睡一会儿。"小黄十分善解人意,静静地坐在她身边,等着她醒来。榕经常会突然坐起来,睁着眼睛说:"儿子,对不起,妈妈睡过头了,妈妈马上起来给你弄吃的。"小黄便欢快地跳下床,跑到地上的一个空盘子旁边,等待她往盘子里放食物。

榕脸也不洗,牙也不刷,披头散发地找到猫粮,把猫粮倒在盘子里。

她坐在地上,看着小黄吃东西,它吃东西的时候,嘴边的胡须轻轻颤动,她说:"儿子,慢慢吃,不够的话,妈妈再给你加。"

榕就那样和猫过着日子。

那天下午,榕接到了一个电话,电话是她前同事苏苏打来的。她在那家广告公司上班时,只有苏苏和她合得来,说不上是朋友,却会经常出去吃个饭聊聊天什么的。她离开公司后就和苏苏断了联系,苏苏也没有联系过她。苏苏和她聊了几句后,就进入了主题:"榕,你晚上有时间吗?我想请你吃饭。"榕说:"时间是有,可是,我最近活得灰头土脸的,不好意思出去见人。"苏苏说:"谁活得都很难,我最近也不太好,还是出来说说话吧,解解闷。"榕想了想,说:"好吧,几点,在哪儿?"苏苏开心地说:"我会把时间地点发在你手机上的,晚上不见不散。"榕有气无力地说:"好吧。"

她真的不想出去见人,整个下午,她都处于矛盾之中,好几次她都想发个手机消息给苏苏,告诉她自己不想去了。想了几个理由,都被她否定,觉得答应人家的事情,不去又不好,她不是个没有信用的人。最后,到了傍晚,她不再纠结了,决定前往。走之前,她又给小黄喂了猫粮,抚摸着小黄的皮毛说:"儿子,妈妈出去一趟,你在家要乖哟,妈妈很快就会回来的,等着妈妈。"

那顿晚餐吃得很不舒服,榕好几次想逃走。

苏苏不是自己单独和榕吃饭,还带了一个男人,搞了半天,苏苏是给她介绍对象。男人四十多岁的样子，脸很白，榕看到他白生生的脸，脑海里就浮现出欧美恐怖电影中僵尸的形象，他的脸还挺长，长着一个鹰钩鼻。苏苏说，他是一家公司的高管，是个海归，一直没有结婚，想找一个质朴可靠的姑娘，年龄还不能太轻，他不喜欢那些年龄很轻的姑娘，认为她们轻浮，不负责任，只追求物质生活，不能和他生活在一起。榕没有说什么，心里却说，你怎么晓得我就适合他？

榕整个晚上没有说几句话，都是苏苏和僵尸先生在说话。

苏苏一会儿在榕面前夸僵尸先生，一会儿又在僵尸先生面前夸榕，忙得不亦乐乎。僵尸先生一直在自卖自夸，说他在海外打拼的故事，时不时还问榕一些问题，比如，你喜欢读什么样的书？你有什么业余爱好？你喜欢户外活动吗？榕脑袋晕晕乎乎的，面对他们的语言侵略和提出的问题，支支吾吾，不知说什么好。这顿饭吃了三个多小时，吃完饭，苏苏还提出去什么茶馆喝茶，被榕拒绝了，她实在受不了他们了。分别时，苏苏把她拉到一旁，说："榕，你看他怎么样？"榕说："没有什么感觉。"苏苏说："他的条件很好，你可不要错过了机会，你也老大不小了，该成个家了。"榕说："谢谢你的好心，可是我现在根本就没有心情考虑结婚的问题，也没有心情恋爱。"苏苏说："你是不是还想着陶吉祥？"榕说："我想他干什么，他和我有什么关系？"苏苏说："那就好，那就好。你回去考虑考虑吧，有什么想法可以和我说。"榕点了点头："好吧。"

僵尸先生要开车送榕回家，榕推脱了，苏苏上了他的车，和他一起走了。

他们走后，榕才松了口气，她想，以后要是苏苏再叫她出来吃饭，她不会答应了。

榕在回家的路上拣到了一只小狗，那是一只白色的吉娃娃。她觉得很奇怪，是不是上天同情她，给她送来了小黄猫，现在又送来一只可爱漂亮的小狗。榕抱着小狗，兴冲冲地回家，她想，有小狗和小猫陪伴的日子应该不错。她担心的是小狗和小猫不和，会打架，不过，有她在，问题不会很大，也许它们会和睦相处。小狗十分干净，不像是流浪狗，榕养过猫，深知人和动物是有感情的，她想象着小狗主人丢了狗的心情。不管如何，先把小狗抱回家再说。

她抱着小狗走进小区，门岗那个矮胖子保安朝她笑了笑，他的笑容让榕浑身不自在。

上楼，走到二楼家门口时，小狗好像闻到了什么，汪汪叫起来。平常她出门后回家，小黄听到她的脚步声靠近家门，就会在里面叫唤，还用猫爪子抓门。小狗叫唤后，她没有听到小黄的叫唤，也没有听到猫爪子抓门时发出的尖锐声音。她摸了摸小狗的头，说："别叫，别叫，我们到家了。"小狗十分温顺，马上就不叫唤了。

榕打开房门，没有看到小黄。

她叫道："儿子，快出来，看妈妈给你带什么回来了。"

她一连叫了几声，小黄都没有出来。她心里一沉，是不是小黄跑掉了，如果那样，可是要了自己的命。她放下小狗，检查了窗户门，窗户门关得好好的，它不可能跑掉的，那么，它会藏在哪里呢？小黄会不会藏在被子底下？她掀开了被子，没有发现小黄。她又跑进厨房，厨房里也没有小黄的踪影。

榕顿时不知所措。

就在这时，小狗又叫唤起来。她跑出厨房，客厅里没有小狗，小狗是在卧室里叫唤。她走进卧室，看到小狗冲着衣柜狂吠。榕发现衣柜的门露出了一条缝，她跑过去，打开衣柜门，看着小黄躲在衣柜下面的角落里，惊恐地看着小狗。榕心痛极了，抱起小黄，踢了小狗一脚，说："别叫了，再叫把你扔出去，冻死你。"小狗马上不叫了，朝着榕摇尾巴。榕抚摸着小黄的头，说："儿子，别怕，妈妈在这里，你不会受到伤害的。"小黄"喵呜"了一声，用湿漉漉的舌头舔着她的手，她心里充满了柔情。

榕蹲下身，指着小狗，对小黄说："儿子，你看，妈妈给你带回来的小狗弟弟，它也怪可怜的，妈妈把它带回来，给你做伴，你们可以一起玩。"

小黄朝着小狗叫了一声，仿佛是在示好。

榕对小狗说:"小白,你到了这个家,就是我们家中的一员了,小黄哥哥都表示接受你了,你可不能欺负它哟,你们要好好相处,做一对好兄弟。"

小狗呜咽着,不停地摇动尾巴。

6

小黄和小白大部分时间里相安无事,可也有闹腾的时候。小白不知怎么被惹恼了,满屋子追着小黄跑,最后小黄躲进衣柜里不敢出来,小白要冲进衣柜咬小黄,榕气得大声叫道:"你们再闹,我把你们都扔出去!"听到她愤怒的吼叫,小白放弃了攻击,悻悻地走到厅里去了,跳到沙发上,用一只爪子挠自己的肚皮。榕抱起了小黄,走了出去,把小黄放在小白的旁边,说:"我看你们还闹。"小黄竟然用舌头去舔小白的屁股,榕又好气又好笑,拍了小黄的头一下,说:"儿子,你也太贱了吧,也不能这样示好呀。"

每天晚上,榕都要去遛狗。

这天晚上,榕牵着小白走出了小区,矮胖子保安追出来,叫住了她。她警惕地说:"什么事?"矮胖子保安满脸堆笑,递给她一张纸,说:"你看看这个。"这是一份寻狗启事,她看了看,失主丢狗的日期正是她捡到小白的那天,寻狗启事上还印着狗的图片,图片中的小狗和小白一模一样。矮胖子保安笑眯眯地说:"你觉得怎么样?"她没好气地说:"什么怎么样?"矮胖子保安说:"做人有时不能贪心,不是自己的东西就应该还给人家。"她说:"你说这话什么意思?"矮胖子保安还是笑眯眯地说:"我说的话意思很明白了,你自己好好考虑吧,寻狗启事上有失主的姓名和电话,你考虑好后和他联系吧。"说完,保安回门岗去了。哎哟,还真看不出来,连保安也有如此高的境界,榕想,自己以前还真低看了这个保安。

要把小白还给失主,榕还真有些舍不得,这几天,她对小白有了感情。

榕想起了刚刚来上海的一件事情,是在一个深夜,她和陶吉祥在回家的路上，看见一个女孩子蹲在路边的梧桐树下哭泣。榕走过去，问她："姑娘，你为什么哭？"姑娘抬起头，满脸的泪水，悲伤地说："我的狗狗没了。"榕说："狗狗没了就没有了，不应该如此悲伤。"姑娘说："你没有养过狗，你不会理解我的心情的。"榕承认，自己真的理解不了姑娘的悲伤，她说："对不起。"姑娘站起来，哭着走了，边走还边喊着狗狗的名字。

想起这件事，榕现在明白了姑娘的悲伤，如果小黄丢了，她也会像姑娘那样悲伤。联想到小白的主人，榕同样也理解了他的心情。寻狗启事上失主的名字叫王若旺，看样子是个男人，无论男女，失主都会因为丢失了小狗而伤心。榕决定把小白还给王若旺，于是，她打了个电话给他。接电话的人果然是个男人，他听说小狗的消息，激动得哭了，榕见不得男人哭，就把自己家里的地址告诉他，让他过来取狗。

榕回家后不久，矮胖子保安带着王若旺来到了她家，榕把王若旺迎进家门后，矮胖子保安笑眯眯地走了。王若旺穿着一件黑色的风衣，脸色憔悴，左眼有点歪斜。他30多岁的样子，年龄应该和榕差不多。他一进门就皱了皱眉头，被屋里腐烂的气味刺激到了。因为他歪斜的左眼，榕感觉到很不舒服，仿佛他的目光里充满轻蔑。

榕心里产生了某种奇怪的情绪。

当初陶吉祥和她分手时，也如此轻蔑地注视过她，还说："你就是个乡巴佬，是个让人看了连性欲都没有的乡下女人。"

此时，仿佛陶吉祥就站在她面前，用轻蔑的目光注视着她，她的内心一阵阵发冷，没等王若旺开口说什么，就质问道："你是不是瞧不起我？"王若旺说："我怎么会瞧不起你呢，你好心让我来领狗。"她咬着牙，冷冷地说："你就是瞧不起我，看你那眼神，充满了不屑。"王若旺说："对不起，我的左眼天生就是这样的，很容易让人误解。"她愤怒地说："你就是故意的。"王若旺不知说什么好，手足无措地站在那里。

这时，小白闻到了主人的味道，叫唤着从卧室跑出来，走到王若旺跟前，拼命地摇着尾巴，还用嘴巴去咬他的裤脚。王若旺看到小狗，欣喜若狂,弯下腰抱起小狗,说:"乖乖,我们想死你了。"小黄也从卧室里走出来,站在卧室门口,怪异地看着王若旺,眼睛里仿佛充满了警惕。

王若旺从风衣的口袋里掏出一个信封,递给榕,说:"谢谢你,这是我的一点心意。"她把他手上装着钱的信封一把拍在地上,说:"谁要你的臭钱,你以为钱可以买到一切吗?我不要你的施舍!"王若旺抱着小狗,呆立在那里。榕冷冷地说:"你不能抱走小白,除非答应我一个条件。"

王若旺说:"什么条件?"

榕还是冷冷地说:"和我睡一觉。"

王若旺说:"你疯了?"

榕突然歇斯底里地叫道:"是疯了,我早就疯了!"

她脱光了衣服站在他面前,说:"你干不干,不干就把小白给我留下,你给我滚!"

王若旺默默地把小狗放在了地上,也脱光了衣服……完事后,榕哭了,边哭边说:"陶吉祥,你这个王八蛋,还是瞧不起我,就是做爱,也还用轻蔑的目光看着我,你到底还是施舍我,而不是真心地爱我。"

他们做爱时,小黄和小白都看着,都在叫唤。

王若旺在穿衣服的时候,小黄突然跳上桌子,从桌子上飞过去,在他手背上抓出了一条血痕,然后躲到一旁去了。王若旺没有说什么,只是默默地抱起小狗,转身就走。眼泪汪汪的榕叫住了他:"你就那么着急要走吗?"王若旺回过头,说:"你还有什么事情?"榕说:"陪我喝点酒再走,好吗?"王若旺看着她变得可怜兮兮的样子,点了点头。

他们边喝酒,边说着话。

榕说:"小狗真的对你很重要?"

王若旺说:"很重要。"

榕说:"为什么?"

王若旺说:"你愿意听?"

榕说:"愿意听。"

王若旺说:"没有人愿意听我说话的。"

榕说:"你说吧,我听。"

喝了酒的王若旺变得话多了,他开始了滔滔不绝的叙述:"事情还得从我妻子说起。我妻子叫乔,大乔小乔的乔。书上说大乔小乔是倾国倾城的美女,我对此没有感觉,她们再美,也是历史人物,是死去的人。乔在我眼里是倾国倾城的美女,她真实地进入我的生活,进入我的生命。第一次见到娇小美貌的乔,我就想到了兰花,她在我心中,就是一朵兰花,兰花的美不可替代。我们认识不到半年,她就嫁给了我,我一直以为这是阴差阳错不可思议的事情。我算什么东西,不过是个普通公司的小职员,有时,我觉得自己是条无家可归的流浪狗。结婚那天,我对她说,我要把你当神供着。她微笑着说,我不要你把我当神,我只要做你的妻子。那句把她当神的话成了谶语,我们结婚两年后的一天,乔因为车祸,高位截瘫。我真的把她当神供在了家里。开朗美丽的乔变了一个人,我捉摸不透的人。笑容已经彻底从她脸上消失,无论我怎么哄她,她总是脸色阴郁,沉默寡言。我心里也很绝望,可是我不能在她面前表露出绝望情绪,她比我还更绝望,需要我的呵护和疼爱。我知道接下来的日子会很难,得有心理准备,还得让乔觉得有希望。我每天辛辛苦苦上班,下班回家,就给乔做晚饭,吃完饭,给她洗澡,然后把她抱上床,说些有趣的事情给她听。我眉飞色舞地说着趣事之际,她会突然歇斯底里喊叫道,我不要听,我不要听。她曾经明亮的美丽眸子里流下了泪。我将她搂在怀里,抚摸着她的秀发,喃喃地说,乔,我不说了,不说了。她哭出了声,双手紧紧地箍住我的脖子,仿佛要把我勒死。她残废的身体颤抖着,像是汪洋之中的破舢板。我的泪水也流了下来,哽咽地说,别怕,乔,别怕,我会永远陪着你。乔松开了紧箍我脖子的手,使劲地推开我,号啕起来。哭累了,她倒头睡去。而我,在漫漫长夜里,无法入眠。有时,我会一个人默默地走出家门,在小区里的一块石头上苦坐,夜风无法安慰我发热的脑袋。有天晚上,我正在苦坐,突然听到了乔的喊叫。我慌忙回到了家里。她坐在床上,茫然地看着我,咬牙切齿地说,你是不是不要我了,是不是厌烦我了,是不是?我心里发凉,陪着笑说,不是的,不是的,我说过,一辈子都不会离开你的。她大声说,我知道,你厌烦我了,厌烦我了。我抱着她,说,别乱想了,乔,我发誓,永远不会离开你。乔的话音低落下来,抱紧我,不要离开我,我好冷,好冷。我的生命里只有乔。说这话有点虚伪,可是我心里不可能有别人,我得为了她活着,如果没有我,她不知道会怎么样。的确,我爱她,没有因为她的残疾而变心。那条白色吉娃娃可以作证。乔是寂寞的。她把自己给封闭起来,成天呆在家里,还把窗帘都拉起来,连阳光也害怕看见。我不可能成天在家里陪她,因为要养家糊口。我曾想让老家的母亲过来照顾乔,被她拒绝。我担心乔,担心她会闷死在家里,好些时候,我提心吊胆,害怕回家后看到乔的尸体。"

他喝了口酒,见榕听得入神,继续说:"乔出事后,同事潘晓鸥经常用奇怪的眼神瞟我。我曾经对她有好感,追求过她。她拒绝了我,原因是她爱上了我们的老板。当时她告诉我这事,我很惊讶。在公司里,没有人知道她和老板的事情。我是个守口如瓶的人,自然不会把此事扩散出去,同时也对她死了心。我和乔结婚时,请她喝过喜酒。那个喜庆的晚上,潘晓鸥只和我说了一句话,那句话是:好好爱她。我相信她是真诚的。我不知道她和老板的事情怎么样了,只晓得她现在还是单身。她就坐在我对面。平常,我们很少说工作以外的事情。乔的遭遇,让我在公司里变得沉默寡言,很多时候,我不知道该说什么,或者不该说什么。别人的同情或者幸灾乐祸都和我没有关系,我只为乔活着。那天早上离开家时,乔直勾勾地看着我,想说什么又什么也没有说。我安慰了她几句,才走。那一天,我心神不宁。乔会不会出什么事情?她有过一段寻死觅活的日子,但是没有死成。现在的状况,更让我担心。这天,我隔两小时就给家里打个电话,她会拿起电话,但是不说话,我可以听到她的呼吸声,这样就足够了,证明她还活着。快下班之际,潘晓鸥瞟了我一眼,说,你今天不对劲。我说,没什么。她淡然一笑,说,乔一个人在家,一定很寂寞。我点了点头。潘晓鸥说,我准备辞职了,离开上海。我说,为什么?潘晓鸥说,自己的选择,我已经厌恶了现在的生活。我不再问了,我理解她。她接着说,下班后,你到我家去一趟,如何?我的心提了起来,她要我去她家干什么?潘晓鸥笑了笑,说,别紧张，对你我没有什么企图，只是挺同情乔的。让你去我家，想把和我相依为命的那条小狗送给你，不，是送给乔。也许小狗能够让乔有些安慰，狗比男人可靠，不会背叛，也不会说谎，更不会有伤害。我点了点头。我把潘晓鸥给我的吉娃娃带回了家。乔看到我抱着的小狗，眼睛突然亮了一下。我的心也亮了一下。我放下小狗，小狗十分知趣地摇着尾巴，朝乔扑过去，它不停地舔乔苍白的手。乔的眼睛里闪动着泪花。突然，乔把小狗一把推开，朝我大声喊叫，这是谁的狗！我迟疑了会儿，说，是同事送的。她说，是不是潘晓鸥的狗？我点了点头。乔低声说，我就知道是她，我闻出味来了，狗身上有她的香水味，我们结婚的那天，她身上散发出的就是这种香水味。当时，我觉得她看你的目光不正常，我就记住了她，也记住了她身上的香水味。我吃惊地张大了嘴巴。她接着说，我们结婚以来，你每天回家，我都会闻闻你身上的味道，看看有没有潘晓鸥的香水味，今天我终于闻到了。你是不是终于等到了这一天，该和她发生点什么了？你说过，一生都陪着我的，那是骗我的话吧？我的额头上冒出了汗。我说，我们什么事情也没有，真的，乔，相信我。乔说，没有事情，那你紧张什么？我相信你什么？你从她那里带条狗回来，就说明你们什么事情都没有？用狗来欲盖弥彰？我十分委屈，但还是忍耐着，轻声解释，我们真的没有什么，潘晓鸥辞职了，她要离开上海了，我也不知道她为什么要把狗送给我，不，她说是送给你的。我承认，在你之前，我追过她，但是被她拒绝了，她和我们老板有一腿。我会陪你一辈子的，我说话算话。乔说，你就编吧，编吧！把小狗给我送回去，我不要她的狗！小狗又过去舔她苍白的手。她的泪水流了下来。她没有再让我把小狗送回去，而是接纳了它，只是要求我把小狗身上的香水味洗干净。她给小狗起了个名字，叫它小白。"

榕打断他的话，说："你们也叫它小白？"

王若旺说："是的，叫它小白。"

榕喝了口酒，说："你接着讲吧。"

王若旺说："那个晚上，乔第一次抱着小白睡觉，似乎睡得很香。我却没有睡。和许多夜晚一样，我失眠。我在想，自己是不是真的不如一条狗？狗让她安睡，而我怎么安慰她，她都辗转反侧，不能入睡。凌晨三点左右，乔睁开了眼睛，她的手还抱着狗。她说，我梦见你和她在一起了。我说，谁？她平静地说，潘晓鸥。我无语。她接着说，你是该有个女人，我不能拖累你，你和她好吧，我不会吃醋。我说，你别说了，那是不可能的事情，睡觉吧。乔闭上了眼睛，没有再说什么。我走到阳台上，点燃了一根烟。我突然想到了潘晓鸥。此时，她在干什么？是不是和我一样，失眠，被痛苦折磨？她是个可怜的女人。自从有了小白，乔的生活充实了许多，虽然我每天回家，乔还是会像狗一样闻闻我身上的味道，企图嗅出我身上的某种香水味。这个冬天的确让我崩溃，就是睡着，痛苦也睁大着无辜的眼睛。因为我的疏忽，我在这个冬天的某个晚上，竟然把小白给弄丢了。我每天要遛两次狗，早上一次，晚上一次。早上很早去遛狗，然后回家给乔做早饭，接着去上班；晚上回家，服侍乔吃饭洗澡完后，我就去遛狗。一天下来，我已经筋疲力尽，我不知道自己能够坚持多久，也许会在某个夜晚倒在遛狗的路上，永远也爬不起来了。我牵着小白走出小区，沿着行人稀少的人行道，踉踉跄跄地走着。小白一会儿在路边的梧桐树下撒尿，一会儿在路边的草丛里屙屎，我准备好了塑料袋，把它屙的屎装起来，扔到垃圾桶里去。我特别反感那些不把狗屎捡起来扔进垃圾桶的溜狗人。小白屙完屎，我突然想撒尿了。这尿来得急，我等不及回家，就要一泄为快。我找了个偏僻的角落，掏出了那玩意，一天的憋屈和不快倾泻而出，畅快淋漓。撒完尿，我长长地呼出了一口气，正准备回家，却发现小白不见了。我记得撒尿时手上还拿着狗绳的，怎么狗就不见了呢？寒风冷冽，我浑身发抖。人倒霉，喝凉水也塞牙，怎么一泡尿工夫，狗就跑得无影无踪了呢。我站在寒冷的风中大声喊着，小白，小白。它应该不会走远，听到我的喊叫应该会回来，它是一条很乖的狗。可是，我喊破了嗓子，小白也没有回来。于是，我四处寻找，寻找那条叫小白的吉娃娃。找了很久，很久，我也没有找到小白。沮丧、落寞、痛苦、焦虑……我的情绪异常复杂。要是找不到狗，乔会怎么样？可以那样说，她对狗已经感情深厚，甚至超过了对我的感情。实在找不到小白了，我才硬着头皮回家。乔听到我开门的声音，就在卧房里叫喊，你到哪里去了，为什么这么晚才回家，为什么！你是不是不要我了，是不是讨厌我了，烦我了！你把我一个人扔在家里，你想怎么样，你想怎么样！接着，我就听到了她的哭声。我关上门，站在那里，大口喘着粗气。我不敢进卧房里去，我怕面对她。她还在叫喊，你听到我说话吗，你回答我呀，回答我呀！是不是不敢进来见我了，你要走可以，走呀，不要再回来了，我死了也不要你管！我要不进去，她会一直叫喊下去，还有可能气急了，会一头撞死。在一刹那间，我突然想逃。是的，我想逃，逃离这个城市，逃离这个家，逃离她，像潘晓鸥一样，逃得远远的。我从来没有产生过逃离的念头，可是现在产生了。我是懦夫，不负责任的男人，是畜生，是猪狗不如的东西，无论怎么样，我产生了如此罪恶的念头。我没有逃，我不能逃。我要逃了，乔就真的没法活了。我进了卧房。透过泪眼，她看到了凄惶的我。我站在她面前，什么话也说不出来，浑身瑟瑟发抖。此时，我不是个男人，只是一片寒风中的枯叶。我无法面对乔，我什么话也说不出来。她看到了我，却没有看到小白。乔哽咽地说，小白，我的小白呢？你不想要我了，是不是连小白也扔了？我还是什么话也说不出来，眼泪却不停地滚落。我极少流泪，这个寒夜，冽风呼啸的寒夜，我却哭了，我竟然不知道为何而泣。乔看见了我脸上的两条泪水之河。突然，她说，来，来，过来抱抱我，不要离开我。小白的丢失对我是个考验，对我们的爱情是种考验。乔说，一定要找回小白，找不回来，她就死！我说，去买一条和小白一模一样的狗可以吗，也叫它小白？乔说，不行，我就要小白！没有任何余地，我必须找回小白。我复印了100多份寻狗启示，四处张贴，四处散发，希望捡到小白的人把它还给我，还承诺重谢。每到晚上，我就到街上去寻找小白，在这个大城里四处奔走，其实我自己就是一条无家可归的流浪狗，没有人会来找我。好几天过去了，我没有找到小白，也没有人和我联系。有时，我就在街上游荡到天亮，我害怕见到乔的泪眼。可是这样是不行的，乔会骂我，甚至说我借着寻找狗的机会，在外面和别的女人鬼混。她有时也会说软话。她靠在我身上，把嘴巴凑近我的耳朵，轻轻地说，只要你找回小白，我就同意你出去和别的女人玩，你找潘晓鸥，找任何女人都没有问题。我胸口堵得慌，我说，请你别说这样的话了，你这是用刀子在捅我的心脏。她说，我说的是心里话，你知道小白对我来说多么重要。我无语。我厌恶这个冬天，也厌恶这个冬天的自己。要不是你打电话来，告诉我小白在你这里，我不知道会怎么样。"

榕再次流下了泪水，说："如果有一个男人像你爱你妻子那样爱我，该有多好。"

王若旺不说话了。

榕叹了口气，说："这一切都是命，都是命，你走吧，赶快回去陪你妻子吧。"

王若旺带着小白走后，榕抱着小黄号啕大哭，小黄的眼睛湿湿的，好像也在哭。

榕的手机响了，是苏苏打来的。她不想接，苏苏不依不饶，一遍遍地打着她的手机。榕最后还是接了她的电话。苏苏说："榕，怎么回事呀，老不接电话。"榕说："对不起，刚才在洗澡。"苏苏说："我说呢，对了，你考虑得怎么样了，也不来个电话。"榕说："考虑什么？"苏苏说："就是上次吃饭的那个海归呀。"榕说："有什么好考虑的，我觉得我们不合适。"苏苏说："为什么呀？我觉得你们挺般配的，他也觉得你不错，有心和你修好。"榕："我是一颗渐渐腐烂的苹果。"苏苏说："你说什么，什么苹果？"榕说："不要再问了，苏苏，我们不会有结果的，让他死了这条心吧。"苏苏说："我知道，你心里还是有陶吉祥，他——"榕打断了她的话，说："不要提他，不要提他！"

说完，她就挂了电话。

7

过了一个多月，王若旺突然打来了电话，他竟然保留了她的手机号码。那是个晚上，天上飘着雪，王若旺奇怪地约她出去喝酒。榕问他，为什么要请她喝酒，是不是还想和她睡觉。他说有话和她说，而且说，这是最后一次找她,以后再也不会找她了。听上去,他好像是要诀别,要和她说遗言似的。榕没有拒绝他,说心里话,她喜欢听他和他妻子的故事,她幻想自己有那样的爱情。

在衡山路的一间酒吧,当然不是榕当初去的那间酒吧。

这间酒吧十分安静,人也很少。

王若旺还是那么憔悴,因为酒吧里的灯光是暗红的,榕看不清他歪斜的左眼的眼神,心里少了些障碍。

王若旺说:"你想喝什么酒?"

榕说:"你呢?"

王若旺说:"我随便,你喝什么,我就喝什么。"

榕说:"看你也不是有钱人,就喝最便宜的那种啤酒吧。"

王若旺说:"不是我小气,而是我的确穷,想想,我除了那几千块钱的工资,没有别的收入,家里还有个病人,每个月还要给父母亲寄生活费,入不敷出,每喝一杯酒,就等于割掉我身上一块肉。"

榕说:"看得出来,你是个实在人,否则我也不会答应你出来,我被骗得太多了,对谁都不信任。"

王若旺说:"我不需要你信任我,我们见这次面后,也不可能再见面了,只是,我想和你说说话,把因你而起的一些事情告诉你后,我们就不要再来往了。"

榕说:"你不找我,我永远不会去找你的,我不是你想象中的那种女人。"

王若旺说:"我明白,你不是那种女人,你心里有伤。"

榕说:"你怎么知道我心里有伤?"

王若旺说:"直觉。"

酒保送上了几瓶青岛啤酒,这是酒吧里最便宜的啤酒,不过,也要20多块钱一瓶,喝掉一瓶啤酒,就等于割掉王若旺心头一块肉。

榕举起一杯啤酒,说:"喝吧。"

王若旺也举起一杯啤酒,说:"喝。"

他们碰了一下杯,榕一口把那杯啤酒喝干,而王若旺只是喝了小半杯。榕看着他，笑了笑："对不起。"王若旺也笑了笑，说："喝吧，没有关系，虽然我穷，还是带够了喝酒的钱，放心喝吧。"

榕说："喝酒是次要的，我还是想听你说话。"

王若旺叹了口气说："说实在话，在此之前，我还真没有想到过出轨，没有想过要做对不起乔的事情。生活已经逼得我连性欲都没有了，我如何能够出轨？况且，我还爱着乔，我的心里容不下别的女人，尽管有赏心悦目的女人从我面前走过，我会本能地瞟上一眼。但是那天晚上，还是和你上了床，出了轨。"

榕说："我那天晚上疯了。不过，你要是走，我也不会逼你的，你还是有一颗出轨之心，也怪不得我了，虽然我不是什么好东西。"

王若旺说："我的确想过走，可是，可是我怕你真的不把小白还给我。"

榕说："这样说就虚伪了。"

王若旺说："我说的是实话。"

榕说："你回去之后发生了什么？"

王若旺说："那天晚上，我惊惶地回到了家里。乔果然没有睡，她一直在哭。当我抱着小白出现在她面前时，她惊呆了。好大一会儿，她才缓过神来，说，小白，我的宝贝，来，来。我把狗放到她怀里，她抱着狗，不停地亲。我在想，乔有多久没有亲我了？我内心被什么东西击中，疼痛极了。亲完小白，她放开它，对我说，你，你过来。因为和你睡过觉，我心里忐忑不安，准备去洗个澡，把你的味道洗掉，然后把衣服也洗掉，没想到乔会让我过去。"

榕说："我身上有腐烂的味道。"

王若旺说："你家里真的很臭，不像是一个姑娘住的地方。"

榕说："我习惯了那种臭味。你接着说吧。"

王若旺说："我壮着胆子走到她面前。她把鼻子凑到我身上，左嗅嗅，右嗅嗅。突然，她大声喊叫道，王若旺，你身上有女人的味道，你和女人做过爱！我喃喃地说，没有，没有。乔说，你说谎，说谎，我知道，你和别的女人睡过觉！我心虚，我难过，我对不起乔。乔哭着说，你说过的，这辈子就爱我一个人，你会陪我一辈子的，你当着我妈的面发过誓的，看来，妈妈说得对，男人没有一个好东西，我看错人了，我妈也看错人了，你这个混蛋！她怎么骂我，我都认了。我低着头，咬着牙，疲惫不堪，心力交瘁。是的，她说得没有错，我是当着她妈妈发过誓，一辈子就爱她一个人，一辈子守护着她。她和她妈妈是单身家庭，我不晓得她父亲是谁，她也不知道自己的父亲是谁，她妈妈没有告诉过我，也没有告诉过她。她妈妈得了绝症，快死前，我和乔结的婚，乔要我和她一起跪在她妈妈面前，发誓，我做到了。我们婚后不久，她妈妈就离开了人间。我们住的房子，也是她妈妈留给我们的，否则，我们哪有钱买房子。乔继续哭着说，没有想到你会这样，你对得起我妈妈吗，她把一切都给了你，到头来，你是这样对我。小白去舔她脸上的泪，她把小白抱在怀里，呜呜地哭。"

榕说："你妻子真是个敏感的女人。"

王若旺喝了口酒，说："那次出轨，留下了许多后遗症，仿佛天意，要我经受折磨。我承认，我不是个东西。我做错了事情，就必须受到惩罚。因为我找回了小白，乔原谅了我。她敏感而脆弱，离不开我，如果我要像潘晓鸥那样逃离这个城市，逃离这个痛苦之家，逃离她，乔一定活不下去，哪怕有一万只小白也不行。她说原谅我，是有前提的，那就是写一份保证书，以后不再出轨。其实她很清楚，一个男人出过一次轨，还会有第二次，第三次……就像吸毒一样。我写了一份保证书，交给她时，心想，傻女人，这张纸能保证什么？她小心翼翼地收起了保证书，说要交给她妈妈保管。她妈妈已经死了呀，听到她这话，我内心充满了恐惧，也对她充满了同情，她的精神一定出了问题，我想抽个时间带她去精神病院检查，也让她接受心理治疗。尽管我写了保证书，但是我没有向乔透露那个晚上和你在一起的任何细节。有些东西，永远不能让她知道，她知道了会让事情变得更糟。那天在你家里被猫抓伤后，我没有去打狂犬病疫苗。我抱着侥幸的心理，心想自己不会那么倒霉。我和乔过了一段相对平静的生活，每天遛狗，上下班，照顾她。周末有阳光的好天，我会推着她去公园里，让她看看外面的世界。我希望她在阳光下能够重新露出笑脸，能够像从前那样微笑着亲我一下。这些都是奢望。在公园里，在阳光下，她只是坐在轮椅上，阴沉着没有血色的脸，抱着她的狗，茫然地看着这个熟悉而又陌生的世界。这个冬天，有阳光的日子真的很少。在寒冷中，在有毒的雾霾里，我有时会突然想起你，想起你柔软的身体，还会想起你房间里的臭味……想起这些，我竟然会有冲动，我想我是中了你的毒。我想过去找你，但是找不出理由，也没有机会。这样的念头消失后，我就不停地自责，我对乔的爱产生了怀疑，我还爱她吗？无论怎么样，我会一直陪着她，这一点我一定会做到。"

榕喝光了一杯啤酒，怔怔地看着这个男人。

王若旺也干掉了一杯啤酒，他说："我想问你一个问题。"

榕说："你问吧。"

王若旺说："你有没有给你家的猫打过狂犬病疫苗？"

榕说："没有，我想不到要给它打什么狂犬病疫苗。"

王若旺说："该死的，怎么不打，我家小白都打过的。被你家的猫抓伤半个多月后，我发现自己的身体有了变化。我感觉到浑身特别难受，不知道哪个地方出了问题，而且头痛，发着低烧，十分恶心，还特别疲倦。这样的日子过了两天，我就变得烦躁不安，失眠加剧，整个晚上睡不着觉，我怕听到声音，怕光，怕风……乔说，我瘦了，脸色苍白，她要我去医院看看，她说我不能倒下，我要倒下了，她就完了，这个家也完了。她说的是实话。我去了医院，医生只是说我太紧张和疲劳了，其他没有什么问题，好好休息就会好转。我不太相信医生的话。我想到了你家里的那只猫，还有被猫爪子划伤的手背。手背上的伤口已经愈合，可是我心里的伤在无限放大。我想到了狂犬病，我上网查了查狂犬病的资料，发现我的症状和狂犬病十分吻合，无边无际的恐惧在我脑海蔓延。我告诉自己，你一定是得了狂犬病，谁让你当初不去注射狂犬病疫苗！我又去了一次医院，我说我得了狂犬病，医生检查后告诉我，我是正常的，没有得狂犬病。我和医生大吵起来，说医生草菅人命，医生说我有可能得了神经病。恐惧让我失去理智。回到家里，我看到那条叫小白的狗，心里就发毛，我想象着自己的末日，像一条狗一样哀叫，然后窒息而死，死后我的尸体也变成了狗……我突然疯狂地从乔的怀里抢过小白，重重地把它摔在地上。可怜的小白惨叫着，它从地上翻滚起来，躲到乔的轮椅后面。乔哀叫道，王若旺，你疯了，你疯了！我平生第一次朝她号叫，我他妈是疯了，疯了，整个世界都疯了！乔和小白一样，吓坏了，她从来没有见过我如此凶神恶煞的模样，眼泪流了下来，她喃喃地说，放过我，放过小白，你以后干什么我都不会管你，你想在外面找女人，我也不会管你。我真的疯了，歇斯底里地说，对，我要去找女人，满世界地去找女人，像条公狗一样，到处去寻找母狗，你满意了吧，满意了吧！我得了狂犬病，我活不了了，活不了了，你还让我去找女人，你还如此怀疑我，你只要我的关怀，你什么时候关怀过我！我也是人，有血有肉的人！乔真的吓坏了，她竟然晕了过去。我站在那里，一动不动，我看着死去一般的乔，我的眼泪也悄无声息地流了出来。"

榕用餐巾纸抹了抹眼睛，她的眼睛里有泪。

王若旺停顿了一下，也用餐巾纸擦了擦眼睛，他的眼睛里也有泪。他接着说："我没有想到乔会杀死小白，也不明白她这样一个病人是怎么杀死小白的。其实，经过心理的调整，我渐渐地从狂犬病的恐惧中解脱了出来，我也无意赶走小白，更不会杀死它，毕竟，它能够给乔带来慰藉，胜过我千言万语的慰藉。那天晚上，我回到家里，就看到这样的情景：乔和小白都躺在地上的血泊之中，一把带血的尖刀横陈在乔的身边，轮椅倒在离乔和小白一米多远的地方。我呆了，顿时不知所措。我刚开始想，是谁进屋杀了乔和小白。等我缓过劲来，扑过去抱起乔，才知道乔没有死，而是小白被割断了喉咙，乔身上和地上的血都是从小白身上流出来的。乔醒过来后，苍白的脸上露出了久违的微笑，她轻轻地说，若旺，我把小白杀了，这样，你就不会怀疑自己得狂犬病了，小白也不会威胁你，让你得狂犬病了，你也不用再起早贪黑遛狗了，你可以多休息，身体就会好起来了。看着她脸上的微笑，我没有欣喜，而是陷入了更深的恐惧之中。是的，乔杀死了小白。其实，她杀死的是我心中的妄想。想想，她可以杀死一条狗，同样也可以杀死一个人，我从此必须小心翼翼地活着……"

榕的眼泪流淌下来，颤声说："你别说了，别说了——"

8

在这个寒冷的冬天即将过去的时候，苏苏打电话告诉榕，陶吉祥要死了，让她去看看他。榕问："他死和我有什么关系。"苏苏说："也许没有关系，也许有关系，你最好去看看他。"榕说："他怎么会死？"苏苏说："他得了绝症。"榕说："你为什么不早告诉我？"苏苏说："我也才知道不久，那天晚上我本来要告诉你的，可是你挂了我的电话。"榕说："他住在哪个医院？"苏苏说："肿瘤医院。"

榕听到这个消息，心里特别难过，他是她真心爱过的男人，也深深伤害过她。不管怎么样，他要死了，应该去见他一面，应该和他告别。榕在寒风细雨中穿过城市喧嚣的街道，来到了肿瘤医院。肿瘤医院人很多，这世界日益恶化，得病的人越来越多，人心也在恶化，尘世一片狼藉。榕找到了陶吉祥的病房。

病房里只有一个护士在收拾病床，给病床换上干净的床单。

榕以为自己走错了病房，说："护士，请问陶吉祥住在这里吗？"

护士说："是的。"

榕说："他人呢？"

护士说："走了。"

榕说："出院了？"

护士说："去世了。"

榕说："什么时候的事情？"

护士说："遗体刚刚被推走。"

榕什么话也说不出来了，站在那里，呆呆地望着那张护士重新铺好床单的病床，浑身冰冷。护士离开病房，和她擦身而过时，说了这些话："陶先生是坚强乐观的人，没想到走得那么快，他心里惦念着一个女人，临死前还呼唤她的名字。我们说，要不要把她找来，他说不要，他说不能让她看到如此难堪的样子，她会做噩梦。"

榕的泪水无声无息地流淌下来。

她脑海里全是陶吉祥鲜活的影像，可是，陶吉祥正躺在冰冷的停尸房里。她来之前想好了许多话要和他说的，现在都用不着说了，连最后一面都没有见上，生和死的距离，就是这么近，又是那么远。榕经历过失去亲人的痛苦，妈妈去世后，她就觉得自己的心活生生地被挖掉了一块，疼痛极了，痛得窒息。榕也视陶吉祥为亲人，他们毕竟相亲相爱过，那些伤害在死亡面前不值一提，榕此时的心，同样被活生生地挖掉了一块，疼痛得要窒息。榕凄惶地走出肿瘤医院的大门，她看到了一个人。

这是她原本一生都不想见到的人，她就是陶吉祥的前妻安紫。

安紫也看到了她。

她们走在一起。

安紫的眼睛红红的，说："你来了。"

榕点了点头，说："嗯，我想问你一个问题。"

安紫说："你说吧。"

榕说："你是不是和他合起伙来骗我？"

安紫说："是的，他人已经走了，你就原谅他吧。其实，他心中只有你，他这样做，也是为你好，不想拖累你，不想让你承受精神上的重负。"

榕说："他是混蛋，他怎么能这样做，无论他怎么样，我都可以陪着他的，甚至可以和他一起去死。他是混蛋，他怎么能这样做，怎么能这样做！那是爱吗，多么残忍的爱呀！"

说着，榕撕心裂肺地号啕大哭。

安紫默默注视在寒风细雨中号啕大哭的榕，眼中也流下了泪水。

9

那天晚上，榕很晚才回家。她在这个陌生而又熟悉的城市里行尸走肉般漫游。她去了一些以前和陶吉祥常去的地方，比如徐家汇街心花园，她默默地坐在他们曾经坐过的长椅上，想着往昔发生过的事情，他们经常在美罗城里的电影院看完电影，就来到这里，陶吉祥用有力的臂膀搂抱着她，生怕她会被一阵风吹走。那时，她觉得特别幸福，陶吉祥是她的依靠，也是她生命的全部。她对他轻轻地说："抱紧我，不要放弃我，我的爱人，没有你，没有爱，我活不下去的。"他抱紧了她，也轻声说："我永远爱你，我不会离开你的，榕。"她无法预测永远有多远，他这句话足以让她安慰……此时，榕感觉到寒冷，感觉到孤独和无助，那个爱她的男人死了，永远地离开了她，他会不会在另外一条道路上和自己相逢，无法确定。她想起来，陶吉祥说过要和她一起去西藏的，他对西藏充满了向往，可是因为他一直忙碌，他们没有成行，如今，他死了，他的魂魄会去西藏游历吗？榕喃喃自语："我要带着你的魂魄，去走那天路。"

有个小女孩抱着一束玫瑰花走到她面前，说："大姐姐，买一朵花吧。"

榕说："多少钱？"

小女孩说："5块钱一朵。"

榕买了一朵玫瑰花，呆呆地坐在冰冷的长椅上，看着卖花的小女孩离去。过了一会儿，榕发现不远处的香樟树下站着一个男人，他不时地朝她张望。她警惕地看了看那男人，站起来，把那朵玫瑰花放在长椅上，然后离开了街心花园。如果陶吉祥在她身边，她不会恐惧，因为陶吉祥会保护她。那朵玫瑰花在长椅上默默地追忆着他们的爱情。榕走后不久，站在香樟树下的男人走过来，拿起了那朵玫瑰花，放在鼻子底下闻了闻，脸上露出猥琐的笑容。又过了一会儿，一个胖乎乎的女子匆匆地来到了男人面前。男人站起来，满脸谄媚地把玫瑰花递到女子面前，说："亲爱的，我等你很久了。"女子咯咯笑了，接过玫瑰花，说："没想到你这个小气鬼会给我买花。"他们坐在长椅上。男子抱住她，她也抱住他，两人忘情地接吻。那朵玫瑰花从女人手中滑落，无辜地掉在地上。

榕来到了孔雀餐厅外面，透过玻璃往里张望，那角落里的卡座上空空荡荡，她眼前浮现出自己和陶吉祥坐在那里谈笑风生的情景……

榕拖着疲惫的步履回到了家里。

走到家门口时，她发现家门没有锁，留着一条缝。她心里一惊，想到了小黄。她急忙推开门，喊叫道："小黄，小黄——"小黄不见了，她找遍了家里的任何一个地方，都没有找到小黄。家里还有小黄的气息，也还残留着腐烂苹果的气息。小黄跑哪里去了？它应该不会跑远，也许就在小区里。榕匆匆下了楼，在小区里寻找小黄。

这个小区不大，榕很快地找遍了小区的每个角落，同样没有找到小黄。

榕想到了小区二号楼左侧的那几个大垃圾桶，那是小区里的人倒垃圾的地方，是不是小黄饿坏了，跑出来在垃圾桶里觅食？

她赶紧跑到放垃圾桶的地方，在垃圾桶里寻找小黄。

那几个垃圾桶都找了一遍，还是没有找到小黄。

榕哭了，心脏仿佛也被挖走了一角，疼痛不已。和她相依为命的小黄不见了，她能不悲伤吗？就在这时，一个老头过来倒垃圾，看到了蹲在垃圾桶旁边哭泣的榕，关切地问道："姑娘，你怎么了？"她说："我家的猫不见了。"老头说："你确定是跑到小区里来了吗？"她说："家里没有，一定是跑出来了。"

老头叹了口气，说："要是被李四当成野猫，那就凶多吉少了。"

"李四是谁？"榕问道。

老头说："你不晓得李四是谁？就是我们小区看门的那个矮胖子保安。"

榕说："他会对猫怎么样？"

老头说："那家伙身上有股酸臭味，是因为吃猫吃多了，原来我们小区里有不少野猫，他来后，就一天比一天少了，现在一只也没有了。因为这个家伙是个变态，最喜欢吃猫肉。猫肉吃多了，他身上就有了一股酸臭味。"

榕不敢相信他是这样一个人，说："他人好像还不错，怎么会这样？"

老头说："人是很热情，也喜欢帮助人家，你要叫他做点什么事情，他跑得比狗还快，还不计得失，可是，他就是爱吃猫肉。小区里几个养猫的人家都挺讨厌他，提防他，生怕他会把他们的猫抓去宰了吃。"

榕心想，小黄会不会真的被他抓走了？

她扔下老头，赶紧朝门岗跑去。

来到门岗，榕看到了李四。李四笑容满面地问她："你有事需要帮忙吗？"

榕闻到了一股肉香，心里"咯噔"了一下，李四也许真的把小黄杀了，放在锅里煮了。她颤抖地说："你看到我家的猫了吗？"李四说："什么样的猫？"她说："一只黄色的猫。"李四说："黄色的猫？"她点了点头，脸色十分难看。李四说："傍晚时，我看到了一只猫，就是黄色的猫，在三号楼后面的草丛里。是张老板告诉我的，说三号楼后面的草丛里有只野猫，要我去抓。他晓得我喜欢吃猫肉，他不喜欢猫。"榕说："那一定是我家的小黄，现在在哪里？"李四笑眯眯地说："你进来。"榕走进了门岗，李四把她带进了门岗里面的小房间里，那是李四住宿的地方。

李四指了指地上的电饭煲，轻描淡写，毫不在乎地说："我以为它是一只野猫，就抓来杀了，现在在锅里炖着呢。"

电饭煲冒着白色的热气，猫肉在里面翻滚。

榕一口气背了过去，瘫倒在地，不省人事……

2003年5月12日

看完姐姐的《渐渐腐烂的苹果》，我流泪了，泪水渗进我嘴里，咸咸的，又苦又涩。我相信，这篇貌似小说的文章，是姐姐亲身经历的事情。这篇文章前面有一部分日记是用装订机订起来的，到现在也没有解封，文章后面的内容记录的是姐姐和胡丽在西藏游历的事情。我可以断定，姐姐在陶吉祥死后，写了《渐渐腐烂的苹果》，写完就去了西藏，时间也是吻合的。姐姐去西藏前，也是父亲过世的时候，我明白了为什么姐姐那段时间没有打电话给我，我也无法告诉她父亲去世的消息。

我心里太难过了，今夜不想再看姐姐的日记了。

四周浓重的黑暗，黑暗中隐藏着什么？是黑熊，还是别的危险？我不得而知，和我面对面烤火的强巴也不得而知。帐篷里的胡丽早已经打起了呼噜。我看了看手表，时针指向10点25分。如果不看表，时间不会存在，我也许会认为已是深夜，因为山野太寂静，离喧闹的尘世太远。

强巴在喝酒。

他见我流泪，没有安慰我，只是把牛皮酒壶递给我，说："兄弟，喝口青稞酒吧，暖心。"我说："谢谢，我不会喝酒。"强巴也没有再劝我喝酒，说："你早点睡吧。"我说："你也去睡。"他说："我不累，累了再睡。"

我进了帐篷，钻进了睡袋，闭上了眼睛。

第四卷

孔雀

我又梦见了姐姐。

她在山顶回过头，凄然一笑，朝我招了招手，风把她的长发飘起，她像一个忧郁的仙女。我喊叫道："姐姐，等等我——"她没有等我，而是下了山。我疯狂地往山顶奔跑，我发誓要追上姐姐，把她带回家，抚慰她心灵的创伤，让她过上无忧无虑的生活。我爬上了山顶，惊呆了，一片开满野花的山坡呈现在我面前，这是传说中的天堂吗？姐姐在山坡上采摘野花，她手捧着一大束野花，朝远处走去。我顾不上欣赏山野美景，朝姐姐追上去。我怎么也追不上姐姐。姐姐走出了那片野花遍野的山坡，走向了河滩，然后就消失了，她消失在乱石横陈的野河滩上。我沮丧极了，喊叫道："姐姐，姐姐，你在哪里，你在哪里——"没有人回应我，只有野风在呼啸，姐姐是不是变成了风，风的呼啸就是她灵魂的呐喊和歌哭？我站在乱石滩上，真想问每一块石头，让它们告诉我姐姐的去向。那些石头无语，它们不会告诉我关于姐姐的消息，就像姐姐从来不告诉我她的历程。我茫然而又神伤地站在乱石滩上，默默地哭泣，我一直想保护姐姐，可是我从来都保护不了姐姐，让她饱受摧残。就在这时，我听到了姐姐微弱的呼救声："阿瑞，救我，救我——"姐姐还活着，我欣喜若狂，我循声而去。是的，我在乱石滩的边缘看到了一个深坑，姐姐的声音就是从深坑里飘出来的。我朝深坑里大声说："姐姐，你不要怕，弟弟来救你了——"

那梦没有做完，我就醒了。

是胡丽唤醒了我。

我说："发生了什么事情？"

胡丽说："强巴一夜没睡，他守护着我们。刚才，他对我说，夜里发现有东西在向我们的宿营地靠近，强巴手握着藏刀，守护了我们一夜。起来吧，收拾好东西，我们出发。"

我说："好的，我马上起来。"

我走出帐篷，看到了红彤彤的太阳从东边的山坳上升起，阳光洒满了山野。看到太阳，我仿佛看到了希望，感觉姐姐冰冷的身体在阳光中苏醒。强巴在用水浇灭火,他们有个习惯,在野外生火,走时都要把火扑灭,不留下一丁点火种。看到我,他朝我笑了笑,露出一口洁白的牙齿。他一夜未眠,脸上竟然看不出疲惫的神色,我怀疑他是不是降落人间的天神。

我们随便吃了点面包,就上路了。

我们要翻过那座很高的山,才能重新回到澜沧江边。强巴在前面带路,不时回过头来,看我们有没有落下。上山的路十分难走,泥泞和乱石让骡马走起来十分吃力,它们不停地喘着粗气,身上还流着汗水。

我对胡丽说:"丽姐,我又梦见姐姐了。"

胡丽说:"我也梦见她,她一直在和我说话,可是,我记不得她和我说了些什么。"

我说:"我梦见她在一个深坑里,很奇怪,我已经两次梦见姐姐在深坑里呼救了,是不是姐姐托梦给我,告诉我她所在的位置?"

胡丽说:"不会这么神吧?"

我希望那是姐姐托梦给我。

在缓慢行走的过程中,胡丽一直和我说着话,说姐姐,说扎西,也说她自己。可以说,胡丽对我毫无保留,甚至把心里隐秘的部分也告诉了我。她情绪平静地向我全盘托出了她离家出走的原因。

胡丽说:"我爸是个赌徒,只要是赌输了,回家就打我和妈妈。我是被我爸揍大的,我妈是被他揍老的。你看我这么瘦,和我爸揍我有关,吃点有营养的东西,被他一揍就清汤寡水了,我妈也是那样皮包骨,不到四十岁,就变成了老太婆。我从小学习不好,也没有考上大学,就在一家饭馆端盘子。我长大后,他就很少打我了,有时会朝我吼,他朝我吼我就跑,我还是怕他动手打我,我跑得飞快,他追不上我。虽然不打我了,他还是很让人讨厌,他会跑到我打工的餐馆吃饭喝酒,点的都是好吃的,吃完后他不买单,对餐厅老板说,饭钱你从我女儿工资里扣吧。老板问他,你女儿是谁?他就会指着我,对老板说,她就是我女儿,亲生女儿。老板问我,他真的是你爸?我点了点头,我不承认不行呀,否则老板会叫人收拾他的。这事情让我丢尽了脸,餐馆也呆不下去。后来,我在一家服装店给人家卖衣服,那家服装店卖的都是女人的衣服,他就没有办法了,总不能把女人的衣服拿走让我买单吧。我参加工作后,他就老是盯着我的钱包,我不会把钱交给他,钱到他手上,就送进别人的腰包了。我会把钱交给我妈,我妈也不会把钱给他,打死也不会给他。他经常在晚上我睡着后偷偷地翻我的钱包,我钱包里钱很少,只有二十来块钱,坐公车用的,就是那么点钱,他也要给我偷走。我讨厌死他了,有时还诅咒他出门被车撞死。"

我说:"丽姐,你也太狠了。"

胡丽说:"我要真的狠就好了,就不会嫁给王瘸子那龟儿子了。"

我说:"是你爸爸逼你嫁给王瘸子的?"

胡丽说:"也可以这么说。没有结婚前,我是个心肠柔软的人,结婚后就变了样,现在对他们是铁石心肠了。有一天晚上,五六个凶神恶煞的男人闯进了我家里,他们抓住我爸,用刀逼他还赌债。我妈吓坏了,叫醒了沉睡的我,我也吓坏了。我妈给那些人跪下,要他们放了我爸。我爸也不停地求饶,说给他两天时间,一定还债。他们也不是真的要杀了我爸,只是要逼他还钱。他们答应了我爸的请求,两天后再来收账,扬言两天后要是拿不到钱,就把我爸杀了。我爸欠他们五万块钱的赌债,我和我妈四处求爷爷告奶奶,一天下来也就凑了几千块钱。两天时间很短,很快就会过去,如果凑不够钱,那就完了。那天晚上,我爸回家后,态度出奇的好,对我们满脸笑容,说话也细声细气。我晓得他心里有鬼,一定是有了什么坏主意。果然,他说服我妈,要我嫁给后街的王瘸子。王瘸子是个四十多岁的光棍,开着一间小超市,有点闲钱。他长得难看,那颗暴突的大龅牙让我特别恶心,我怎么能嫁给他?虽说我长得不算漂亮,要是和他结婚,也是一朵鲜花插在了牛粪上。我死活不从,我妈和我爸就跪在我面前,给我磕头,他们整整在我面前跪了一夜,磕了一晚上的头,两个人的额头都磕破了。快天亮的时候,我含泪答应了他们。"

我说:"不答应就真的没有办法了吗?"

胡丽说:"当时的确想不出什么办法,现在想也没有什么好办法。

他们五万块钱就把我给卖了。王瘸子风光地把我娶进了家门,请了好几十桌的客,街坊邻居都请了。新婚之夜,我把自己灌得烂醉,就是不情愿让他丑陋的大龅牙把我啃了,事实上,王瘸子还是趁着我酒醉,破了我的身。可怜的我,还没有谈过恋爱就结婚了,就这样被自己不喜欢的人破了身,我恨死我爸了,也恨我妈,她自己忍辱负重,还要搭上我的青春。我暗恋过一个男孩子,我讨好过他,那个男孩子却嫌我太瘦了,没有理我。我也恨那个男孩子,他要是和我恋爱,我死也不会嫁给王瘸子。王瘸子结婚后的那段时间对我还不错,好吃好喝地供着我,就是有一点,他的性欲十分强烈,几乎每天晚上都想要,我不配合他,他就气急败坏地骂我。他越骂我,我就越不配合,让他干着急。过了一年,我为他生下了一个女儿,女儿生下来后,我安下了心,希望踏踏实实地过日子,把女儿抚养大。没想到,王瘸子不喜欢女儿,说生了个赔钱货。他开始天天喝酒,喝完酒就借酒发疯,不是打就是骂。我好不容易长大,免于我爸的打骂,生完女儿了,又有人要开始打我骂我。女儿两岁的时候,我实在受不了了,扔下女儿就去了西藏,一去就好几个月。我想给他一点教训,让他知道带女儿的辛苦,也想女儿无论如何也是他的骨肉,他应该会好好待她的。就是那个时候,我认识了你姐姐,我们两个苦命人在路上成了好姐妹,成了生死之交。西藏之旅结束后,我回到了家里,希望王瘸子有所改变。我的希望成了泡影,还让我陷入了痛苦的深渊。王瘸子非但没有好好对待女儿,还狠心地把两岁的女儿送到乡下他的一个远房亲戚那里,就在我离家出走的第二天,他就把女儿送走了。你说他是人吗,他不是人,是畜生都不如的东西。"

说到这里,胡丽的情绪有些激动,停住了话语。

我说:"丽姐,你没事吧?"

过了一会儿,胡丽恢复了平静,说:"没事,事情都过去了,只是想起那可怜的孩子,一口气透不上来。"

我说:"她现在在哪里?"

胡丽叹了口气,说:"她死了。她的死,我是罪魁祸首,如果我不扔下她去西藏,她也不会死,退一步说,我把她扔给我妈,她也不会

131

死。我生下了她，又亲手断送了她的生命，我也不是人，也畜生不如。她死后，我痛不欲生，很快就离开了家，来到了香格里拉，我被痛苦折磨了两三年才缓过劲来，现在，我也麻木了，不会再去想什么了，想了也没有用，痛苦是自己折磨自己，谁也帮不了你。你一定会问，她是怎么死的。我告诉你吧，她在乡下也没有得到重视，像棵野草，自生自灭。其实，我要早一天去接她回来也没事的，都怪我晚去了一天，就出事了，我赶到乡下时，她人已经没了。那天中午，她一个人跑出了屋，在池塘边玩耍，掉进池塘里淹死了。人死了，大家还不知道，等她的尸体从水中浮起来才被人发现。"

胡丽说完，沉默了好长时间。

我也沉默了，什么话也说不出来。

我想，是不是每一个女人，都是一部辛酸史？

……

我们来到了山顶，我眼睛一亮，我看到长满野草的山坡。这片山坡平缓极了，和梦中的一模一样，只是还没有开满鲜花。我喃喃地说："要是开满鲜花，该有多好呀。"强巴说："再过一段时间，这里就会开满各种各样的野花。"

我还看到了远处的河滩。

河滩上是一片白花花的石头。

那里会不会有一个深坑，姐姐会不会就在那深坑里？

胡丽提议在山坡上歇会儿，让骡马也透透气，吃点草，补充点能量。我们都同意她的提议，几个小时的跋涉，我们也累了，长时间骑在骡马上，我的两条腿又酸又麻，屁股也很疼痛。

我们走下山顶，走到了山坡上，找了片比较平坦的草地，停顿下来。

胡丽从骡马上翻身下来，躺在草地上，说："真想就这样躺一辈子。"

强巴把我扶了下来，说："好好休息一会儿吧。"

我也躺在草地上，长长地呼出了一口气。

强巴坐在草地上喝酒。

这时，天阴了下来，天上乌云密布，我担心会有暴风雨。

被姐姐封存的日记（节选）

1999年6月1日　阴天

老板娘恶心透了，她是个皮条客，每次看到发廊里的姐妹被男人带出去过夜，我就想抽她耳光。我和姐妹们都是靠手艺吃饭的，无论是修剪、烫发、盘卷、梳理、吹、头部按摩还是掏耳，我们都十分拿手，回头客很多，每天的活都排满了，来我们店里做头还要预约，老板娘还要搞歪门邪道，我真不想在这里干了，要不是周倩求我留下，我早走了。周倩是我最好的姐妹，她哀怨地对我说："婉榕姐，你要走了，谁陪我说话，谁陪我吃夜宵。你别走，好吗？你想想，到哪里不是一样呢，天下乌鸦一般黑，你还是留下来吧，很多事情，只要你不愿意做，谁也不能强逼你的。你说呢？"我说："我真的厌倦了东莞的生活，厌倦了发廊的工作。"周倩拉着我的手，眼泪流了下来："你就忍心把我留在这里，要是我被人欺负，那可怎么办？"周倩的眼泪打动了我，我答应她留在五月花发廊。

今天是六一儿童节。

每年的这一天，我的心情都会异常低落，这一天对我而言，是屈辱和痛苦的代名词。我赖在床上，不想去上班，就想昏昏沉沉地躺一天。周倩起床后，来到我床前，说："婉榕姐，该起床上班了，去晚了，老板娘又要唠叨了。"我说："我不舒服，不想去了，你代我给老板娘请个假，就说我病了。"周倩关切地说："你真的病了吗？那我也不去了，我陪你上医院。"我笑了笑，说："好妹妹，你赶快去吧，别管我，我没事的，躺躺就好了。"离开家乡后，我从来没有对人说起过很久以前的那个六一儿童节发生的事情，我不想让任何人知道这件羞耻之事，那么多年过去了，家乡人也许忘了这事，我却还记得，那是我内心的伤口，每年的这一天都会流血。周倩拗不过我，上班去了。

　　我躺在床上，尽量让自己不要去想那件事情，可是有些细节总在我眼前浮现，心情糟糕到了极点。

　　我还预感今天像是要发生什么事情。

　　下午三点多的时候，老板娘打来电话，要我去上班，说店里的客人很多，姐妹们忙不过来。老板娘的口气很软，低三下四求我，我架不住她的央求，只好从床上爬起来，去上班。我心想，其实上午就应该和周倩一起去上班，忙起来，那事情就会被冲淡。到了五月花发廊，看到几个客人在排队。老板娘安排了一个客人给我。那是个青年男子，中等个头，秀气的脸，没有胡子，眼睛有神，明亮而清澈。我很少看到眼睛如此清澈明亮的男人，这里的男人大都眼睛浑浊，有些人的眼睛里还带着邪气。他下身穿了条笔挺的黑色西裤；上身穿着干净的圆领短袖白衬衫，衬衫上散发出淡淡的清香；脚上的皮鞋擦得锃亮。他坐在理发椅上，从镜子里端详我，我没好气地说："眼睛老实点。"他的脸竟然红了，干脆闭上了眼睛。我凶巴巴地问他："喂，你对自己的头发有什么要求，需要剪成什么样的发型？"平常我不会用这种口气和客人说话，客人是我的衣食父母，今天我情绪不好，没有办法，不来上班，就是怕别人看到我的坏脸色。他轻声说："你随便剪吧，你剪成什么样的发型都可以，没有关系。"这可给我出了个难题，既然如此，我不能乱剪，便好好给他剪出了一个发型。剪完后，他十分满意，夸我的手艺好。他走后，我觉得怪怪的，心里会想起他衬衫上淡淡的清香。我赶紧打消心里的念头，不敢有过多的非分之想。

　　一直忙到晚上十一点多，我才停下手中的活计，累得快要吐血的我终于淡忘了那让我痛苦的事情，想回出租屋洗个澡，躺下呼呼大睡。周倩也忙完了，她建议下班了去吃夜宵，我想了想，说："好吧，丑话说在前面，今天你请客，而且我要喝酒，要是喝多了，你必须把我弄回去。"她笑了笑，说："没有问题。"

　　就在我们收拾好，准备走的时候，来了个瘦得浑身没有二两肉的家伙。他一进来，就走到老板娘面前低声说着什么，边说边往我们身上看。我心想，他们说的事情肯定不是什么好事。果然，老板娘对周倩说："阿倩，你过来一下。"周倩让我等她一会儿，她就朝老板娘走了过去。老板娘和她说了些什么，周倩面有难色，还是点了点头，然后对那瘦子说："猴子，你到门口等我。"我心想，周倩今夜又不可能和我去吃夜宵了。果然，周倩回到我面前，告诉我她要去陪阿炳喝酒，让我先回去。我本来想阻止她的，话到嘴边吞回肚里。我们一起走出发廊的门，猴子发动了摩托车，周倩上了摩托车，摩托车飞奔而去，很快就消失在城市的夜色之中。

写这篇日记时，我还在担心着周倩，害怕她会发生什么不好的事情，那个叫阿炳的人不是什么好东西。

1999年6月2日　晴

天快亮了，周倩才回来。她浑身酒气。我是个敏感的人，闻到酒气就醒过来了。周倩衣服也没有脱，就倒在床上。我问道："阿倩，怎么现在才回来？"周倩说："他们不让我走，要我陪着他们。"我叹了口气说："你就不能不去吗？"周倩说："我也是想多赚点钱，你知道我家的情况，我妈的病需要钱。"我理解她，说："快睡吧，这样下去，身体受不了的。"周倩不说话了，不一会儿，传来轻微的抽泣声。是周倩在哭。我从床上爬起来，走到她的床边，坐下来，说："发生什么事情了？"周倩哽咽地说："没，没什么。"我说："说出来吧，说出来会好受些。"周倩说："他们，他们不把我当人，阿炳喝醉了用烟头烫我的乳房。"我气得发抖，真想杀了他们。周倩坐起来，抱着我哭。我安慰她说："阿倩，不哭，以后不要再去了。"周倩哭得很伤心，颤抖着说："他们不会放过我的。"我说："阿倩，别怕，别怕。"虽然我这样说，心里也害怕得要死，害怕他们会伤害她更深。

1999年6月5日　晴

今天晚上下班后，我和周倩在胡记大排挡吃夜宵。我们点了炒牛河和清炒空心菜。周倩问我："你不喝酒？"我说："喝什么酒呀，没意思。"这时，我看到一个人朝我们这边走过来。他就是六一儿童节那天我的第一个顾客。他今天没有穿那件圆领白色短袖衬衫，而是穿了一件红色T恤。他笑着对我说："你不是五月花发廊的美发师吗？"我说："你还记得我？"他说："印象深刻，从来没有人把我的发型弄得这么好的，朋友们都说特别有个性和气质。"我笑了笑："你是夸自己还是夸我呀？"他说："当然是夸你了，我有自知之明，长得不帅，没有什么好夸的。"我说："你也来吃夜宵？"他笑着说："肚子饿了。"我说："那坐下来一块吃吧。"他说："真的可以？"我说："当然。"他坐下来，说："就这点东西，还不够我一个人吃的，我胃口可大了。"我说："不够再点呗，管饱。"他点了几个菜，和我们一起吃起来。他说他叫陶吉祥，上海人，在东莞作短暂停留。周倩笑话他，说上海男人小气，还娘娘腔。他说，每个人都有小气和大方的时候，看对谁了，至于娘娘腔，他说自己还没有染上那种毛病。我和周倩都乐了。为了证明他不是个小气的人，最起码对我们不小气，吃完夜宵，他抢着买了单，还把我们送回去，看我们上楼后才走。我们都没有留下联系方式，我觉得这是一次巧遇，也许以后就再也不会碰面了。周倩却不这样认为，她感觉陶吉祥对我有意思，是故意过来和我会面的。我认为这是不可能的事情。

1999年6月9日　阵雨

昨天下午，坏人阿炳到店里来，指定要周倩给他理发。他真的是个坏人，老板娘也怕他，据说，他是东莞有名的地痞。他的头发稀疏，脑门上面秃了一块，谁给他理发也理不出花来。周倩见到他，很恐惧的样子。我轻声对她说："别怕。"周倩给他理发的过程中，阿炳一声不吭，周倩也没有说话。给阿炳理完发，周倩走进了卫生间，关上了门。阿炳装模作样要给老板娘钱，老板娘谄媚地说："阿炳哥来我们发廊，是瞧得起我们，怎么好意思收你的钱呢。"阿炳说："小钱，小钱。"他说是小钱，在推让中，还是把钱放回了自己的钱包里。然后，他来到卫生间门口，对里面的周倩说："阿倩，晚上普宁有几个哥们过来，一起喝酒哇!"周倩应了声:"嗯。"他又说:"到时我让猴子来接你。"说完,他就走了。他经过我身边时,停顿了一会儿,目光下流地从头到脚瞄了我一遍,我浑身的鸡皮疙瘩都冒出来了。

我不想让周倩去陪阿炳他们喝酒,周倩觉得十分为难。

老板娘听到了我们说话,对周倩说:"阿倩,你不能不去呀,惹火阿炳,我们这店就不要开了,大家都吃屎去。"我生气地说:"老板娘,你太过分了,怎么能这样,要去的话,你自己去。"老板娘瞪着我说:"你这个人好没道理,我又没有逼她去,是她自己愿意去的,你冲我叫什么!"周倩拉了拉我的衣服,说:"婉榕姐,别吵了,都怪我不好。"我说:"阿倩,晚上千万别去,他们伤害你还不够吗?如果你要去,我明天就离开东莞!"周倩低下头,不说话了。老板娘也没再理我,她心里一定很恨我。

晚上不到10点,猴子就骑着摩托车来了,要带周倩走。

我不让她去,她还是坐上了猴子的摩托车,走了。我气得泪水在眼眶里打转,我真的担心周倩,她是一个不知道怎么保护自己的姑娘。周倩走后,老板娘冷笑着说:"自己把自己的事情管好就行了,别人的事情最好少管,不要惹祸上身。"她说得没错,我真的惹祸上身了,因为我不让周倩去,猴子都看在眼里。

过了不久,猴子又回来了。

他不止一个人回来,还带了两个人过来,过来时,他们每人都骑了一辆摩托车。

猴子一进来,就走到我面前,瞪着眼睛说:"你跟我们走一趟。"

我气不打一处来,说:"我凭什么跟你走!"

猴子说:"你最好乖乖跟我们走,不要逼我们动手,老大说了,不管死活,都要把你带过去。"

我说:"死也不走!"

老板娘见势不好,问猴子:"到底怎么回事?有话好好说,有话好好说。"

猴子说:"一边去,没你的事。"

他又对我说:"你他娘的到底走不走?"

我倔强地说:"不走,就不走!我就不相信没有王法了。"

猴子招了招手,他带来的两个人扑上来把我架出了门。突然,一个人挡住了他们的去路,大声喝道:"放开她!"这人就是陶吉祥。猴子说:"好狗不挡道,给老子让开。"陶吉祥冷笑道:"你们无法无天,赶快放人!"猴子朝他扑过去,他们扭打在一起,猴子见自己一个人收拾不了陶吉祥,就招呼那两个人一起上。那两个人放开我,也朝陶吉祥扑了过去。他们人多,陶吉祥吃了亏,被他们打倒在地。我看不对,跑回发廊拿了把剃刀出来,大声说:"你们放开他。"就在这时,我听到了警笛的声音,有警车朝这边开过来。猴子喊了声:"条子来了,快跑——"他们慌乱地骑上摩托车,呼啸而去。

陶吉祥被他们打得遍体鳞伤,左眼肿得像个烂桃子。到派出所录完口供,陶吉祥要送我回出租屋。我要陪他去医院,他说没有问题,以前也经常打架,这点伤算不了什么。我们一起回到了出租屋,他没有走,说要陪着我,怕猴子他们还会再来滋事。说实话,我害怕极了,也不想让他走了,有个男人陪着会安全些,我相信他会保护我。在出租屋里,我煮了个鸡蛋,在他眼睛上轻轻地滚动,让他的眼睛消肿。我可以感觉到他的气息,他身上尽管被猴子他们弄脏了,还是有股淡淡的香味。我内心又很不安,觉得拖累了他,我想起了潘小伟,想起潘小伟,我心里特别疼痛。我不想陶吉祥也像潘小伟那样,因我而死去。我突然对陶吉祥说:"你走吧,走吧!"

陶吉祥说:"你怎么了?"

我含着泪对他说了潘小伟的事情。他听完后,说:"我不会走的,真的不会走,我要留下来保护你。"他把我搂在怀里,说:"就是像潘小伟那样为你而死,我也心甘情愿。你知道我有多爱你吗?我见你第一眼时,就爱上了你,就知道今生今世离不开你了,我每天都在店外看着你,一天不见你,魂就没有了。说心里话,那天晚上,我跟踪了你,看你们在吃夜宵,就装着巧遇的样子出现在你面前。只要你同意,我马上就可以带你走,离开这个地方,到上海去。"我说:"你真的肯带我走？"他说："真的。"我说："你不嫌弃我是个发廊妹？不怕我给你带来厄运？"他说："你是个人，人都应该是平等的，我真的爱你。"我觉得这一切来得太快，十分不真实，像是在梦中。可是，他真切地抱着我，说要带我走。

我肯定是不能留在东莞了，我深知阿炳他们不是善茬，他们一定不会放过我的。

周倩回来后，我就下了决心，跟陶吉祥走。周倩也是伤痕累累，这个晚上，她受尽了凌辱，流氓们把对我的恨也发泄在她身上，她替我受罪。周倩哭着让我走，说他们说了，要弄死我。我不能把周倩一个人留在这里，要带她一起走，陶吉祥也同意带她一起走。天还没有亮，我们就离开了东莞。陶吉祥让他朋友开车把我们送到了广州。

我以为周倩会和我们一起去上海，没想到，到了广州后，她提出来要回湖北老家，她要守在母亲的身边。我没有阻拦她，她回老家应该是安全的，而且也可以照顾重病的母亲。我把我的两万多元积蓄都给了她。她死活不要。我拉下了脸，告诉她，不要也得要，姐妹一场，这是我的一点心意。最后，她还是收下了钱。

陶吉祥给她买了张火车票，我们把她送到站台。

上车前，我们紧紧地抱在一起，像是生离死别，其实也是生离死别，我们不知道以后能不能见上一面，多年来，很多姐妹在路途中失散了，就一直没有再联系。我们都哭了，周倩哭得很伤心。上车后，她还在哭。火车开动后，透过车窗玻璃，我还可以看到她满是泪水的脸，和那双哀伤的眼睛。

火车消失在我的泪眼之中，周倩也消失在我的泪眼之中，我的心很伤，很伤。陶吉祥抱着摇摇欲坠的我，在我耳边轻轻地说："不要怕，不要怕——"

1999年6月10日　晴

在广州飞往上海的飞机上，陶吉祥一直搂抱着我，似乎怕我会突然消失，我也亲密地依偎着他，好像我们已经相爱很久了。我还是觉得不太真实,我的白马王子会这么快降临,会带我离开,还发誓一生一世爱着我。我对他轻声说:"我不是在做梦吧?"他在我的额头上轻吻了一下,温柔地说:"傻瓜,这不是梦,你是我的爱人。"我相信他,出奇地相信他,他的所有甜言蜜语都说得那么自然和质朴,毫不做作,往常,我要听到这样的话语,都会想吐。

我相信我不是在做梦,可我还是做了个梦。我实在太累了,恐惧得太深,现在安全了,有个肩膀依靠,我可以安稳入睡。我睡得很香,陶吉祥心疼我,让我安睡,飞机上用餐也没有唤醒我。我是在飞机降落时被剧烈的颠簸震醒的。我睁开眼,陶吉祥就告诉我,到上海了。飞机在跑道上滑行,我告诉他,我做了一个梦,梦见童年时的一个小男孩,他父亲是上海下放到我们唐镇的干部,小男孩和我玩得很好,他们离开唐镇回上海时,还送了个布娃娃给我,我一直保存着那个布娃娃。我就是从那小男孩口中得知上海的,那时我就想,有一天要去上海。没有想到,现在真的来了。一晃那么多年过去了,不知道那小男孩现在怎么样了,他和他爸爸离开唐镇后,我们就断了联系,天各一方。陶吉祥笑着说:"要不要帮你在报纸上登寻人启事,找到那个当初的小男孩?"我笑着摇了摇头。

上海比唐镇大,比老家的县城大,比东莞大,也比广州大,这是我对上海最初的印象。

漕西支路83弄是个看上去很旧的小区,里面有几栋小高层楼房,和不远处徐家汇的高楼大厦极不相称。陶吉祥的家就在小区2号楼的202室,他把我带进了他的家。上楼时,我还觉得楼道的墙壁很脏,斑斑驳驳,进了他的家门后,我眼睛一亮,虽说房子不大,只有一室一厅,但十分干净和温馨。陶吉祥微笑地对我说:"这以后就是你的家了。"我的脸发烫,我没想过我会拥有一个家,哪怕是很小的一个家。我又一次傻傻地问:"我不会是在做梦吧?"

陶吉祥把我揽到他怀里,紧紧地抱着我,轻轻地在我耳边说:"亲爱的,你不是在做梦,这一切都是真实的,从今往后,我就是你的爱人,你也是我的爱人,我们相依为命,永不分离。"

说着，他的嘴巴凑在我的嘴巴上，轻轻地吻我的唇，然后用舌尖探开我的唇缝，我们的舌头搅在一起，热吻。刚开始时，我是木讷的，一下子接受不了，我无法拒绝他。他的吻渐渐地打开了我紧闭多年的心扉，我脸红心跳，觉得要融化了，融化在美妙的柔情蜜意之中。紧接着，我也有了冲动，我内心深藏的欲望和爱被唤醒，我也伸出手，紧紧地拥抱着他，对，他是我的爱人，我要和他相依为命，我要死在他的怀里。我热烈地配合他，响应他，我们的身体都在燃烧，都在融化，直到变成灰烬……我从来没有想到爱是如此销魂，如此美丽，如此不顾一切，我一直以为爱是苦难，是煎熬，是生不如死。

做完爱，我们躺在床上，他还是搂抱着我，抚摸着我。

他说："婉榕，你真美，你是我的命！"

我特别感动，感动得哭了。

他抹去我的泪水，说："傻瓜，哭什么，你应该高兴才对。"

我是个坦诚的人，我不想欺骗他什么，我告诉他我不是处女，很早以前就不是处女了，是因为一个叫上官明亮的中学同学；我还告诉他，我上大学时被一个教授占有过，我又一次说起了潘小伟的事情。说完后，我心里卸下了重负。我真诚地对他说："吉祥，我不是好人，是一朵破败之花，你还会爱我吗？"陶吉祥吻了吻我的额头，说："傻瓜，过去的就让他过去，不要再提起，我不是那样的人，我爱的是现在的你，不是你的过去，我们拥有的是未来，也不是过去。你人生的花还没有盛开呢，我要用我的爱浇灌你，让你这朵花在我生命中开放。在我眼里，你是最美丽的女子，也是最纯洁的女子，我爱你，婉榕。"

我把脸贴在他的胸膛上，听到了他强烈的心跳。

从这一刻起，我把自己真正地交付给了他，我心里暗暗起誓，爱他一生一世。

我还想，我的美好日子已经开始。

上天并没有抛弃我，以前的磨难是为了让我更加深刻地体味今日的甜，我感谢上天对我的眷顾，陶吉祥是上天送给我的礼物。

这世界烂透了，幸好还有陶吉祥。

1999年6月11日　晴转多云

　　我还在睡觉，陶吉祥就起床去上班了，他有个小公司要打理。他看我还在睡，蹑手蹑脚地起床，没有吵醒我，走时给我留了张便条，让我记得要吃早餐。我醒来已经九点多了，我很久没有睡如此踏实的安稳觉了。看着他给我留的便条，心里充满了甜蜜的幸福感。我想，他去上班了，也没有什么事情，干脆赖在床上不起来了。

　　我一直睡到下午。

　　陶吉祥在下午四点多的时候，就跑回来了。

　　他看我还躺在床上，吃惊地说："你一直睡到现在？"我说："是呀，反正没有事情，多睡睡觉，把以前缺的觉都补回来。"他用食指在我鼻子上轻轻刮了一下，说："小懒猪，你不饿呀？"我说："不饿。你不是上班吗，怎么跑回来了？开小差呀。"他看着我，说："我想死你了，忍不住了，就跑回来了。你想我吗？"我说："想。"他突然扑在我身上，疯狂地吻我，抚摸我。

　　我脱光了衣服，裸体横陈在他面前。他凝视着我，说眼睛要瞎了。我害怕地说："怎么了？"他坏笑着说："是你美丽的身体亮瞎了我的眼睛。"我闭上眼睛，轻声地说："我的身体是你的，我的心也是你的。"他亲吻着我的眼睛、我的脸、我的嘴唇、我的乳房、我的小腹、我的大腿……他夸赞着我身体的每一个部位，然后进入了我，我在颤栗中感觉到了他刻骨铭心的爱。他说我香，说我身体散发出淡淡的栀子花的香味，从来没有人说过我香，他说了，也许是因为他爱我，才觉得我香，我也从来没有感觉到自己香。此时，他是暴君，主宰着我的一切……完事后，我说："吉祥，你娶我吗？"

　　他愣了一会儿，说："娶你，我说过，一辈子都要和你在一起。"

　　我说："真的？"

　　他说："真的，我要不娶你，天打五雷轰。"

　　我用手捂住了他的嘴巴，说："不许这样说，你就是不娶我，我也爱你，只要你爱我就可以了，娶不娶我没有关系，我不在乎婚姻这种形式。"

陶吉祥说:"婉榕,你真好。我有一件事情,要向你坦白。"

我说:"什么事情?你说吧,我听着。"

陶吉祥说:"你一定会问,我为什么会去东莞?去东莞,是因为我离婚了,想找个地方散散心,刚好那里有我一个很要好的朋友,他对我说,只要我过去,他每天晚上带我去猎艳,我就去了。你别笑话我,我还真的想去猎艳,想放松一下情绪。没有料到,我碰到了你,就爱上了你。"

我冷冷地说:"你们男人真没有什么好东西,都是下身决定大脑。"

陶吉祥说:"你生气了,我真没有干什么别的事情,光追你了。"

我笑了:"傻瓜,和你开玩笑的。对了,你为什么离婚?"

陶吉祥说:"感情不和。"

我看他不太愿意说离婚的事情,就没有再问他什么,说不说都和我没有关系,他只要对我好,结过婚对我来说不是问题,我想,他真心爱我的话,就是没有离婚也没有关系,我心甘情愿对他好。对我这样一个缺爱的人来讲,能够被他珍视,是我的福分。

他说:"婉榕,有件事情,我想和你商量。就是我们结婚的事情,因为我才离婚不久,不宜马上结婚,我父母那里不好说,也会被人说闲话,我想等离婚的事情冷淡下来,我们再登记结婚,好吗?"

我说:"都听你的安排。"

他亲吻了我的额头一下,说:"你真好。"

他说要带我去吃西餐,我答应了他,他带我去哪里,我都会跟着他走。其实我根本就不喜欢吃西餐,特别是牛排,难吃死了。我也不习惯用刀叉,吃牛排的时候,我弄出很大的响声,也没有把牛排切好。因为我弄出的声响,很多人都向我投来怪异的目光,他们心里一定会说,从哪里跑来这么一个乡巴佬。我的脸发烫,十分害臊。陶吉祥说:"没有关系的,婉榕,习惯就好了。"我说:"要是我习惯不了呢?你会不会嫌弃我,丢你的人了?"他说:"那就不习惯好了,你怎么样我都爱你,怎么可能嫌弃你呢,你是我的爱人。"

吃完西餐,我们走在街上。

我告诉他，我没有吃饱。他吃惊地看着我，像看个怪物。我低下头，说："你还是瞧不起我，你是不是也认为我是土老冒？"他说："没有，真的没有。走，我带你去孔雀餐厅吃饭。"我说："孔雀餐厅？"他点了点头："孔雀餐厅，怎么，有问题吗？"我说："是西餐吗？"他说："不是。"我笑了："那太好了，说心里话，我真不喜欢吃西餐。"他说："你不喜欢吃，那以后我就不带你去了，我也不吃了。"我说："那样不行，我不要你为我改变。"他说："我愿意为你改变。"我心里流过一股暖流。

孔雀餐厅里没有孔雀，只是在店门口的半边墙上画了一只很大的孔雀，那只孔雀画得一点不像，倒是像一只恐龙。看到墙上像恐龙的孔雀，我笑得弯下了腰。当我说出那孔雀像恐龙时，陶吉祥也笑出了声。他说："别看这只孔雀像恐龙，孔雀餐厅的菜还是很好吃的，走，进去点东西吃。"

孔雀餐厅里面的墙上挂满了各种孔雀的照片，而且餐厅十分雅致，让我改变了看法。老板娘是个微胖的中年妇女，和蔼可亲的样子，很对我的胃口。她认识陶吉祥，见陶吉祥来了，赶紧过来打招呼。老板娘说："陶老板，你女朋友好漂亮呀。"他很开心很享受的样子，我却脸上发烫。他给我点了份三杯鸡，说是孔雀餐厅的招牌菜。这里的三杯鸡真的很好吃，吃得我十分欢乐。我说以后要经常来这里吃饭，他说没有问题。

陶吉祥看着我吃，一脸陶醉的样子。

他说："婉榕，你就是一只美丽的孔雀。"

我说："是恐龙吧。"

他认真地说："你就是美丽的孔雀，你知道吗，我就是喜欢孔雀，才总是在这里吃饭的。你永远是我心中最美丽的孔雀。"

我说："我不要做孔雀，我要是孔雀，就不能和你在一起了，只是供你观赏的鸟了，我是个人，一个需要爱的女人。你还是把我当个人吧，把我当个实实在在的女人，我不要你只是观赏我，要你真实地爱我。而且，我不配做孔雀，孔雀多高贵呀，我只是一个平凡的女人，从来都是一个平凡的女人。"

陶吉祥固执地说:"你就是高贵的孔雀,在我心里是至高无上的,你不平凡,假如你从前是个平凡的女人,你碰到我以后,你就注定不平凡了,在我心里,没有人比你更高贵。"

我想,他真的很会说话。我明明知道他说的是花言巧语,我还是喜欢听,他就是骗我,我也心甘情愿。

1999年7月15日　阴雨

来上海有一段日子了,我无所事事,沉浸在爱河之中,日子过得挺快。今天,我出门去走了走,逛了一些商场。中午回家,来到家门口时,才发现忘了带房门钥匙。我突然茫然不知所措,进不了家门,我该怎么办?我想再去逛街,可是我真的不想动了,就像个孩子那样坐在门口,等待陶吉祥下班回来。对门的邻居,一个老太太买菜回来,见我坐在门口,便对我说:"姑娘,是不是忘带钥匙了?"我说:"是的。"她热情地邀我到她家里坐,我谢绝了她。

我背靠着门,坐在那里,竟然睡着了。

陶吉祥回来看我坐在门口睡觉,心疼极了,他把我抱进了家门。我在他怀抱里醒过来,看到他的脸,开心地说:"吉祥,你终于回来了。"陶吉祥怜爱地看着我说:"傻姑娘,你怎么能在门口睡觉呢?"我说:"出门忘带钥匙了。"他说:"你怎么不打电话给我,你告诉我,我马上就会赶回来的呀。"我说:"怕影响你工作。"他说:"影响什么呀,以后再不能这样了,心痛死我了。"

接着,他对我说:"快,换身好看的衣服,我带你去参加一个聚会。"

来上海后,他第一次带我去参加朋友聚会,我十分开心。一会儿,我就开心不起来了。我根本就没有什么好看的衣服,都是很男性化的衣服,比如衬衫、牛仔裤、T恤等,我没有裙子,也没有其他时髦的服装。他给过我钱,让我去买些漂亮的衣服,可是我没有买,我虽然内心敏感,可是在着装上大大咧咧,极不讲究,我要穿上漂亮的衣服,心里会发毛，总觉得有人在骂我："你这个狐狸精，穿那么漂亮，是不是要勾引男人？"这是我内心的一个死结，无法解开的死结，来源于我的少年时代，来源于我那可恶的父亲。

陶吉祥见我犯难，笑了笑说："没有关系，你随便穿吧，什么衣服穿在你身上都好看。"

我说："真的？"

他认真地点了点头。

我挑了一条比较新的牛仔裤和一件白色的T恤，穿在了身上。我对他说："好看吗？"他端详了一会儿，说："好看。"我相信，他是真心觉得我穿的衣服好看，因为他爱我，我怎么样他都可以包容我，就像我爱他，可以包容他的一切一样。问题是，他的朋友们不一定包容我。事实也是这样的，当他把我领到他朋友面前时，他的朋友们都打趣他金屋藏娇，夸我长得漂亮，有的人背后却说我乡气，也就是说我土老冒。特别是那些女人，那些女人都打扮得花枝招展，脸上涂脂抹粉。她们在背后对我嘀嘀咕咕。我在这样的场合无所适从，也给陶吉祥丢了脸，心里难过极了。

回家后，我哭了。

陶吉祥问我："你哭什么？"

我说："我给你丢脸了。"

陶吉祥笑了，抱着我，说："傻姑娘，你知道吗，今天晚上你是最美的，我朋友们都妒忌极了，我也听到她们在背后说你，我心里还高兴呢，能够让她们嫉妒，证明我老婆是真的美丽。想想，你根本就不用靠化妆和穿漂亮衣服就比她们好看，你应该自豪才对，哭什么呀，来，让我亲亲。"

尽管他这么说，我还是觉得对不起他，也不想再跟他出去参加朋友聚会了。他说我要不去，他也不会再去了，我不想他为了我丧失社交圈子，那样对他不好。这个晚上，我给他提出了一个要求，想找份工作。他惊讶地说："我有能力养你，你找工作干什么？"我说："我不想让你养，我有手有脚，为什么要让你养？"他想了想，说："好吧，我想办法给你找一份工作。"

1999年7月20日　晴

这天，陶吉祥要去接他5岁的女儿陶晶晶到公园里玩。每个月，他都要抽出两天时间陪他女儿。以前都是他自己去，没有带上我，我也理解，他和女儿在一起，我在场不太好。今天他偏要我和他一起去，说是让我和陶晶晶培养感情，以后如果能够把女儿的抚养权要回来，在一起会比较好。他的想法是对的，但我心里有点不舒服。我承认我妒忌他女儿，他说起女儿的时候，眼睛发亮，女儿在他心里的位置不会比我差。我曾这样想，他要是没有女儿，就会全心全意爱我了，因为她的存在，他对我的爱还是打了折扣。

我说："我去合适吗？"

陶吉祥说："怎么会不合适，我们已经生活在一起，就差拿证了，事实上，你已经是她的后妈了。"

我听了他这话，就答应了他，一起和陶晶晶去公园玩。

陶吉祥把车开到一个高档的小区门口，给他前妻打电话，告诉她可以送陶晶晶下来了。我看着小区里高高矗立的新楼房，心想，什么时候也能够住上这样的楼房，陶吉祥说过的，等赚了钱，就买一套新房子。陶吉祥公司的生意勉强过得去，可是要买得起新楼房，还不晓得要到什么时候。过了好大一会儿，陶吉祥的前妻安紫带着陶晶晶走出了小区的大门。陶吉祥下了车，抱起女儿，说："宝贝，想死老爸了。"陶晶晶也说："我也想爸爸。"安紫长得有点胖，脸圆圆的，眼睛很大，很亮。她见父女亲热，冷冷地说："要真想就好了，就是嘴巴说得好听，每次来接女儿去玩，还不是例行公事。"陶吉祥说："别在女儿面前说这种话。"安紫说："好，我不说了，你们快去玩吧，早点送晶晶回来，晚上还要带她去学钢琴。"陶吉祥爽快地说："没有问题。"

陶吉祥让女儿上车后，安紫凑近车窗玻璃，看了看坐在车里的我，脸色变了。车开出去后，我从反光镜上看到安紫还站在那里，若有所思的样子。

陶吉祥让女儿叫我阿姨，她就是不叫，陶吉祥一点办法也没有。

我说："她不叫就算了，不要强迫孩子了。"

陶晶晶对爸爸说："她是田鼠吧？"

陶晶晶口里的"她"是指我，我听得出来，可是我不明白她话语中的田鼠是什么意思。陶吉祥也不明白是什么意思，他问道："什么田鼠呀？"陶晶晶说："田鼠就是乡下人，我就不是田鼠，我是家鼠。"陶吉祥被她逗乐了，笑着说："什么乱七八糟的。"我听了孩子的话，心里却很不是滋味。

陶吉祥发现我脸色变了，就对我说："不要和孩子一般见识。"我强装笑脸说："怎么会呢，晶晶很可爱的。"

这一天，他们父女俩玩疯了，我在一旁觉得无趣，好几次，我想和陶晶晶套近乎，她就是不理我。晚上回到家里，我对陶吉祥说："我想要一个自己的孩子。"陶吉祥每次和我做爱都采取避孕措施，我也没有意见，毕竟还没有结婚，如果有孩子了，是个难题。今天，我却有种强烈的愿望，要一个孩子。他沉吟了会儿，说："我们要个孩子没有问题，我想等我们领证后再要，怎么样？"我说："那我们什么时候领证呢？"陶吉祥说："尽快吧，你不要逼我。"我委屈地说："我逼过你吗？"他说："没有，没有，亲爱的，你别生气，我说错话了，你放心，只要条件成熟，我们马上就结婚。"

我无语了。

他觉得我真生气了，就趴在地上学狗叫。看着他那样子，我笑了。他扑过来，抱着我就亲，很快地，我快被他亲得透不过气来了。我爱他，我不会逼他，我偶尔有些小脾气，希望他能够理解，理解一个女人的心。我说过，无论我们结婚还是不结婚，我都爱着他。这个世界上，只有他珍惜我这只田鼠，我心存感激。虽然说陶晶晶的话让我难受，我还是希望她永远和她爸爸相亲相爱，我不希望看到他们父女反目，不希望孩子没有父爱，父爱对一个女孩子来说是多么的重要，像我一样没有父爱的女孩子，一生都在痛苦之中挣扎。

陶晶晶其实是个可爱的小女孩。

如果换成我是她，我也会像她那样，她没有错。

我也没有错，陶吉祥的离婚，和我没有一丁点关系。

1999年10月3日　大风

今天是我来上海后第一天上班的日子。陶吉祥好不容易给我找了一份工作，在他朋友开的一家广告公司上班，做文案。我在大学里学的是中文系，虽然没有毕业就离开了学校，但自认为文笔还可以。陶吉祥有些不信任我的能力，因为我离开大学后一直在社会的最底层混，干的都是和文字没有关系的工作，况且广告文案不是写写文章那么简单，担心我在工作中会遇到麻烦。他送我去广告公司上班的路上，对我说："婉榕，如果干不了，就不要硬撑，赶紧辞职回家。"我没有吭气，他太小瞧我了，我要做出成绩给他看。

广告公司老板是陶吉祥的朋友，他对我十分热情，还专门让一个业务能手带我上路。那个业务能手叫苏苏，是个板起脸很凶，笑起来甜美的女人。她和我年龄差不多，却是广告公司的元老了。苏苏把我叫到她的办公室，严肃地对我说："听说你丈夫是老板的朋友，老板有些话不好当你的面说，就让我来当恶人，要我告诉你，广告文案这口饭不是那么好吃的，公司也不是慈善机构，不会养闲人的，你要是一个月内上不了路，到时就该炒你的鱿鱼了，不管你是谁。"苏苏的表情和她的话让我内心寒冷，我还是有点胆怯，自己也怀疑自己了。苏苏见我忐忑不安的样子，突然笑了。

她笑出了一朵花，刚才那凶巴巴的样子换成了一副甜美的模样。

她笑着说："美女，你是不是害怕了？"

我诚实地点了点头。

苏苏说："刚才我对你说的话，是我第一天来上班时老板对我说的话。我当时也怕得要死，怕还没有干满一个月就被炒了鱿鱼。结果是，我战胜了自己。不要怕，什么事情，只要一怕，准完。抱着必胜的决心，情况会好得多。我看你的眼睛，就知道你是个聪明人，放心吧，跟我干一段时间，你就可以独立做好一份策划案了，当然，以后的修行要靠你自己了。"

我说："谢谢，我会努力的。"

苏苏给了很多成功的策划案，让我先花两天的时间好好学习，然后再让我试着实际操作。那些策划案并没有什么文采，却很有创意。我明白了一个道理，写广告文案，文采并不重要，重要的是创意，有好的创意才是第一位的。我心里还是没底，生怕自己干不好，辜负了老板和苏苏的期望。万事开头难，我不知道自己能不能走好第一步。

1999年10月20日　晴

我把自己单独完成的第一份完整的策划案交给苏苏，然后心里惴惴不安地回到了我的办公桌旁，喝了口水，稳定一下自己的情绪。我像一个考生，在等待考试的结果，残忍一点说，我像一个罪犯，在等待判决。这个上午特别难熬，我多次想电话给陶吉祥，和他说说话，缓解自己的情绪，可我没有这样做。我需要这样的考验，也害怕这样的考验。这份策划书是我熬了几个晚上写出来的，陶吉祥心疼我，要帮我写，被我拒绝。自己的事情一定要自己完成，否则永远是长不大的孩子。

在我等待判决的过程中，坐在我对面的同事张兰脸上露出一丝冷笑。她一直对我不友好，好像我来了，会给她带来什么威胁。苏苏提醒过我，让我不要惹她，她是个睚眦必报的女人，连老板也怕她，经常会因为一点加班费和老板大吵大闹。我问苏苏，那老板怎么还容得下她？苏苏说，她的业务水平高，还有，老板是个心地善良的家伙，同情她。我从苏苏口里得知了张兰的一些情况。

张兰的老公是个不得意的作家，写出大量的作品无人问津，没有出版社愿意出版。他原来是政府的一个公务员，某天突发奇想，辞职专事写作，根本不顾张兰的强烈反对，就是拿离婚威胁他，他也无动于衷。因为作品推销不出去，他就变得不可思议，经常拿张兰撒气，动辄打她骂她，还要她的工资全部交给他，由他支配。他拿着张兰的血汗钱充大头，经常请一些和他一样不得意的文学青年胡吃海喝，喝醉酒回家后，还责骂张兰，说她的钱赚得太少了。张兰愤怒地收回了家里的经济大权,他就疯了一样,隔三差五打她,有时还会突然失踪,好长时间不见人影,问他去哪里了,他也说不上来。

我问苏苏:"她怎么不离婚,这样过得下去吗?"苏苏说:"别看张兰在外面凶,在家里却很软弱,她下不了离婚的决心,只好养着那个混蛋。"我说:"要我早跑了。"苏苏笑了笑,说:"说得简单,要是你家陶吉祥那样,你会怎么样?"是呀,如果陶吉祥那样,我会怎么样?我不敢想了。人性是复杂的,不是一加一等于二那么简单。我同情张兰,但是不能表露出我的同情心,她根本就不屑我廉价的同情心,也害怕别人的同情心,处处显得很强大的样子。我真心希望她老公的书能够出版,能够畅销,甚至能够获诺贝尔文学奖,那样,张兰就可以从家庭暴力中解放出来。

我魂不守舍地等待着,临近中午的时候,苏苏脸色阴沉地走到我面前,冷冷地说:"走,到我办公室去一趟。"我吓坏了,以为我在广告公司的短暂生涯就要终结。张兰也幸灾乐祸地瞟了我一眼,嘟哝了一句:"本来就是一只土鸡,还能变成凤凰,光脸蛋好看有什么用。"我真想回应她一句什么,但是我忍住了。我跟在苏苏后面,就像是个马上被送上刑场的囚犯。

苏苏走进了办公室,我也跟了进去。她冷若冰霜地说,把门关上。我关上了她办公室的门,说:"我还是自己辞职吧。"她盯着我:"为什么要辞职?"我低下头说:"我想我的策划案搞砸了。"突然,苏苏笑了起来。我抬起了头,愣愣地看着她,她到底在搞什么鬼?苏苏说:"婉榕,你的策划案写得太好啦,老板也十分赞赏,他还夸你呢,说你在这么短的时间里上路,真是个人才。"我心里的一块石头落了地,长长地呼出了一口气。我说:"你吓死我了。"苏苏说:"我故意吓你的,你说吧,晚上请我吃什么?"我想了想,说:"我带你去一家餐厅。"苏苏问:"什么餐厅?"我说:"孔雀餐厅。"她又问:"为什么?"我说:"我又找回了自信,我要从土鸡变成孔雀了,所以呀,请你去孔雀餐厅吃饭。"

其实我心里明白,我是怎么也变成不了孔雀的,但我的确找回了自信。

1999年10月21日　晴

我的第一份广告策划案顺利通过，陶吉祥送给我一个礼物，那是一台手提电脑，虽然提在手上很沉重，但是我心里乐开了花。

2000年5月13日　多云转晴

我长久的期盼有了结果，我内心潜在的不安在渐渐消除。陶吉祥终于要和我领证结婚了。我抑制不住内心的激动，给远在唐镇的弟弟打了个电话，听到弟弟李瑞的声音后，我却什么话也说不出来，他一如既往地告诉我关于爸爸和他自己的消息，然后关切地问我的情况。我等他说完后，默默挂掉了电话，我想等我和陶吉祥结婚后，带他回唐镇，让爸爸和弟弟惊喜，向从来都蔑视厌恶我的爸爸宣告，我这样无用的人也过上了幸福美满的生活，我多年的漂泊有了实际的意义，也让弟弟放心，他从来没有停止对我的担心和牵挂。

上午，陶吉祥带我去见了他父母。陶吉祥的父母都是知识分子，对我彬彬有礼，他们表态，尊重儿子的选择，不干预我们的事情。我想，陶吉祥有这样的父母真是他的福气，我要有这样的父母，那该有多好，今生无望，只能等来世了。不过，有这样的公公婆婆，也是我的运气，上天也许真的是公平的，让我遇见了陶吉祥。陶吉祥让我决定哪天去登记结婚，我想了想，把这个好日子选在六一儿童节那天，因为那天对我来说是黑暗的一天，我要把那天变得光明，要用幸福埋葬苦难，从这个六一起，我不会再有痛苦记忆。陶吉祥答应了我，我十分感激他，爱他，他是我的命。

离开他父母家后，陶吉祥把我带到了一个地方。那是一家高档婚纱店，陶吉祥给我挑了套婚纱，试装时，我站在落地镜前，羞红了脸。我从来没有如此认真端详镜中自己的模样，我也从来没有觉得自己穿上婚纱会这么美，和电影里的新娘差不多，甚至比她们好看，原来我也可以如此淑女，也可以如此美丽。陶吉祥也惊呆了，他看到了我的另一面。

有句话是这样说的:"女为悦己者容。"我承认这话是对的,可是,我从来没有为陶吉祥穿过漂亮的衣服,只是内心的花朵为他盛开,我觉得对不起他,或许今后我会弥补这种缺憾。他在我耳边,轻轻地说:"亲爱的,你好美。"我心里说:"都是因为有你,我才美丽,我的一切,都给你一人。"

下午,他还带我去珠宝店,给我买了钻戒,虽然那个钻很小,我已经非常满足,仿佛身上长出了翅膀,在爱情的天空翱翔。他亲手把钻戒戴在我左手的无名指上,此时,我是世界上最幸福的人,没有之一。

我第一次主动对他说:"吉祥,我爱你。"

他含情脉脉地注视着我,说:"我爱你胜过爱我自己。"

那天晚上,我们在孔雀餐厅吃饭,他照例点了我最喜欢的三杯鸡。我对他温柔地说:"吉祥,谢谢你给了我一切,让我从一只土鸡变成了孔雀。如果没有你,我的人生还是那么灰暗,也许早已经在黑暗中沉沦。"他紧紧地握住我的手,我感觉到温暖和爱。

2000年5月17日　雨

傍晚时分,雨越下越大,陶吉祥没有来接我下班,也没有给我电话。我打了个电话给他,他没接。我没再打,也许他很忙。我走出公司楼门口,碰到了老板,他在等车。老板瞥了我一眼,没有说什么,我朝他笑了笑,问了句好,他没有回应我,车来了,他上车走了。我觉得他那一瞥意味深长。

陶吉祥很晚才回家。他浑身酒气,眼睛血红,一回家就倒在床上。我关切地说:"你怎么喝这么多酒,多伤身体呀。"近一年来,他并没有像他承诺的那样不去和朋友聚会,只是不带我而已,我没有责备过他,可是,像今天晚上这样喝醉的事情,并没有发生过。我拿了条毛巾给他擦脸,他一把推开了我。我没有在意,因为他醉了。我给他冲了杯蜂蜜水,让他喝,他猛地拍掉我手中的杯子,吼叫道:"你给我滚开,我不要你照顾。"看着地上玻璃杯的碎片,我呆了。

我默默地拣起地上的玻璃碎片,扔到垃圾桶里。

我的手指被玻璃碎片划伤了，流出了血。我把流血的手指放进嘴巴里吮吸着，血的味道是咸腥的。我默默地看着躺在床上气喘如牛的陶吉祥，想着他对我点点滴滴的关怀和爱，泪水流了下来。他第一次如此粗暴地对待我，要是往常，他看到我的手指流血，一定会很心疼，一定会焦虑地找创可贴，帮我止血，还会抱着我，抚慰我，让我不要怕。在他冲我吼叫的那一瞬间，我特别恐惧，感觉到他要离开我。

不，他不会离开我的，他那么爱我，他只是喝醉了酒，醉酒的人什么事情都可以做出来的。我一直这样想，努力地让自己寻找到安全感，让自己平静下来。我一直没有睡，守在他身旁，我想，等他清醒后，会给我一个交代。

2000年5月20日　雨

他又喝醉了，很晚才回来，还是对我大吼大叫，然后呼呼入睡。他到底怎么了？我不得而知。这几天，在他清醒时，我问过他，为什么喝那么多酒？为什么要对我吼叫？为什么神色不对？是不是厌倦我了，不想和我结婚了？他都没有回答我，保持沉默。我想他一定有什么心事，有难以言说的事情。他的一反常态，真的让我摸不着头脑，前几天还恩恩爱爱，还准备结婚的，怎么突然就变成这样了？我有点生气，对躺在床上的陶吉祥说："吉祥，你没有必要这样，每天醉醺醺的回来。如果你碰到什么困难，我可以和你一起度过难关，最起码我可以在精神上支持你，给你安慰；如果你真的厌烦我了，你也说出来，我不会让你难做的，你就是要我离开你，我也会顺从你，你没有必要作践自己，把自己泡在酒精里。你要知道，我是多么的爱你。"

他没有理我。

我突然觉得特别无助，像是被人莫名其妙地扔在了一个荒岛上。面对我最爱的人的冷漠，我束手无策。

2000年5月21日　多云

天亮了。

我还是守在陶吉祥身边。我眼里还噙着泪。我多么希望他醒来后，像往常那样搂抱着我，吻我的前额，替我擦去眼中的泪水，轻声对我说："亲爱的，不要怕，我爱你。"

他醒了，睁开了眼，看到我忧伤的样子，竟然说："你怎么哭丧着脸，我又没死，你哭什么？"

我说："你，你怎么这样说话？你喝多了，我一直守着你，担心你，你怎么能对我说这样的话？"

他叹了口气，下了床，进卫生间去了。

他坐在马桶上屙屎，还抽着烟，脸色阴沉，一副苦大仇深的样子。我站在卫生间门边，注视着他。他瞥了我一眼，什么也没说。他屙的屎好臭，屎再臭，也好过他那张臭脸。我说："吉祥，你能和我好好谈谈吗，到底发生了什么事情，你告诉我，好吗？"他没有理我，他在蔑视我，像我父亲那样蔑视我。我突然大声说："你到底要怎么样？到底要怎么样？"我相信，我的脸色一定很难看。他擦好屁股，站起来，愣愣地看了我一会儿。此时，我从他的眼中看到了某种柔情，我的心顿时柔软，抱住他，颤抖着说："吉祥，不要对我冷漠，我怕，真的好怕。"他也抱住了我，在我额头上亲吻了一下，轻声说："傻姑娘。"

就那一个吻，一句"傻姑娘"，我心里布满的阴云就烟消云散。

他没有多说什么，我们还是照常去上班，他还是先送我。到了公司楼下，我下车后，他摇下车窗玻璃，叫住了我。我回过身，笑了笑说："你还有话要对我说？"他也笑了笑，说："忘了告诉你，我今天要出差，你自己照顾好自己。"我愣了一下，然后说："嗯，早点回来，别忘了六一我们要去登记结婚。"

他什么也没有说，就开车走了。

2000年5月22日　晴

一天没有接到他的电话。

我打他的电话，他也不接。

担心。

2000年5月23日　晴

他一天都没有来电话，我打他手机，手机关机。

晚上屋里进了一只老鼠，特别烦人。

担心。

2000年5月24日　多云

他的手机关机。

我找不到他，焦心。不想吃饭，不想睡觉。和那只该死的老鼠周旋到半夜，没有逮到它。

想哭，哭不出来。

2000年5月25日　雨

没有他一丁点消息。

2000年5月26日　雨

还是没有他任何消息。

2000年5月27日　阴天

六一很快就要临近，那一天对我来说是多么重要，是生存还是死亡，是光明还是黑暗，取决于陶吉祥。可是，他在哪里？他怎么那么狠心，竟然不来一个电话。晚上，我终于抓住了那只该死的老鼠，我杀了它，杀死它的时候，我是个暴徒。

2000年5月28日　多云

我找到老板，问他："你知道陶吉祥在哪里吗？"他冷冷地对我说："我又不是他的马仔，我怎么会知道他在哪里。"我说："你是他好朋友呀。"他还是冷冷地说："我们已经好长时间没有联系了，好朋友也不一定每天要在一起，也不一定去哪里都要相互告知。"

陶吉祥，你这个混蛋，耍我呀，你在哪里？

2000年5月29日　晴

浑身无力，陶吉祥是死是活，我一无所知。

2000年5月30日　晴

我去了陶吉祥的公司，没有找到他，公司里所有的人看到我，都像见到鬼一样躲着我。我问他们，陶吉祥去哪里出差了，他们都说不知道。后天就是六一了，我们连办证的合影都没有照，他要是不回来，那该怎么办。我真的很傻，这个时候还考虑办证需要的照片，现在人都不见了，一切从何谈起？他难道是在躲着我，有什么话说不清楚的呢，为什么不能开诚布公地和我说清楚？

我快疯了。

该死的陶吉祥。

不，他不能死，他死了我怎么办？

2000年5月31日　多云

我无心上班，请了个假。苏苏问我，为什么这些天魂不守舍。我没有和她说出实情，我不能告诉她，说好要和我结婚的陶吉祥消失了。我一定要把他找出来。我找遍了他平常出没的地方，也没有见到他的踪影。我想到了他父母，会不会躲在他父母家里呢？我来到了陶吉祥父母家里，他父母热情地接待了我。他们也对陶吉祥的去向一无所知。我当着他们的面哭了。他们安慰我，让我不哭，他一定会回来的。他父亲说，陶吉祥从小就那样，会突然消失一段时间，然后完好无损地回家。他们都习惯了，对陶吉祥消失的事情不以为然。

2000年6月1日　雨

这还是黑暗的一天，痛苦的一天，没有光明，也没有幸福。原来，幸福和光明都是陶吉祥给我的虚假设定。我一天都瘫软地躺在床上，满脑子都是恐惧。恐惧中还残存着一丝希望,希望陶吉祥突然出现在我眼前,带我去登记结婚。最后一丝残存的希望随着黑夜的来临残酷地破灭了。我欲哭无泪,绝望地睁大眼睛,犹如一尾将要干渴而死的鱼。一年,整整一年,陶吉祥给了我有生以来最幸福的生活,让我认识到自己的价值,让我学会了爱。可是,就在这黑暗的一天,他重新把我推入了万劫不复的境地。

2000年6月2日　雨

我在雨中茫然地独行,像一只丧家狗。我没有打伞,雨下得很大,雨水打湿了我的全身,也打湿了我的心地。路人都用怪异的目光审视我,仿佛我是个怪物。是的,我是个怪物,和这个世界永远格格不入的怪物,没有人真心怜爱的怪物,谁都可以蔑视我,谁都可以欺骗我,谁都可以抛弃我,像抛弃一块用脏了的破抹布。

我竟然来到了公司门口,我竟然上了楼,进了公司的门,坐在我平常工作的桌子旁,一言不发。公司的人见到我,也像见到鬼一样,在一边窃窃私语。苏苏看到我落魄的模样,走过来,心疼地说:"婉榕,你怎么了,发生什么事情了?"我木然地看着她,什么话也说不出来。苏苏说:"你到底怎么了?"我还是沉默,直勾勾地看着她。她说:"走,到我办公室去,有什么话,对我说。"我一动不动。这时,张兰把手机里的一张照片给另外一个同事看,幸灾乐祸地说:"你看看,这是谁的照片。我早就说过,土鸡变不了凤凰,人家还是回到了原配的身边,不管怎么样,人家原配看上去有气质,看看,他们的女儿多可爱,他怎么可能撇下自己的妻女和一个土鸡过呢?"

我清楚,张兰在说我。

难道陶吉祥真的回前妻家里去了?我突然站起来,冲到张兰面前,一把抢过了她手中的手机。我真切地看到了陶吉祥和他妻女一起吃饭的照片,照片里的场景就是我熟悉的孔雀餐厅。我喃喃地说:"这不是真的,不是真的。"张兰一把从我手中夺回手机,说:"怎么不是真的,昨天晚上,我恰巧在孔雀餐厅吃饭,看到他们一起吃饭的。"

我冲了出去。

我还是在雨中独行。

雨水浇打着我，我眼前一片模糊。

我不知道在雨中走了多久，不知不觉地回到了家里。我推开门，看到了这样一幕：陶吉祥和安紫在沙发上紧紧地搂抱在一起。就是到了这样的地步，我还是不相信眼前发生的事情，我喃喃地说："吉祥，我是不是在做梦？"

他们看到我，马上分开了。安紫站起来，拿起桌上的包，匆匆离开，和我擦身而过时，我闻到了她身上的香水味。门哐当一声被关上了，我回过头，安紫已经走了，房间里还有她身上的余香。

陶吉祥也站起来，面无表情地看着我。

我凝视着这个生命中最爱的男人，还是喃喃地说："我这是在做梦吗？吉祥，告诉我，我这是在做梦，这些天，我一直在做梦，梦见你离开我，消失了，告诉我，我是在做梦，一切都不是真的。"

陶吉祥冷冷地说："你不是在做梦，一切都是真的。"

我嘶声裂肺地喊叫："不，不是真的——"

陶吉祥说："你冷静点，不要激动，让我告诉你事实的真相。起初，我真的爱上了你，而且也同情你，不忍心让你呆在东莞，怕毁了你，才把你带回了上海。这一年来，我其实很矛盾，一方面，心里爱着你，另一方面，我也舍不得我女儿，我无法忍受不能和女儿在一起。所以，我下了决心，要回到她们身边。我这样做，一定会伤害你，所以我走了，我不告诉你，是怕你一时接受不了，和我闹。我想等你平静下来后再联系你，告诉你真相的。今天，她陪我回来收拾东西，没想到你回来了。既然你都看见了，我就和你挑明了，我真的不能和你在一起了。"

我说："那你为什么要带我去见你父母，为什么要带我去试穿婚纱，为什么要给我买婚戒，为什么说要和我去登记结婚，为什么，为什么——"

他说："你冷静点，听我说——"

我歇斯底里地喊："我不要听，什么也不要听，我只要你爱我，只要你爱我——"

他冷漠地说:"原谅我,我真的不能再爱你了。我不能让女儿变成另外一个你。我离开这里,这房子归你,你好好生活吧,你会遇到比我更好的男人的。"

他抛弃我,竟然也有如此堂皇的借口。

我双膝一软,朝他跪下了,痛哭流涕地哀求:"吉祥,不要抛弃我,不要抛弃我,我有什么地方做得不对的,我改,我改。我以后会穿漂亮的衣服给你看,不让你丢脸,我会陪你去吃西餐,再不去孔雀餐厅了。我会好好地伺候你,你让我做什么我都愿意,就是给你做牛做马,我也没有怨言,心甘情愿。你千万不要抛弃我,我求求你了,吉祥,你说过爱我的,说过一生一世都不离开我的,说过我是你的命的,你也是我的命,我不能没有爱,没有你,我会死的。吉祥,你把晶晶要回来,我们一起陪她长大,我会对她好的,就像对我自己的女儿一样,我不会再逼你要孩子了,你不要抛弃我,求求你了。吉祥,就是你不愿意结婚,我也不会逼你,结不结婚都无所谓,我只要你爱我,求求你了,吉祥,不要抛弃我——"

陶吉祥叹了口气,什么也没说,提起行李箱,走了。

我跪在地板上,看着他离去,我伸出手想抓住他,可是,什么也没有抓住。

我站起来,扑到窗口,推开窗,看到刚刚走出楼门的陶吉祥。我的心碎了,喊叫道:"陶吉祥,你这个骗子,你太狠心了,你滚吧,滚吧——"我把手指上的钻戒退下来,朝他扔了过去。钻戒扔在他头上,又从他头上掉落。他弯下腰,捡起了那枚钻戒,放进了裤袋,头也不回地走了。

我喊叫道:"吉祥,不要走,不要走——"

2000年6月7日　晴

我的心十分疼痛,我躺在床上好几天了,像死了一样。爱比死更冷,我深刻体味到了这句话。我只要一醒来,就给他打电话,他不接电话，就给他发消息，哀求他回心转意，愤怒了就骂他狼心狗肺。他就是不理我，仿佛我这个人根本就不存在。我也有清醒的时候，清醒时，我会替陶晶晶着想，那么可爱的女孩子当然不能没有父亲，想到自己的经历，将心比心，陶吉祥回到她身边，尽一个父亲的责任，无可厚非。我还会想到他这一年里对我的好，无论怎么样，他也爱过我，不管是真心还是假意，我还是过了一年幸福的生活，就让他去吧，他想怎么样就怎么样，我又岂能主宰他的生活。可是，这样清醒的时候还是很少，更多的是委屈、痛苦和绝望，觉得自己离开了他，根本就活不下去，就不停地打电话，发消息。他就是不接我的电话，也不回我的消息，这让我十分愤怒。

昨天晚上，苏苏下班后来看望我，我没有想到她会来。

我强打精神，起来给她开了门。

她安慰了我一会儿，然后问我："你是不是好几天没有吃饭了？"

我点了点头。

她沉下脸说："你怎么能这样作践自己呢，命是你自己的，你自己都不爱惜了，谁还会珍惜你！为一个不爱自己了的男人，犯得着如此残酷对待自己吗？"

她说得没错，可是，可是我不能像什么事情都没有发生一样超然物外，我是有血有肉的人，不是一棵植物，可以任凭风吹雨打，我内心的疼痛她无法感同身受，没有痛过的人，所有安慰的话语都是隔靴搔痒，无济于事。我无语。

苏苏又换回了笑脸，说："好了，别想那么多了，走，我陪你吃饭去。"

我说："我不饿，不想吃，你能来看我就很不错了，你去吃吧。"

苏苏说："不行，你一定要去吃点东西，我不忍心看着你饿死。你要不和我去吃饭，我也不去，陪着你，和你一起饿死。"

经不住她的死缠烂打，我只好和她一起去吃饭。她竟然把我带到了孔雀餐厅，找的座位也是我以前和陶吉祥来吃饭时常坐的位子。触景生情，我的眼泪又在眼眶里打转，我什么菜都吃不下，只是不停地喝酒。

苏苏也陪我喝，说陪我一醉方休。边喝酒，她边安慰我，还说起了她和她丈夫的事情。

苏苏说："你晓得哇，我们上海女人收拾老公是有一套的，就拿我老公来说，他只要骨头一轻，我就对他不客气。我让他跪搓衣板，他就不敢去跪酒瓶盖。他每个月的工资都交给我，我给他发零花钱，他只能省着花，没钱了也不敢和我要。男人都是贱骨头，一天不管就骨头轻。他狠，你要比他更狠，让他觉得你才是一家之主，他就老实了。"

我说："我做不到，真的做不到，只要他爱我，让我做奴隶，我也甘愿。"

苏苏叹了口气，说："你这不是爱，晓得吗，这叫贱！你一开始要管牢了陶吉祥，他会和你分手吗？责任都在你自己，所以你就别搞了，搞来搞去，你还是搞不明白，他既然离开你了，就不要想他会再回来了。男人下了决心要离开你，你是拦不住的，要拦住的是你自己犯贱的心。"

……

我们一直喝到餐厅打烊。我们都醉了，我不知道怎么回家的。

今天上午，苏苏打电话来我才知道，是她老公开车来接我们，先送我回家，才把她带回家的。苏苏问我想通没有。我说还是想不通。她让我好好休息几天，等情绪平稳后再去上班，还说老板也希望我赶快好起来，希望我回去工作。

2000年6月11日　阴天

我还是辞去了广告公司的工作，我的情绪反反复复，时好时坏，根本就没有办法工作。

我在痛苦之中度日如年。我还是不停地给他发手机消息，他还是置若罔闻，根本就不理我，把我当成空气。我时而愤怒，时而悲伤，时而体谅他，时而又怨恨他。

我自己把自己折磨得死去活来。

这天晚上，我觉得自己真的活不下去了，又一次给他发了条手机消息："吉祥，我爱你，真的爱你，可是，你不要我了，我记得你对我说过的所有的话，我不会忘记。我想见你最后一面，然后从楼顶跳下去，你走你的阳关道，我过我的独木桥，再不相见。我在楼顶等你。"

我走上了楼顶。

虽然这栋楼只有八层，我想从这里跳下去，足以让我归西。我刚刚爬上楼顶，就接到了陶吉祥的电话。他焦虑地说："婉榕，你千万别干傻事，等着我，我马上过来。"我哀怨地说："能听到你的声音真好。"挂了电话后，我站在楼顶，看着这个陌生的城市，百感交集。我就要走了，要离开这污浊而浮华的人世了，我来不及向我亲爱的弟弟告别，就要走了。此时，我最想念的就是弟弟，想起他的音容笑貌，想起他童年时为我遭的罪，我就泪如雨下。我想给他打个电话，听听他的声音，可是我做不到，我不能让他再悲伤了，还是别给他电话了，我只是在心里默默地祝福他，希望他一生平安。

很快地，陶吉祥赶过来了。

他气喘吁吁地出现在楼顶，在离我两丈多远的地方停住了脚步。

我就站在楼顶的边缘上，我只要跨下一步，就会像一只折断翅膀的大鸟，掉落黑暗的深渊。

我泪眼迷蒙地望着他，浑身颤抖，就是在这炎热的夏天，也感觉到冬天的寒冷。我无力地说："吉祥，你真的不要我了吗？你真的忍心抛弃我吗？你曾经是多么爱我，你说过我是你的命的，你也是我的命，失去了你，我就活不下去了。"

陶吉祥愣愣地看着我，我看不清他的眼神，他眼中是否还有爱，是否有一丝怜悯？我在等待着他，等待着他说爱我，哪怕就是一句"我爱你"，我就死而无憾了。突然，他对我破口大骂："你他妈的是什么东西，竟然用死来威胁我，你把我当成什么了，我同情你，才把你带到上海，让你有了正常的工作，让你有了安身之所，你不好好活着，你想要什么！我不是你的私有财产，我想怎么样生活是我自己的事情，你凭什么要死死地缠着我！"

他的话语太无情无义了，我喊叫道："我不要工作，我不要你的房子，我什么都不要，我只要爱，你明白吗？你太伤人了！"

他竟然说:"什么狗屁爱情,那都是假的,你他妈的怎么就相信世界上有爱情!"

我彻底绝望了,他不是来救我的,是来给我送葬的,他用这样的方式给最爱他的人送行,我彻底绝望了。我想不到,平常温文尔雅的他,会说出这样的话,说出这样让我彻底绝望的话,他还是人吗?

我哽咽地说:"吉祥,就是你说出如此绝情的话,我也不恨你,谢谢你曾经爱过我,曾经让我看到过希望,永别了!"

他大吼道:"你他妈的是用死来报复我吗!那个狗屁教授占有你时,你不去死,潘小伟为你挡刀子时,你也不去死!现在,你却要去死,你好狠毒呀,用死来报复我,用死来让我身败名裂。"

我无语了,很冷,很冷。

他突然冲过来,抱住我,在我耳边说:"婉榕,求你了,不要这样,好吗?"我说:"你要我怎么样?"他说:"我要你好好活着。"我说:"没有了你,没有了爱,你让我怎么活?"他无语。我抱紧他,凑近他的耳朵,问:"我好吗?"他答:"好。"我说:"那你为什么不要我?"他无语。我问:"我香吗?"他答:"香。"我说:"那你为什么不要我?"他无语。我问:"我的脸蛋美吗?"他答:"美。"我说:"那你为什么不要我?"他无语。我问:"我的乳房美吗?"他答:"美。"我说:"那你为什么不要我?"他无语。我问:"我的腰肢美吗?"他答:"美。"我说:"那你为什么不要我?"他无语。我问:"我的大腿美吗?"他答:"美。"我说:"那你为什么不要我?"他无语。我问:"我的皮肤美吗?"他答:"美。"我说:"那你为什么不要我?"……他哀求道:"你不要再问了,我不会再为你所动。"

我想,我已经死了,心死了。

我是一只土鸡,永远无法变成凤凰,不,无法变成孔雀。

第五卷

透明的心脏

1

  天上乌云翻滚，眼看要落下一场大雨。强巴从他的行李中拿出塑料雨披，让我们披上。我怕姐姐的日记本被雨淋湿，把那两大本沉重的日记本抱在怀里。胡丽满脸愁容，她害怕暴雨，因为暴雨会让江水暴涨，也会产生泥石流等地质灾害，路也不好走了，影响我们寻找姐姐。

  强巴抬头，望着乌云翻滚的天空，面无表情。

  他总是那么沉稳，哪怕内心波澜起伏，也不会表露在脸上。

  我心里在祈祷，祈祷暴雨不要来临。

  突然，狂风大作。狂风呼啸，顿时飞沙走石，天地间一片混沌。我抱住了胡丽，生怕狂风把她吹走，强巴也伸出有力的臂膀，抱紧了我们。这阵狂风整整吹了半个多小时才停下来。

  狂风过后，暴雨并没有落下来，天上虽然还是乌云密布，可是，雨就是没有落下来。真的很神奇，我想是我的祈祷感动了天上的神，天上的神不忍心让悲伤的我们再受折磨。强巴说，是狂风把雨吹走了，这里不下雨，另外一个地方一定在下雨。胡丽呼出了一口气，说："只要不在我们这里下就好。"

  我们正要走，发现骡马不见了。

  我吓了一跳，骡马是不是被狂风给吹走了？胡丽也满脸仓皇，骡马要是没有了，我们可怎么走？强巴不像我们这样惊慌失措，他笑了笑，露出洁白的牙齿。胡丽说："强巴，骡马不见了，你还笑得出来呀，怎么办呀？"强巴没有说话，只是把手指放在嘴巴上，打了个嘹亮的唿哨。

  唿哨声传得很远，还有回声。

  不一会儿，我们看见那三匹骡马从不远处的树林里跑出来。看到骡马，我把心放回了原处，强巴真是厉害，一个唿哨就把骡马给召唤回来了。胡丽朝强巴伸出了大拇指，强巴又咧开嘴巴笑了，还是露出洁白的牙齿。胡丽说："强巴，你别笑了好不好，我看到你那雪白整齐的牙齿，就不想做人了。"强巴笑着说："人死了才不会笑，活着，该笑就笑，你的牙怎么了？"胡丽说："你看我的牙齿，里出外进，参差不齐，还是四环素牙，丑死人了，怪不得当初我暗恋的小男生看不上我。"强巴说："还好，还好，比我老婆的牙好看多了。"胡丽说："去，谁和你老婆比呀。"强巴又笑了。

我很难得听到强巴说这么多话。

我们骑上了骡马，朝澜沧江边的河滩上走去。我惊讶地发现，我们走向河滩的路，就是我在梦中走向河滩的路，这难道是巧合？不，不是巧合，姐姐一定是托梦给我，让我更好更快地寻找到她。走近河滩，河滩也和梦中的一模一样，那满河滩乱石横陈，透着荒凉的气息。野河滩很宽阔，看不到远处的情景。

我们下了骡马，准备开始寻找。骡马不管我们，到河滩边的草地上吃草去了。现在，我不会担心骡马跑丢了，就是跑丢了，强巴也可以用嘹亮的唿哨把它们召唤回来，强巴身上仿佛有种神秘的力量。

胡丽说："看来，今天只能够搜寻这片河滩了。"

是的，现在已经是下午了，我们走得很慢，不放过每一处细节。我们分散开来，形成了一条散兵线，朝下游的河滩搜寻过去。有什么可疑的地方，我们都会停下来仔细寻找。比如，我发现了一件破烂的衣服，压在一块大石头下，心头一震，这是不是姐姐的衣服？姐姐是不是也被压在大石头底下？我一个人的力气太小，翻不动这块大石头。于是，我大声地呼喊他们，朝他们挥动着手。

强巴朝我奔跑过来，在乱石滩上奔跑如履平地，他奔跑的姿势雄劲优美。胡丽不敢跑，只是深一脚浅一脚地朝我这边走过来，看她那瘦弱的身体艰难移动的样子，我心里很不好受，觉得对不起她。强巴很快地跑到了我身边，喘着气，问我："发现什么了？"我指了指石头底下的破烂衣服。他明白了什么，示意我和他一起推石头。这块大石头太沉重了，我们费了九牛二虎之力才把它翻了个个儿。

我拿起那满是泥浆的破烂衣服，衣服下面还是石头，看不出有尸体的迹象。

强巴朝我摇了摇头。

我也很失望。我想起来了梦中的深坑，梦中的姐姐是在深坑里呼救的，深坑在哪里？我朝下游连绵的河滩望去，深坑也许就在远处我看不清细节的地方。我们还需要努力寻找。突然，我听到胡丽发出了一声尖叫，我们朝她望去，发现她倒在了乱石滩上。强巴飞快地朝她奔跑过去，我跑了几步，不行，气都喘不过来，只好一步一步地朝她那边走去。

胡丽往我这边赶的时候，不小心崴了脚。

她倒在地上，脸因为疼痛而扭曲了，十分难看。我赶到她身边时，强巴正在处理她的脚伤。强巴把她右脚上的鞋脱了，也脱去了袜子，揉着胡丽的伤处。我气喘吁吁地说："强巴，我来，我是体育老师，对付扭伤有办法的。"他放开了胡丽的脚，站了起来，把位置让给了我。我看了看，脚踝有点红肿，我掰了掰她的脚，问道："很痛吗？"她说："刚才很痛，现在好些了。"她的脚踝受伤，现在需要冷敷，不能走了，否则会更加严重。这里没有冰块，只好让强巴去江里取了些水，用蘸水的毛巾敷在上面，江水很冷，效果应该不错。过了半个多小时，她的伤得到了缓解。我不让她继续和我们一起寻找了，她不答应，站起来，试着走了两步，咬着牙说："没有问题，赶紧找吧。"我说："不行，你现在勉强可以走，明天就不行了。"强巴也说："你还是到草地上休息吧，我们去找。"说完，强巴不由分说地把她抱起来，走到河滩边的草地上，放下了她。

我们继续分头寻找。

天色近黄昏的时候，我们走到了这片河滩的尽头。就在河滩靠近山边的边缘地带，我发现了几个深坑。看到那些深坑，我的眼睛一亮，心都快要跳出来。这些深坑和我梦中的一模一样。我朝那些深坑深一脚浅一脚扑了过去。我仿佛听到了姐姐微弱的呼救声："阿瑞，救我，救我——"

我朝远处还在江边乱石滩上的强巴招手："强巴，过来，过来——"

强巴发现了我在召唤，奔跑过来。

我偶尔一回头，发现胡丽也一瘸一拐地朝我这边走来，她不知从哪里找了一根干枯的树枝当拐杖。原来她根本就没有听我们的话在草地上休息，而是跟在我们后面。我有点后悔让她跟我来寻找姐姐，她一个弱小的女子，怎么能够和我们一起长途跋涉，现在脚也扭伤了，我十分心疼。

强巴跑到我跟前，我问他："这些深坑是怎么回事？"

强巴凑近一个深坑，往里俯视了一会儿，抬头对我说："这是盐井，以前的人采卤盐挖成的，卤盐采上来后，放在盐田里晒干，就变成了盐，你看，那一片草地原来就是盐田，盐田都变成草地了，这盐井还在。"

我说："姐姐也许就在盐井里，我想到盐井里去寻找姐姐。"

强巴凝视了我一会儿，点了点头，他说："你等会儿，我去把绳子取来。这盐井有十几米深，没有绳子下不去，下去了也爬不上来。"

强巴说得没错，我说："你带绳子了吗？"

他说："带了，是我登山用的绳子。"

看来，校长真的给我们找对了向导，他什么问题都考虑到了，让我们减少了许多困难。强巴去取绳子时，我回过身，朝后面的胡丽走去。走到胡丽跟前，我说："丽姐，让你好好地在草地上休息，你怎么跑过来了，你的脚踝要是再次受伤就麻烦了。"胡丽说："没事，以前又不是没有崴过脚，晚上睡一觉，明天早上就好了。"我说："你说得轻描淡写，来，我背你走，不能让你再走了。"她死活不让我背，我无奈，只好扶着她走。胡丽："我好像闻到了婉榕姐的味道。"我说："真的？"她点了点头，说："真的。婉榕姐身上总是有股淡淡的栀子花的香味。你闻闻，那淡淡的栀子花的香味又随风飘过来了。"姐姐身上有香味吗，我怎么记不得了？我心里突然感伤。

连胡丽都感觉到了姐姐的香味，我更深信那梦的真实性。

姐姐或许真的就在荒废的盐井里，等待我的发现。

我们来到荒废的盐井旁边，强巴也把绳子取过来了，他还带了把手电过来，他想得真是周到，我们想到的，他同样想到了，我们没有考虑到的，他也考虑到了。强巴要下盐井，被我拦住了，我说，应该让我下去，如果姐姐真的在盐井里，应该让我第一个看到她。强巴听了我的话，就没有和我争着下井了。

强巴将绳子固定好后，就把绳子的另一头绑在我的腰上，然后慢慢地把我放了下去。胡丽在上面一直叫着："弟弟，你要小心——"我说："放心吧。"我下到井中，井中的积水到我的腰间，我顾不得寒冷，在井中捞了一遍，也没有发现姐姐……一连下了三口井，都没有捞到姐姐的遗体，在饥寒交迫中，我渐渐地失望了。当我从第三口井爬上来时，天已经快黑了。强巴和胡丽都不让我再下井了，他们提议，明天再继续下井寻找姐姐。我也受不了了，只好答应他们。

强巴在草地上点燃篝火后，我的身体才渐渐有了暖意。

2

1992年，姐姐考上了广州的一所大学。

她背着洗得发白的帆布挎包，提着一个塞满了东西的老式旅行包，走进大学校园时，很多人向她投来怪异的目光，仿佛看到一件出土文物。姐姐的头发随便用橡皮筋扎成马尾辫，上身穿着一件灰布上衣，下身穿着一条黑色的棉布裤子，脚上穿着一双发黄的白色球鞋。除了那双发黄的白色球鞋，身上的衣服都出自唐镇一个老裁缝之手。她那一副土不拉几的模样，不让人惊讶才怪，不少同学见到她，都在一旁评头品足，窃窃私语。姐姐对于他们的大惊小怪不以为然，心里说，这些人才奇怪，好像连乡下人都没有见过，我这样怎么了，碍你们什么事。尽管如此，她还是觉得脸红耳赤，一副羞涩的模样。

姐姐内心更多的是愉悦以及对世界的向往。

她觉得自己是一只飞出笼子的鸟儿，从此会过上她想要的生活。离开压抑的唐镇，离开仇人一般的父亲，离开那冰冷的家，是她一直渴望的事情，也是她的梦想。如今，她实现了自己的梦想，来到了远离唐镇的广州，来到了神往已久的大学校园。

在中文系办完新生入学手续,姐姐来到了女生宿舍楼,她住的是3号楼。姐姐在门卫间办好入住手续,来到了302室。宿舍是四人间,一边两张上下铺的架子床,中间是两张拼在一起的长条桌,每人一个带锁的抽屉。门两旁墙边分别有两个水泥砌出来的壁橱格子,给她们放箱子用。壁橱与床之间有一米左右的空间,各放了一个可以放两个脸盆的铁架子。她们的名字已经写在了床头。因为实行的是公寓制,床单被子脸盆饭盆牙缸都统一发放。姐姐推开宿舍门,看到另外三个女同学已经到了,她们已经安顿完毕,坐在桌子旁边吃东西聊天,桌子上放满了她们从各地带来的食物。

姐姐一开门,她们的目光齐刷刷地落在了她身上,都不说话了。

姐姐笑了笑说:"同学们好,我叫李婉榕。"

她们缓过神来,都站起来欢迎她,并且介绍自己。姐姐记住了她们的名字,那个胖妞叫王颖,瘦高个戴眼镜的叫胡月,脸上有雀斑的叫董媛媛。姐姐放下行李,开朗的董媛媛拉着姐姐,要她一起吃东西聊天。姐姐坐在那里,有点尴尬,因为她没有带任何吃的土特产。董媛媛说:"吃吧,别客气。"胡月和王颖也热情地叫她吃东西。姐姐拿起一块蓼花糖,吃了一口,香酥可口,还很甜。这是董媛媛从老家西安带来的特产,董媛媛笑着问她:"好吃吗?"姐姐说:"好吃。"王颖递给姐姐一块姜糖,说:"尝尝我们长沙的特产。"姐姐接过她手中的姜糖,咬了一小口,咀嚼着。王颖说:"好吃吗?"姐姐说:"好吃。"胡月指着桌子上的桂花酥糖说:"你尝尝我们九江的桂花酥糖吧,也很好吃的。"姐姐点了点头,笑着说:"好,好。"

她们都说家乡好,对家乡的风物以及特色小吃如数家珍,姐姐听着她们说话,插不上嘴,只是默默地看着她们。董媛媛突然对姐姐说:"你说说你家乡吧,有什么好吃的,或者好玩的。"她们的目光都落在了姐姐脸上,等待她回答。想起唐镇,姐姐心里十分难受,在那个地方生长了十八年,真没什么好回味的,有的只是痛苦和不堪。她嗫嚅着说:"我,我老家是个偏僻的山区小镇,破败,没有生气,没什么好玩的,好吃的东西也谈不上什么。"董媛媛说:"总归有些什么吧。"姐姐想了想，说："好像豆腐干有点名气吧，可是我不喜欢，以后有机会，给你们带点来尝尝。"胡月说："没有听说过。"王颖说："我也没有听说过。"也许姐姐的话扫了她们的兴，她们就不再问姐姐什么，继续说她们美好的家乡、美好的景致以及美好的食物。

姐姐也觉得自己无趣，坐了一会儿，就默默地站起来，找自己的铺位，准备收拾东西。分配给姐姐的床位是左边的下铺，她在下铺的墙壁上看到了自己的名字。可是，姐姐发现自己的床位被占了。她对叽叽喳喳说笑的她们说："你们谁占了我的床位？"

顿时，她们沉默了，面面相觑。姐姐默默地看着她们。过了一会儿，董媛媛站起来，走到姐姐面前，笑着说："胡月说她有恐高症，不敢住上铺，就先住了你的铺位，对了，你在乡下长大，爬过树吗？"她说此话时，王颖捂着嘴巴笑。姐姐说："你这话什么意思？"董媛媛说："没什么意思，只是问问，要是你爬过树的话，就没有恐高症，睡上铺应该没有问题。"姐姐冷冷地说："我爬过树，爬过很高的树，在上面的鸟窝里掏鸟蛋给我弟弟吃，可是，不能因为我没有恐高症，就不按规则办事，你说呢？"

董媛媛回过头，看了看胡月。

胡月的脸色冷冰冰的，像是落了一层霜。她突然站起来，跑到姐姐面前，一屁股坐在下铺上，仰起脸，对姐姐说："这个铺位我住定了，怎么样！"面对像斗鸡一样的胡月，姐姐无语，她退让了，默默地爬到上铺上，开始收拾自己的东西。董媛媛笑着对胡月说："好了好了，你看她都把铺位让给你了，你就别生气了，吃东西去。"胡月眼眶里含着泪珠，说："不吃了，没意思。"

董媛媛说："胡月，别这样嘛。"

胡月抹了抹眼睛，委屈的样子。

王颖说："大家来自五湖四海，都为了一个共同的目标，不应该因为这样的小事闹矛盾的，好了，胡月，事情都过去了，以后日子还长呢，别生气了。"

说完，王颖走到董媛媛身边，在她耳边悄悄地说了几句话。董媛媛点了点头。接着，她们拉着还在生气的胡月，一起出了宿舍的门。她们走后，姐姐心想，自己已经得罪她们了，最起码把胡月给得罪了。姐姐有些后悔，可又觉得无所谓，反正多年来，她是在冷漠和歧视的目光中长大的，对于别人的任何看法早已经不在乎，未来掌握在自己手中，只要问心无愧，做好自己，为什么要在乎别人的眼光？

姐姐是孤独的。

当孤独成为一种常态，她的心就会变得坚硬，就会把自己包裹起来，孤独也是她保护自己的一种方式，在群居的空间里，也许对别人也是一种伤害，是一种潜在的威胁。

3

姐姐上大学，没有带走家里一分钱。父亲没有给她钱，她也没有向父亲要，自己悄悄离开了家。她用自己多年攒下的钱，供自己上学。姐姐那一点辛辛苦苦攒下的钱，很快就会花完，上大学不比在家里，很多地方都要花钱，无论她怎么省吃俭用，每月的生活费就让她捉襟见肘，不要谈别的花销了。

姐姐不像同学们那样，每个月家里都有钱寄来，没钱了就向父母要，她只能靠自己。所以，入学军训后不久，姐姐就做了一件让同学们瞠目结舌的事情。

姐姐竟然到附近的美术学院去当人体模特。

姐姐每周去两次，每次三个小时，获得100元钱的报酬。一个月，姐姐就可以收入800元钱，这样，姐姐就完全不用担心自己的学费和生活费了。可是，姐姐还是忐忑不安，怕被同学们发现，在当时，这事不见得有多光彩。姐姐也考虑过后果，如果被同学们知道这事，口水也会将她淹死。她不敢在美术学院透露自己的身份，说自己是农村来的打工妹。她当裸体模特一个月后，就去给自己买了两条牛仔裤和两件棉布衬衫，还买了双低跟浅口皮鞋。穿上新衣服、新鞋子，姐姐觉得自己变了一个人，已经不是过去那个浑身土气的乡下姑娘了。那只是姐姐的自我感觉，一种向上的力量支撑着她。在胡月她们眼里，她却还是那个孤僻、自私、和同学们格格不入，土气未脱的乡下大姐。

世上没有不透风的墙。

姐姐当模特没有多久，就被人发现了。那天，美术学院油画系的一个学生到姐姐学校里找老乡玩，在校园里碰到了姐姐。他惊讶地对老乡说："这是你们大学的学生？"他的老乡恰好是姐姐的同班同学朱向阳。朱向阳说："是呀，这有什么奇怪的？"他说："你不知道吧，她在我们那里当裸体模特。"朱向阳说："不会吧，这怎么可能？"他说："我骗你是狗，她真的在我们那里当裸体模特，我记得很清楚的，她屁股上还有一颗痣。"朱向阳吃惊地张大了嘴。

朱向阳是个大嘴巴，很快地，他就把这个消息传了出去。

姐姐也很快地在学校里出了名。本班的同学都用异样的目光审视她，本系的同学见到她也指指点点，别的系的学生也会跑过来问："哪个是李婉榕？"见到李婉榕后，他们猎奇的心理得到了满足。因为姐姐长得好看，传闻就不仅仅限于她当裸体模特这件事情，还延伸出更多的事情，许多强加在姐姐身上的龌龊经过想象加工，更广泛地流传。那天，姐姐进入教室，看到黑板上写着一行大字："李婉榕脱光了到底是什么模样？"姐姐默默地走上讲台，拿起黑板擦，用力擦掉那行字，面对哄笑的同学，回到自己的座位。姐姐担心的事情还是发生了，事情发生后，她反而坦然了，心想，我没有干什么见不得人的事情，怕什么。假如姐姐看到那行字后觉得羞耻，觉得受了伤害，痛哭流涕什么的，也许会博得同情。相反，姐姐对他们的不屑，激起了不少人的愤怒。

他们的愤怒没有当着姐姐的面表露出来，而是用一些下三滥的方式表达。

下课后，姐姐在回宿舍的路上，后面跟着一群人，他们怪笑着，说着鬼话。姐姐后面跟着的人越来越多，怪笑声越来越响亮，鬼话也越来越恶毒。姐姐走进女生宿舍楼后，那些人还堵在女生宿舍楼外面，还在喧闹。姐姐上楼梯时，董媛媛追上来，看后面没有跟着人，从姐姐背上撕下一张纸，塞在姐姐手中，然后快速地跑上了楼。那张纸上用红笔写着两个大字："婊子。"姐姐面无表情，将那张纸揉成一团，紧紧地握在手中。姐姐没想到他们会用这种下作的方式表达他们的愤怒，她心里特别难过，难道堂堂的大学校园，也像唐镇那样污浊，堂堂的天之骄子，也像唐镇那些没有文化的人一样容不下她？姐姐气得浑身发抖，内心的怒火无从发泄。

回到宿舍，姐姐看到门开了一半，她推开门，装满脏水的脸盆从头顶掉落，脏水泼在姐姐头脸上，打湿了她的衣服。脸盆掉落在地，滚到了一个角落。这盆脏水把姐姐浇得不知所措，愣愣地站在那里，一动不动，好长时间才缓过劲来。胡月、王颖和董媛媛她们坐在桌子旁边，边嗑瓜子，边说话，无视姐姐的存在。

那盆脏水，也浇灭了姐姐在上楼时心里燃烧的怒火。

她咬了咬牙，默默地走进去，拣起角落里的那个脸盆，放回铁架子上，那是她的脸盆。然后，她用毛巾擦了擦头发和脸，平静地对她们说："平常，你们背后说我什么，我都不在意，我只是想做好自己，你们真的恨我，当着我的面骂我、打我都可以，我绝对骂不还口，打不还手，可是，你们不能用这阴损的办法来对付我。给我泼脏水有什么用，我擦干净，洗干净就可以了，我还是我，还是会继续做我该做的事情，你们真的影响不了我，我们相安无事多好。我承认，我是在美院当模特，是全裸的那种模特，我不觉得丢人，我不是婊子。记住了，我不是婊子。"

她们出去了，董媛媛回头看了她一眼，姐姐朝她笑了笑。

姐姐当模特的事情，她的班主任李杰教授也知道了。他找姐姐谈了一次心。姐姐平静地告诉李杰教授，她去美院当裸体模特的真相。"没想到是这样，你是在勤工俭学，去做模特是你的自由，我们都没有权利干涉你，只要你没有违反学校的纪律。"李杰教授有点同情她，他话锋一转，"可是，也要注意影响，现在你的事情在学校里影响很不好，应该想办法消除影响。"

姐姐说："李教授，这影响不是我造成的，应该让那些造谣生事的人负责,我想我没有做错什么。我是谣言的受害者,如果要我这样一个受害者承担责任,那样太不公平了,就是要消除影响,也应该让那些造谣生事的人去澄清事实,还我清白。"

李杰教授叹了口气,说:"你说得没有错,不过,你也应该检讨一下自己,是不是该收敛点,暂时不要去美院当模特了,不要给别人制造谣言的机会。我的话你权当参考,听不听你自己决定。现在,你的事情校领导也知道了,还让我调查,你的情况,我会如实向他们反映。你先回去吧,不要有什么心理负担,一切要以学习为主。另外,要和同学们搞好关系,有不少同学反映,你在团结同学方面做得比较差。"

姐姐点了点头,站起身,说:"谢谢李教授。"

李杰教授挥了挥手,说:"去吧。"

姐姐离开李杰教授办公室,抬头望了望天,天上有大朵的白云飘过。天色已近黄昏,姐姐不想回宿舍,她不愿意看到胡月她们的脸。姐姐在学校的荷塘边找了个没人的地方,坐在一棵柳树下的石头上,静静地想一些事情。她发现了一只暗红色的小蚂蚁,它在地上漫无目的地爬行,碰到有什么阻碍,就绕道走。它爬到了姐姐的鞋子边,停顿了会儿,掉转头,爬了会儿,然后又回过头,爬到姐姐的鞋子边,这一次,小蚂蚁没有退缩,而是努力地爬上了姐姐的鞋子。蚂蚁爬上了姐姐的裤脚,然后一直往上爬。

蚂蚁爬到姐姐大腿上时,姐姐捉住了它,把它放在手心,轻轻地说:"小蚂蚁呀,你的亲人在哪里?是不是被它们遗弃了,找不到回家的路了?"蚂蚁在她手心爬来爬去,根本就感觉不到危险,只想爬出姐姐的手心。姐姐的手心痒痒的,那是种奇怪的痒,就像她当模特时,固定某个姿势站着或者半躺着,浑身就有种奇怪的痒,就是再痒,她也得忍着。姐姐把蚂蚁放在身后的草地上,蚂蚁爬进草丛中,不见了踪影。

姐姐觉得自己不如那只蚂蚁。

入夜了,秋风微凉。姐姐还是坐在柳树下,看着湖中安静的水,心想,要是永远如此安静地坐着多好,什么也不想,什么也不干,什么也不必顾虑,一直到地老天荒。那是幻境,不现实的幻境。不知过了多久，有个人影朝她这边晃过来。那人走到姐姐旁边，叫了声："李婉榕。"沉浸在幻境之中的姐姐被唤醒，她看到了董媛媛。

她十分惊讶，董媛媛和胡月她们是一伙的，怎么会来找她？

"你怎么来了？"姐姐说，"是不是有什么事情找我？"

董媛媛坐在她旁边，笑着说："我知道你在这里，你从李老师办公室出来后，就到了这里。"

姐姐警惕地说："你跟踪我？"

董媛媛说："没有，我怎么会跟踪你呢。我只是想找机会和你聊聊。"

姐姐说："你要和我聊天？"

董媛媛说："是的，有些话我要和你说明白。我和胡月她们不一样，她们的确瞧不起你，从我们见面的第一天起，她们就瞧不起你，她们还在别人面前说你的坏话，说你晚上睡觉经常不洗脚，说你经常早上起来不刷牙，还说你——我都说不出口了，反正很难听的话。我和她们不一样，我没有瞧不起你，你应该明白的。我说过她们，让她们积点口德，不要再说你坏话了，她们不听，还怀疑我和你有什么瓜葛。"

姐姐说："我明白。她们说什么我都不在乎，我要在乎那些难听的话，我早就上吊了，我活我自己的，没有必要天下人都理解我。"

董媛媛说："其实，我特别佩服你，你有个性，与众不同，我也想做你这样的人，可是我做不到，就是随大溜的命。李婉榕，你别怪我和她们在一起，不和你说话呀。"

姐姐笑了笑，说："你现在不是在和我说话吗？"

董媛媛低下头，无奈地说："我是偷偷跑过来和你说话的，不能让她们知道的。她们要是发现我们在一起说话，会说我叛徒的。不知为什么，我有点怕她们，怕她们像孤立你一样孤立我，怕她们像说你坏话一样说我坏话，怕她们用对付你的办法对付我。对了，她们晚上会在你床单上倒上胶水，你要当心哪。还有，千万不要说是我告诉你的。"

姐姐说："谢谢你，放心，我不会出卖你的。她们做这些事情何苦呢，同学一场，多么不容易。每个人都有自己的苦恼，都有难以对人言的事情，何苦赶尽杀绝呢，害得我在大学里过不下去，对她们有什么好处？"

董媛媛说："是呀，我也这么想。胡月是个嫉妒心很强的人，心眼又小，我不是写小说吗，她也看不惯，说我想成名成家想疯了。这和她有什么关系呀，真是搞不懂。"

姐姐说："自己想做什么就做什么，只要认定是正确的，就不要怕别人说，勇敢地做下去，别人掌握不了我们的命运。"

董媛媛激动地说："李婉榕，你说得太对了，你简直是我的偶像，我要向你学习。"

姐姐说："坚持你自己就行了，和我学习什么呀。"

董媛媛说："我要是写好了小说，你帮我提意见，好吗？"

"好，只要你信任我。"姐姐说，"你想不想知道我为什么要去美院当模特？"

董媛媛说："那是你的隐私，我不会问你的。"

姐姐说："我还是告诉你吧……现在明白了吧，我为什么要去做模特。人与人是不一样的，世界是没有公平可言的，我从小就清楚。媛媛，其实，我多么地羡慕你们，有个好的家庭，又是在城市里长大，见多识广，衣食无忧。我痛苦时，想找个人哭诉都找不到，虽然我已经习惯了痛苦，习惯了将委屈埋在心里。"

董媛媛听完姐姐的话，眼睛都湿了，她感动极了，说："婉榕，你要是信得过我，以后有什么心事，可以向我倾诉，我会认真听你倾诉的。"

姐姐说："你不怕胡月她们不理你吗？"

董媛媛说："就像现在一样，我们偷偷在一起说话。我觉得和你说话才是有意义的，和她们在一起，不是谈时装，就是谈好吃的，说的话基本上没有营养。对了，我该回去了，否则她们怀疑我了。还有，她们往你床单上倒胶水的事情，千万不要说是我告诉你的，一定。"

姐姐说："放心吧，我不会说的，我不是那样的人。快走吧，我再坐会儿，一个人独处其实也是很美妙的。"

董媛媛走后，姐姐抬头望了望天。天上一片混沌，纵使是晴天的夜晚，也看不到星星和洁净的夜空。她想起了家乡的夜空，洁净而悠远，如此晴朗的夜晚，会有满天的繁星，还可以看到银河的轮廓。童年时，唐镇还没有通电，那些没有电灯的夜晚，星星会更加明亮。此时，姐姐幻想，要是广州突然全市停电，也许就可以看到夜空中闪亮的星星了，银河的轮廓也会清晰地呈现在自己的眼中。

她还幻想自己变成一只鸟儿，穿过城市混沌的夜空，去看明亮的星星，去寻找那个美丽的梦。

那个晚上，姐姐在湖边的柳树下坐到天亮，心也小鸟般飞翔了一整夜，露水打湿了她的头发，打湿了她的衣服，打湿了她的梦想。

4

姐姐还是决定，暂时不去美院当模特了。过了一段时间后，关于她的传闻仿佛被风吹走了，很少有人会提起她当模特的事情，那时还没有网络，她的事情也没有引起社会的关注，事情来得快，平息得也快。虽说少有人再提起这事，姐姐还是在大学校园里出了名，很多同学还是默默地关注着她，因为她的美貌。

有不少同学开始追求她，给她写求爱信，大胆的还会主动约她出去玩，约她出去吃饭。对那些求爱者，姐姐都没有搭理。有个物理系的文艺青年迷上了姐姐，每天晚上抱着吉他，在姐姐的宿舍楼下歌唱，那歌是他专门为姐姐写的。物理男的行为让中文系的男生们脸上无光，凭什么让物理男在女生宿舍楼下为姐姐歌唱？于是，他们派出了代表，号称吉他王子的朱向阳和物理男决斗。他们用吉他和歌声决斗，而且唱的都是他们自己写的歌。那段时间，每天晚上，三号女生宿舍楼底下就聚集了不少人，分开两个阵营，一个是物理系的阵营，一个是中文系的阵营，两个阵营的同学都为本系摇旗呐喊，其他系的观战者混杂其中，盲目起哄，有些充当搅屎棍子的角色。那可是些热闹的夜晚，给平淡无奇的大学校园带来了些波澜。奇怪的是，他们龙争虎斗之际，姐姐却从没

179

有把他们放在眼里，仿佛这一切都和她无关，他们的自作多情激起了女生宿舍楼的民愤。一天晚上，他们斗歌正酣，突然，女生宿舍楼所有的窗口全部打开，几乎所有的女生都端着满满一脸盆水，有些女生端的还是洗脚水，她们把脸盆里的水一齐泼了下去，女生宿舍楼里爆发出惊天动地的哄笑声。那场人工雨浇灭了他们的斗志，犹如落汤鸡的他们灰溜溜地散了，从那以后，物理男和朱向阳都偃旗息鼓，没有再用歌声向姐姐求爱。

姐姐对他们冰冷的态度，使她得了一个绰号：冷美人。

姐姐的学习成绩很好，可是，她没有拿到奖学金，原因就是她在美院当过裸体模特，还和当时的那些谣传有关。寒假，姐姐没有回唐镇。她只是给弟弟写了封简短的信，告诉他要勤工俭学，就不回去过年了。董媛媛得知姐姐不回家过年，十分同情姐姐，还邀请姐姐和她一起回西安，到她家里过。姐姐婉言谢绝，董媛媛说会给她带好吃的东西回来，姐姐有些感动。董媛媛说要以姐姐为原型，写篇小说，姐姐答应了她。

离学校不远的永兴街有一家咖啡馆，那家叫红磨坊的咖啡馆正好要招收一位服务生，姐姐就去应聘。咖啡馆老板是个年轻的香港人，也就25岁左右的样子，自然卷的头发，苍白的脸，深陷的眼睛很小却很亮，嘴巴很大，下巴是方的，唯一长得好看的是高而挺的鼻子。姐姐看到他时，第一印象就是，他的鼻子最突出，而且发亮，他的五官要是没有发亮的鼻子，就会黯然失色。他告诉姐姐，他叫潘小伟，潘是潘金莲的潘，小是大小的小，伟是伟大的伟，他说普通话不太利索，却特别爱说。潘小伟的声音软绵绵的，有催眠的作用，应聘时，他和姐姐说了两个多小时的话，姐姐都快睡着了，他说了些什么，姐姐都没有听清楚，不知他到底要不要她。末了，姐姐还云里雾里，便问他："你要我吗？"潘小伟笑了，说："要呀，当然要，明天就可以来上班了。"姐姐告诉他，她是大学生，只是寒假期间可以全日在咖啡馆上班，开学后只能业余时间来干小时工。潘小伟说："没问题啦。"姐姐很轻易地获得了一份工作，挺开心的。

潘小伟是随性之人，和员工的关系融洽，融洽得就像一家人，员工可以和他开玩笑，可以给他提尖锐的意见，甚至还可以骂他。姐姐上班的第一天，就在厨房间看到做点心的师傅脸红耳赤地朝他发脾气，姐姐搞不懂点心师傅为什么要训斥他，也不想过问，她发现潘小伟在点心师傅面前笑嘻嘻的，一点也不生气。等点心师傅骂完，潘小伟拍了拍他的肩膀，软绵绵地说："好啦，好啦，消消气，下班后我请你喝酒。"点心师傅还不买他的账，说："谁要喝你的酒，没有人像你这样不把自己的店当回事的，我都看不下去了。"敢情是点心师傅为了潘小伟好，才训斥他的。

潘小伟的咖啡馆都靠员工自觉，他根本就没怎么管理，每天在店里的时间很少，经常中午来看看，待不上半小时就走了，到晚上咖啡馆快打烊了他才赶过来，拿了当天的营业额离开，收银员说多少钱就多少钱，他也不核实。姐姐觉得奇怪，哪有这样做生意的，同事告诉她，潘小伟对员工百分之百信任，所以，他只管在外面喝酒泡妞，员工们自觉地把咖啡馆搞得井井有条。红磨坊咖啡馆员工之间关系也十分融洽，按理说，只要有人的地方，就有勾心斗角，就有扯不完的鸡毛蒜皮之事，就是姐姐一个宿舍里的四个人还那么多事情，何况一家咖啡馆，问题是，红磨坊咖啡馆的员工真的像兄弟姐妹般相处，这让姐姐觉得自己很幸运，开始相信别人。

姐姐在红磨坊咖啡馆上班之后，潘小伟竟然老实了，成天呆在店里。潘小伟一反常态，员工们都觉得奇怪，十分不习惯，就有员工忍不住对他说："潘小伟（员工们都如此称呼他，他不让员工叫他老板，他讨厌老板这两个字），你怎么不去泡妞了，待在店里做什么？店里有你喜欢的女孩子？"潘小伟笑了笑，瞥了姐姐一眼，扮了个古怪的表情，说："我去不去泡妞关你屁事，好好干你的活去。"员工周丽雅说："简直是母猪上树了，潘小伟也在店里待得住。"另外一个员工邓红红看了看姐姐，拍了一下手，笑着说："我明白，我明白潘小伟为什么不去泡妞了。"

"为什么？"周丽雅焦急地说，"快说呀，为什么？"

邓红红说："潘小伟看上咱们店里的大美女李婉榕了。"

大伙的目光都落在了姐姐身上,姐姐脸红了,说:"红红,你别瞎说。"

周丽雅走到潘小伟面前,凑近他,盯着他的小眼睛,一字一顿地说:"潘小伟,你老实交代,是不是喜欢上李婉榕了?"

邓红红也说:"老实交代!"

大伙都乐呵呵地看着姐姐和潘小伟,等待着潘小伟的回答。

潘小伟挺了挺胸脯,清了清嗓子,脸色严峻地说:"我为红磨坊咖啡馆终于有了一位美女而感到骄傲和自豪,这位美女当然是李婉榕咯,重要的是,她还是个大学生。我的发言完毕。"

说完,他自顾自地傻笑,眼睛都笑没了,只有鼻梁在发亮。

周丽雅恶狠狠地说:"好呀,你这个臭老港,你是在骂我们长得难看是不是,睁大你的绿豆眼,看看我们是不是大美女。"

邓红红也显得生气的样子,过去抓住潘小伟的胳膊,使劲地摇晃了几下,说:"原来我们在你眼里都是丑八怪,怪不得老是跑到外面去泡妞,我们店里的妞你都看不上,潘小伟,你狼心狗肺呀。"

潘小伟还是一个劲地笑。

姐姐也笑了,她知道他们在开玩笑。

周丽雅抓住潘小伟的另外一条胳膊,说:"你只要承认自己看上李婉榕了,我们就放了你,否则有你好看的。"

邓红红说:"快交代,坦白从宽,抗拒从严!"

潘小伟被她们抓痛了,叫唤道:"哎呦,哎呦,人心都是肉长的,你们下手轻点,好吗,我不是机器人,也会疼痛的呀。"

周丽雅说:"知道疼痛就好,那还不快承认了。"

潘小伟只好说:"好吧,好吧,我说,我说,我是喜欢李婉榕。"

周丽雅和邓红红大笑,放开了潘小伟。店里的人都在笑,姐姐脸红心跳,慌乱地跑开了。周丽雅神鬼兮兮地对潘小伟说:"潘小伟,你可要聪明点哟,要是泡自己的下属泡成了老板娘,那就闹笑话了哟。"

潘小伟装模作样地说:"这个问题嘛,我还真没有想过。"

5

　　姐姐感觉到,潘小伟真的喜欢自己,尽管那天潘小伟用玩笑的形式承认喜欢姐姐。潘小伟对她特别关心,总是问寒问暖,还会悄悄地给她吃巧克力。咖啡馆打烊后,潘小伟还用摩托车送她回学校。开始时,姐姐不要他送,他说顺路,也不是专门送她,姐姐就没有再说什么。他对姐姐好,周丽雅她们都看在眼里,她们没有妒忌姐姐,还希望姐姐真的和潘小伟好,因为她们是真心对潘小伟好,希望他找一个好姑娘,同时,她们特别讨厌一个人,那个人是潘小伟的女朋友,叫唐嫣。

　　唐嫣来过红磨坊咖啡馆几次,她是来找潘小伟的。潘小伟要是不在,她就不停地嚷嚷,非要咖啡馆的员工把他找出来。周丽雅说,你自己不会打他呼机呀。她就冲周丽雅破口大骂,周丽雅还了她几句,她扬言要给周丽雅好看。后来有一次,她跟着潘小伟来到咖啡馆,见到周丽雅,马上拉下了脸,大声对潘小伟说:"潘小伟,你妈的,让你炒掉这个贱货,你把我的话当耳边风呀!"潘小伟在她面前低声下气,把她哄走了。潘小伟回到店里,周丽雅说:"潘小伟,她是你什么人呀,张狂得像条疯狗。"潘小伟说:"普通朋友,普通朋友。"周丽雅说:"不是普通朋友吧,你看你那没出息的样子,在她面前就是一条哈巴狗。"潘小伟说:"真的是普通朋友,就是经常在一起喝酒而已。"周丽雅说:"哥们,希望你们是普通朋友,否则要是被她套上了,你这辈子就完了。我看你还是少和这样的人来往,免得以后难堪。"潘小伟点头称是:"对,对,你说得没错,我早就不想理她了,她做事情很过分,早受够她了。"

　　姐姐没有见过唐嫣,只是多次听周丽雅她们讲起过。

　　一个深夜,刮着寒风。潘小伟带姐姐回学校,他把摩托车开得疾风般飞快,姐姐坐在摩托车后座上,觉得自己也会像风一样飞出去,十分害怕,大声喊叫:"潘小伟,慢点,慢点——"潘小伟也大声说:"抱住我的腰,抱紧就没事了,不要怕——"惊吓中的姐姐无奈,只好抱紧了他的腰。潘小伟又大声说:"哈哈,我说没事吧——"姐姐说:"潘小伟,你是个混蛋。"潘小伟说:"很多人说我混蛋的,这是对我的表扬吧。"姐姐说:"潘小伟,你真不要脸。"潘小伟哈哈大笑,他只有在哈哈大笑时,才有男人的模样。

到了学校大门口,潘小伟刹住了车。

姐姐下车后,对他温柔地说:"老板,谢谢你。"

潘小伟说:"记住咯,以后不能再叫我老板,最后一次提醒你,如果再犯,你就不要再来咖啡馆上班了,我也不想再见到你了,OK?"姐姐点了点头,说:"我晓得了,你赶快回去休息吧。"姐姐进了学校的大门,走了一段,回头望了望,发现潘小伟还没有走,还在寒风中目送她。她朝他挥了挥手,潘小伟突然说:"婉榕,等等——"

姐姐迟疑了会儿,然后转过身,跑出了校门,回到潘小伟身边。

姐姐说:"潘小伟,你还有什么话要说?"

潘小伟说:"今天是我生日,我自己都忘记了,刚刚想起来。你能不能陪我喝两杯?"

姐姐点了点头,她无法拒绝。潘小伟把姐姐带到了他家里。潘小伟家里很乱,乱得像狗窝。姐姐要给他收拾,他笑着说:"不要收拾了,收拾得再整齐也没有用,你一走我就搞乱了,以前周丽雅她们都来收拾过,没用的,她们说我天生就是个凌乱的家伙,就没再来收拾过,我习惯了凌乱,凌乱其实也是一种整洁。我们还是喝酒吧。"

姐姐说:"你也叫周丽雅她们到你家喝酒?"

潘小伟说:"是呀,店里的人都到我家喝过酒,不过,我生日是哪天,她们都不知道,我也没有告诉过她们。"

说着,他从酒柜里拿出一瓶轩尼诗,打开,放在茶几上,接着又去拿了两个水晶玻璃杯,往杯子里倒上酒,递给姐姐一杯,微笑着说:"来,祝我生日快乐。"姐姐心里有些忐忑,深夜到一个男人家里喝酒,会不会有什么危险?她举起了杯子,红着脸说:"祝你生日快乐。"他和她碰了一下杯,水晶玻璃杯轻轻相碰的声音清脆而悦耳,潘小伟一口喝干了杯中酒。姐姐呷了一口酒,皱起了眉头。潘小伟说:"喝干,这样祝福才有意义。"姐姐说:"太难喝了,我从来没有喝过酒。"潘小伟说:"喝吧,不会有问题的。"姐姐一口喝完杯中酒,张大了嘴巴。潘小伟笑了,说:"没有想到你的处女喝是在我生日这天完成的,我太荣幸了。"

于是,他们坐在沙发上,一杯一杯地喝起来。

姐姐没有说话,都是潘小伟在说话,姐姐只是静静地听,然后配合他喝酒,姐姐心里还是防范这个说话柔软的香港男人。潘小伟竟然给姐姐讲他的身世。他说他来广州是为了逃避他妈妈,他看到妈妈,就会想到自己的亲生父亲,他对自己的亲生父亲有种仇恨,其实,他父母亲都对他很好。问题是,他是一个私生子,父亲不能给他妈妈名份,也不能给他名份,他不想总是被人在后面指指点点,说:"他是某某人的私生子。"躲到广州,没有人说他是谁的私生子,也没有任何的顾忌,每天开心活着,就忘了那些难堪的事情。潘小伟说他亲生父亲是个很有钱的大老板,所以,他不想咖啡馆的员工叫自己老板……不知道过了多久,也不知道潘小伟说了多少话,姐姐也记不清自己喝了多少杯酒,潘小伟的鼻梁一直在发亮,渐渐地,她倒在沙发上睡着了,也许是她喝多了,也许是潘小伟柔软的话语起了催眠作用,让姐姐进入了梦乡。

姐姐醒来后,一缕阳光透过窗帘的缝隙照射在她脸上。是阳光把姐姐从沉睡中唤醒。这一觉睡得好香,醒过来后,姐姐感觉到浑身柔软,连骨头都是柔软的。醒了一会儿后,姐姐才发现自己身处陌生的房间里,脑海里马上进行搜索,她只能回想到潘小伟讲他亲生父亲是个有钱老板那段,往后发生了什么,她已经没有了记忆。姐姐突然紧张起来,潘小伟有没有对自己干什么?她掀开被子,发现身上除了外套不见了,其他衣裤都没有脱,这才放心地起了床。走出房间,潘小伟还躺在沙发上呼呼大睡,被子掉落在地。姐姐走过去,轻轻地拣起被子,盖在潘小伟身上。姐姐看了看墙上的挂钟,时间尚早,她就帮潘小伟收拾起来。

晌午时分,姐姐把潘小伟的家收拾得井井有条。

她独自躺在阳台的躺椅上晒太阳,阳光温暖地洒在她的头上、脸

185

上、身上，姐姐觉得十分惬意，超然而温暖。姐姐闭上眼睛，享受着这难得的温暖和美好，眼前出现了幻象，一只白色小鸟在阳光下飞，浑身发出迷人的光泽。那只白色小鸟就是姐姐潜意识中的自己，她渴望自由自在，无拘无束地飞翔。

潘小伟走出阳台，凝视着躺椅上的姐姐，眼睛里闪亮了一下，他俯下身子，凑近姐姐的脸，说："睡着了？"姐姐睁开眼，看到他发亮的鼻梁，微笑地说："你不睡了？"潘小伟说："不睡了，我醒了就再也睡不着了。"姐姐说："你离我远点，好吗，你的嘴巴好臭。"潘小伟站直了身，笑笑："不臭才怪，我们昨天晚上喝了两支轩尼诗，你一个人就喝了一瓶，没想到你的酒量那么好。"姐姐惊讶地说："真的喝了那么多？"潘小伟说："那还有假，空瓶子都还在那里。"姐姐说："我从来没有喝过酒的。"潘小伟说："这证明你有喝酒的天份，以后我又多了一个酒友了。"姐姐说："酒友？"潘小伟说："是呀，酒友，你以为我要把你当什么朋友呀，我只要你做我的酒友，哈哈，你昨天晚上是不是担心我对你图谋不轨呀？"姐姐点了点头。潘小伟又说："其实，我真心喜欢你，你喜欢我吗？"姐姐摇了摇头，说："不喜欢，我只是尊重你。"潘小伟说："为什么，因为我不帅？"姐姐说："不是，好啦，别问了，你不是说我们只是酒友吗，就当酒友好了。"潘小伟说："那好吧，我们就当酒友咯。"姐姐说："潘小伟，我饿了。"潘小伟说："走，我们吃早茶去，吃完早茶，我送你去上班，OK？"姐姐说："OK。"

6

大年三十到正月初三，红磨坊咖啡馆放假，店里员工基本上都是广州本地人，他们都回家过年了，剩下姐姐和老板潘小伟。潘小伟知道姐姐不回家，就对她说："你就和我一起过年吧，放假这几天的工资照发，不过，要陪我喝酒，如果把我陪好了，工资加倍。"姐姐说："你不回香港？"潘小伟的目光黯淡下来，不一会儿又亮起来，说："有什么好回的，还是呆在广州好，还有李大美女陪我喝酒。"姐姐说："潘小伟，你什么时候能够正经点？"潘小伟笑笑："正经不了了。"

大年三十，姐姐在宿舍里睡了一天，她梦见了弟弟，弟弟在梦中喊她回家。醒来，她抹去做梦时流出的泪水，心特别疼痛。傍晚，姐姐离开宿舍，朝学校大门口走去，潘小伟说好来接她的。校园里安静极了，看不到几个人，姐姐心里有些凄凉，长满了枯草。她快走到大门口时，发现潘小伟和一个穿着时髦的长发姑娘在争吵什么。姐姐停住了脚步，心想，这个时候，该不该走过去呢？潘小伟看见了姐姐，朝姐姐挥了挥手。他是在示意姐姐，让姐姐过去，姐姐就走了过去。见到姐姐，那长发姑娘不说话了，盯着姐姐的脸看了一会儿，然后对潘小伟说："有你的，潘小伟，你小心点。"潘小伟没有理她，让姐姐坐上摩托车，然后发动摩托车，奔驰而去。长发姑娘也骑上一辆摩托车，追了上来。她在和潘小伟飙车，潘小伟让姐姐抱紧他的腰，然后就让摩托车飞了起来。姐姐十分恐惧。长发姑娘最后还是超越了潘小伟，她对落后的潘小伟竖起了中指，然后拐进另外一条马路，飞驰而去。

长发姑娘给姐姐留下了深刻的印象：狂野、任性、骄横。她和潘小伟之间发生了什么，姐姐一无所知，她也不想知道，姐姐从来不喜欢打听别人的隐私，也不会传播别人的任何事情。潘小伟在一家海鲜餐馆定好了两人的年夜饭，吃年夜饭时，潘小伟才告诉姐姐，长发姑娘叫唐嫣。潘小伟是个奇怪的人，他请姐姐吃年夜饭，竟然不说些关于姐姐的话题，而是一直在说他和唐嫣的故事。唐嫣和潘小伟认识是在酒吧里，潘小伟经常孤独地在酒吧里喝酒，唐嫣也经常在那个酒吧喝酒。有天晚上，唐嫣主动坐在了潘小伟面前，问潘小伟："你是不是也失恋了？"潘小伟软绵绵、漫不经心地说："失恋是好几年前的事情了，一直忧伤到今夜。"他的这句话把唐嫣逗乐了，她笑着说："你是个有趣的人。"潘小伟说："有趣又不能当酒喝。"唐嫣说："可以给我解闷。"潘小伟说："我自己的苦闷都无药可救，如何给你解闷？"唐嫣说："就这样和我说话，一起喝酒，闷就解了。"潘小伟笑了："你把我当成你的药了?"唐嫣说:"那是你的荣幸。"潘小伟说:"你好霸道,难怪会失恋。"唐嫣也笑了:"我承认我霸道,可是我改不了。"潘小伟说:"改什么,顺其自然吧。"……从那以后,唐嫣有事没事就找潘小伟去喝酒,快把他喝成药渣了,潘小伟就不想陪她喝酒了,她不依不饶,说她爱上了潘小伟,要他陪她喝一辈子酒。潘小伟退缩了,就躲着她,潘小伟被她烦透了,就告诉她自己有女朋友了。她不相信,潘小伟就在今天傍晚,把唐嫣叫到大学门口,说姐姐就是他女朋友。

姐姐说:"你怎么能这样说,我只不过是你的酒友而已。"

潘小伟说:"我要不这样说,她不会放过我的,你就当帮了我一个大忙吧,谢谢你了,李大美女。"

姐姐说:"你要答应我,以后不能在任何人面前说我是你的女朋友,记住了没有?"

潘小伟笑眯眯地说:"记不住,我这个人从来不长记性。"

姐姐骂了声:"你这个混蛋。"

……

吃完年夜饭,潘小伟就把姐姐带到家里喝酒。光喝酒也没劲,也不能总听潘小伟讲他的事情,姐姐又不愿意对别人多说自己的事情,她就说:"我们找点事干吧,光喝酒太没意思了,一会儿就睡着了。"潘小伟说:"要不要看春节联欢晚会?"姐姐摇了摇头。潘小伟说:"我也不喜欢那种假欢乐。"姐姐说:"你不喜欢还问我。"潘小伟说:"我以为内地人都喜欢,想投你所好。对了,我们看电影怎么样,我有不少录像带。"姐姐想了想说:"好吧,那就看电影吧,要找部好点的片子。"潘小伟拍了拍他那干瘪的胸脯,说:"没有问题,不好看包换。"

潘小伟真是个混蛋,竟然放了部毛片。

姐姐喝了酒,不好意思提出让他换片,而是陪着他把片看完,看到那些赤裸场面时,姐姐就心惊肉跳,脸红耳赤,内心也会产生本能的躁动,用喝酒来掩饰内心的不安和混乱。潘小伟竟然很认真地把那部毛片看完,看片的过程中,没有说一句话,只是不停地喝酒。姐姐也没有说话,她想说什么却找不到话题。电影故事的结尾,黑社会大哥把心爱的女人送上了船,他看着船远去,直至消失在茫茫大海。然后,他在海边痛哭,手指着天,身体不停地摇晃,大声吼叫:"苍天啊,苍天啊,何处是我虚幻的故乡?"

毛片放完后,潘小伟站起身。

忐忑不安的姐姐以为接下来会发生点什么,她顿时十分紧张和矛盾,想逃,又想留下。谁知道,潘小伟像毛片里的黑社会大哥一样,不停地摇晃着身体,颤抖的手指着天花板,吼叫道:"苍天啊,苍天啊,何处是我,是我虚幻的故乡啊——"

姐姐突然也想和她一起吼:"苍天啊,何处是我虚幻的故乡啊——"

然后,潘小伟抱着姐姐,哭了起来,他的哭声越来越响,最后变成号啕大哭。姐姐也流泪了,也哭出了声,最后也号啕大哭。两个天涯沦落人一起抱头痛哭,在凄凉的大年夜里,在爆竹烟花响彻云霄的大年夜里,姐姐和潘小伟相互抱着号啕大哭。

除了号啕大哭,姐姐担心的事情并没有发生。

7

寒假很快就结束了。姐姐回到了大学的课堂里,她会在晚上或者节假日去红磨坊咖啡馆打零工。潘小伟要像寒假那样按月给她工资,姐姐不接受,她坚持按小时结算。姐姐很庆幸自己结识了潘小伟这样一个好人,他虽然有很多坏毛病,但是心地善良,最重要的是会尊重人,不会强迫姐姐做她不想做的事情。

董媛媛知道姐姐在红磨坊咖啡馆打零工,因为姐姐请她去喝过咖啡。

董媛媛在寒假的时候,真的写了篇小说。她偷偷地给姐姐看,姐姐看完后,觉得她写得很好,就请董媛媛到红磨坊喝咖啡。姐姐还鼓励董媛媛给文学刊物投稿,董媛媛没有信心,姐姐把她的小说抄了一份,帮她投递到了当地的一家文学刊物。不久,董媛媛接到了刊物寄来的用稿通知单。

董媛媛欣喜若狂，当着同学们的面，对姐姐表示了谢意。

她的举动是发自内心的，当时忽略了胡月和王颖的存在。当时，胡月气呼呼地拉着王颖走了。姐姐告诉董媛媛这个事实时，董媛媛没有像以前那样害怕，她说："就是她们不理我，又怎么样，我要像你一样，做自己的事情，让别人去说吧。"姐姐还是担心会有什么事情发生，她不想看到宿舍里的四个同学都像仇人一样。

8

在红磨坊咖啡馆碰到钟文光，姐姐觉得十分意外。

钟文光是个画家，也是美院油画系的教授。像许多画家一样，钟文光留着长发，蓄着大胡子，很窄的脸被毛发遮蔽，只剩下眼睛、鼻子和嘴巴，他真不适合留长发和胡须，让人感觉他就是一只没有进化成人的猿猴。

那是个周末的深夜，咖啡馆快要打烊了，已经没有了客人，姐姐和周丽雅她们在收拾桌子。钟文光进入咖啡馆，找了个位子坐下，点燃了一根烟。周丽雅走到他跟前，微笑地说："先生，我们要关门了，实在抱歉。"

钟文光冷冷地说："让我坐会儿，不行吗？"

周丽雅说："可以，那你坐吧。"

钟文光说："有啤酒吗？"

周丽雅说："我们的收银员已经走了，你看。"

这时，潘小伟走过来，笑着说："我们这里有喜力、珠江、百威等啤酒，请问你要哪种？"

钟文光说："珠江吧，来两瓶。"

潘小伟吩咐周丽雅："去拿吧。今天晚上算我请客，不要入账了。"

啤酒上来后，钟文光自顾自地喝酒，香烟一根接一根地抽，很烦恼的样子。他的目光落在了姐姐的脸上，身体电击般颤抖了一下，站起来，朝姐姐叫了一声："李婉榕——"姐姐抬起头，看到了他的脸。她喃喃地说："钟教授。"钟文光说："对，我是钟文光。"姐姐走过来，坐在他面前，微笑着说："钟教授怎么这么晚来喝酒？"钟文光叹了口气，说："烦呀，陪我坐会儿，可以吗？"姐姐说："当然可以。"钟文光说："你也喝点啤酒？"姐姐说："我们咖啡馆有规定，上班时间不能和客人一起喝咖啡，或者喝酒。"钟文光说："那好吧，我不强求你喝。"姐姐说："谢谢钟教授理解。"钟文光说："你怎么不来当模特了？"姐姐说："我不是在咖啡馆找到事情做了吗，所以就不去当模特了。"钟文光叹了口气，说："可惜呀，可惜。"姐姐说："有什么可惜的。"钟文光说："对你而言，没什么可惜的，可是对我来说，是巨大的损失。"姐姐说："为什么？"钟文光说："找不到像你这样优秀的模特了呀。你知道你的身体有多美吗，简直无可挑剔。"姐姐说："过奖了，我没你说得那么好。"钟文光的眼睛里闪动着泪光："我只要想起你美妙绝伦的身体，我就会特别感动，就会有流泪的冲动，一直以来，我都在想念着你，希望你突然出现在美院的课堂，给我一个巨大的惊喜，可是，可是你却再没有来，却在这里打工。我心疼哪，上天赋予你的美，就这样浪费掉了。"姐姐无语了。

　　钟文光走时，给了姐姐一张画展的票子，希望姐姐能够去展览馆看他的画展。

　　那是钟文光的个人画展，也是他个人的第一次画展。姐姐去了，下午课上完后，鬼使神差地去了。在钟文光的画展上，有一幅画作吸引了很多观众，在那幅画作面前，站满了人。那到底是什么神作？姐姐产生了强烈的好奇心，便朝那幅画走了过去。姐姐看到了那幅画，脸马上红了。这幅名为《忧郁》的油画，画的就是她。油画中的姐姐全身裸着，坐在椅子上，双手自然下垂，微微仰着头，那双明亮的眼睛充满了忧郁。姐姐不觉得这幅画有什么特别之处，也许是因为这是画展中唯一的裸体画，才吸引了那么多观众的目光。姐姐有点不好意思，怕被人认出来，想要走。她一转身，就看到了钟文光。钟文光站在她面前，笑着说："谢谢你能来。"姐姐羞涩地低下头，钟文光说："你现在知道自己有多美了吧，可是，我还是不能画出你全部的美，哪怕我用尽了内心全部的爱。"

姐姐说："我没你说得那么好，真的。"

钟文光突然把她拉到那幅油画的前面，对观众们说："今天我十分高兴，能够请到《忧郁》的原型，人体模特李小姐到场，让大家能够一睹她的芳容。"姐姐脸红得像燃烧的晚霞，心跳剧烈，有窒息的感觉，众目睽睽之下，姐姐像是被剥光了衣服，窘迫而恐惧，和在美院的画室当裸体模特完全不一样的感受。姐姐想逃，可无法逃脱，仿佛被劫持，被钟文光劫持。钟文光一点也不考虑她的感受，还带着她到处走动，介绍给他的各种朋友，无论是猥琐、不怀好意、贪恋、色情……还是赞赏、友善、爱慕……的目光，姐姐都无法消受，只想离开这个地方。

钟文光还要带姐姐去参加他画展的宴会，姐姐推脱了，逃出了钟文光的视线。

她不想再和钟文光来往。

她很乐意待在红磨坊咖啡馆，甚至乐意待在潘小伟的家里，无论是咖啡馆，还是潘小伟的家，都让姐姐感觉到安全，也感觉到温暖，没有人会伤害她，也没有人会把她当成怪物来观赏。

姐姐说不出理由，就是不想和钟文光来往。她甚至想，自己不顾一切地去美院当模特，是不是一个错误。

问题是，她被钟文光盯上了。他总是在周末的深夜光顾红磨坊咖啡馆，总是要姐姐和他说会儿话，他才离开。他说的是夸赞姐姐的话，还用各种话语，拐弯抹角或者赤裸裸地表达对姐姐的爱慕之情。他的话语像毒药一样，让姐姐恐惧而又着迷，久而久之，姐姐就像中毒了一般，对钟文光没有了抵御能力。这个四十多岁的男人，浑身上下都充满了险恶，姐姐正一步一步地进入他的圈套。

在一个周末的晚上，姐姐没有去红磨坊咖啡馆上班，而是踏入了钟文光的私人画室。钟文光要姐姐给他当一次模特，姐姐答应了他。画室里充满了油画颜料浓郁的味道。钟文光开好了一瓶红酒，并且倒好了两杯酒。他端起一杯酒递给姐姐,笑着说:"你在咖啡馆上班时不能喝酒,我没有勉强你喝,现在可以喝了吗?"姐姐接过那杯红酒,说:"钟教授,我是来给你当模特的,不是来喝酒的,而且,我只答应你这一次,以后我不会再当模特了。"钟文光说:"你说得没错,你是来给我当模特的,也是最后一次,可是,你就不能赏我一个脸,喝一杯酒吗?我想,你喝下这杯酒后,脸色会更加红润,更加透亮,我就要那种感觉。"

姐姐没有说什么,注视着他。

他也拿起一杯酒,举起酒杯,说:"干杯。"说完,他一口喝干了那杯酒。姐姐也喝干了杯中的酒。她放下酒杯,就开始脱衣服,她在脱衣服的过程中,钟文光不停夸赞姐姐的身体。姐姐按他的吩咐,躺在铺着白布的长条桌上。钟文光让她侧过身,面朝着他,还让姐姐用手托住脸,胳膊支撑住头。钟文光不停地要求姐姐做各种姿势,就是不开始在画布上描画。姐姐有些奇怪,问:"钟教授,你怎么不画呢?"钟文光嘿嘿一笑,那笑声阴冷,姐姐觉得不对,听到他这样的笑声,她也浑身发冷。她想起来穿衣服离开,已经来不及了,姐姐的头开始发晕,发沉,身体也特别沉重,动弹不得。姐姐说:"钟,钟教授,你在酒里放了什么东西?"钟文光凑近姐姐的脸,笑着说:"我什么也没有放,只是这杯酒会醉人的,我的美人,实话告诉你吧,自从我第一次看到你美丽的身体,我就受不了了,发誓要得到你的肉体。要知道,见不到你后,我每天面对《忧郁》那幅画,心里猫抓般难受。老天开眼,让我在红磨坊咖啡馆重新遇见了你,这还得感谢我家里那黄脸婆,要不是她和我吵架,我还不会出去喝闷酒。"

姐姐的身体渐渐无力,瘫软在桌子上,她的头脑也渐渐地不省人事。

钟文光目光贪恋地注视着姐姐洁白如玉的裸体,嘴角流下了一线口水,那肮脏的口水掉落在姐姐浑圆饱满的乳房上,他颤抖地伸出了双手……姐姐醒过来后,头痛欲裂,口干舌燥,下身火辣辣地疼痛,她还发现,自己的身上涂满了油彩,姐姐就像一只大花豹。想起钟文光在她昏迷前说的那些话,姐姐一阵恶心,骂了声:"禽兽!"她挣扎着从桌

193

子上爬起来，铺在桌子上的那块白布也沾满了五颜六色的油彩，也成了一幅印象派的画作。姐姐发现画室里不见了钟文光。她想马上离开这个龌龊的地方。姐姐慌乱地穿衣服，可是怎么也找不到内裤，她顾不了那么多了，套上牛仔裤，穿上鞋，打开门，落荒而逃。

钟文光再没有找过她，也再没有在红磨坊咖啡馆出现过。

这件事，姐姐没有和任何人说，只是把打碎的牙往自己肚子里咽。

姐姐怎么也想不到，这次受辱被迷奸，会彻底改变她的命运。

9

就在这个学期将要过去的时候，女生宿舍三号楼302室发生了一件震惊校内外的事件。那天晚上，姐姐从红磨坊咖啡馆回学校，刚刚踏进学校大门，几个等候在那里的人朝她迎上来。姐姐看清楚了，是自己同宿舍的同学王颖和三个穿制服的警察。王颖走上前，指着姐姐，对三个警察说："她就是李婉榕。"

姐姐问道："王颖，怎么回事？"

王颖胖嘟嘟的脸煞白，说："你心里很清楚，还用问我吗？"

姐姐说："我真不知道怎么回事呀，你能说清楚点吗？"

王颖说："让警察和你说吧。"

一个警察扑上来，不由分说地用手铐铐住了姐姐的双手，警察说："跟我们走一趟。"姐姐大声说："你们凭什么抓我，凭什么抓我？"一个警察凶狠地踢了她一脚，说："你应该明白我们为什么抓你，老实点跟我们走吧，叫也没有用。"警察推着她走向停在路边的警车，姐姐回头可怜巴巴地看了看王颖，王颖飞快地跑了。姐姐被塞进警车，警车在警笛声中呼啸而去。

到了派出所，姐姐才知道，是董媛媛出了事。

晚上，董媛媛从图书馆回到宿舍。宿舍里没有人，她自言自语道，她们到哪里去了？姐姐的去向，董媛媛清楚，胡月和王颖到哪里去了，她还真是不明白。自从董媛媛公开和姐姐友好之后，胡月和王颖对她就冷淡了，但并不是绝交，有时还会在一起玩，一起去看电影什么的，就是不像以前那样亲密了，胡月和王颖有什么秘密也不会告诉她了。表面上，她们相安无事，董媛媛也觉得这样蛮好的。

董媛媛觉得口渴，端起桌子上的茶杯，一口气喝光了茶杯里的茶水，舒服极了。她喜欢喝茉莉花茶，每天都要泡杯茶，放在桌子上晾着，口渴了喝。喝完茶水，董媛媛满口的茉莉花香，她惬意地躺在床上，拿起一本杂志，随便翻看。她的第一篇小说发表后，又写了两篇，投稿出去了，还没有回音，她想，也应该收到杂志社的回信了。过了一会儿，董媛媛觉得肚子好痛，浑身抽搐，口吐白沫，不省人事……胡月和王颖回来后，发现董媛媛出事，马上报告班主任，把她送到医院去抢救了。

派出所审讯室里，姐姐低着头。一男一女两个警察在审讯姐姐。

男警察说："你的同学胡月指证，是你在董媛媛的茶杯里放了毒，她看到你往董媛媛的茶杯里倒进了小包红色粉末。你老实交代，你什么时间往她茶杯里倒进红色粉末的，那红色粉末是什么毒药？"

姐姐想，自己根本就没有往董媛媛的茶杯里倒进什么红色粉末呀，她只记得，傍晚她回到宿舍，宿舍里没有人，她发现董媛媛的茶杯放在自己的桌子上，她觉得奇怪，董媛媛从来不会把茶杯放在别人桌子上的，于是，她把茶杯放回董媛媛的桌子上，刚刚放好茶杯，胡月就进来了，然后姐姐就去红磨坊咖啡馆打工了。姐姐没有回答他这个问题，而是担心董媛媛，她轻声问道："董媛媛现在怎么样了？"

女警察说："你好好回答问题，不要岔开话题，实话告诉你吧，董媛媛是重度中毒，能不能抢救回来，还是个问题。快回答，你什么时间往她茶杯里倒进红色粉末的，那红色粉末是什么毒药？"

姐姐说："我没有往她茶杯里倒过什么红色粉末。"

男警察说："真的没有？"

姐姐说："真的没有。"

女警察说："你有没有往董媛媛茶杯里放毒，我们会查清楚的，你抵赖也没有用的。另外，我们在你的枕头底下找出了杂志社寄给董媛媛的信，还没有拆封，难道是董媛媛放到你枕头底下的？胡月和王颖向我们反映，你平常性格孤僻，独来独往，视她们为死对头，特别是董媛媛发表小说，你还有妒忌心理。你是不是因为妒忌董媛媛，才在她的茶杯里下毒的？"

姐姐说："我没有妒忌她，我和她的关系还不错，她写小说，第一个给我看的，她自己还不敢投稿，是我帮她把稿子投出去的。她收到杂志社用稿通知单的那天，还当着很多同学的面感谢我，你们可以去调查。我也没有把杂志社寄给她的信藏在我枕头底下。一定是有人陷害我。"

这时，一个男警察进来，轻声地对他们说："董媛媛抢救无效，已经死亡。"

女警察叹道："真让人痛心，如此有才华的一个女大学生，就这样走了，真的让人痛心。"

姐姐听到了他们说话，抬起头问道："是不是董媛媛死了？"

女警察点了点头，说："你是不是该满意了，人已经死了，你的目的已经得逞，你还有什么话好说的，等待你的是法律的制裁！"

男警察说："看你长得如此漂亮，却是蛇蝎心肠，你还不从实招来！"

姐姐听到董媛媛的死讯，泪水奔涌而出。姐姐哽咽地说："媛媛，是谁如此狠心，要了你的命！媛媛，我还答应过你，等我拿到工资了，再请你去喝咖啡的呀，可是，你就这样走了，连一声招呼都没有打，就这样走了。"

看着痛哭流涕的姐姐，警察们有点迷惘。

10

姐姐被关进了看守所，警方没有铁证认定姐姐就是凶手，唯一的证据就是董媛媛的茶杯上有姐姐的指纹。就是这样，警方还是没有放过姐姐，在真凶没有抓住之前，他们是不会把姐姐放出来的，何况姐姐的嫌疑最大。

在看守所里，姐姐吃尽了苦头。她每天都喊叫："我不是毒死董媛媛的凶手，放我出去，放我出去——"

女狱警听到她叫唤，走过来，用警棍敲打着铁门，不耐烦地说："叫什么叫，再叫我抽你。"

姐姐说："我真的不是凶手，真的不是凶手，求求你放我出去。"

女狱警白了她一眼，就没有再理她，她怎么叫唤都无济于事。姐姐心里绝望极了，怎么会这样，她怎么想也想不明白，为什么自己这样一个与世无争，默默地为理想挣扎的人，会遭此劫难。狱警走后，同间狱室的一个女犯人走到她面前，恶狠狠地盯着她，朝她脸上吐了口唾沫，说："你他妈的长得蛮漂亮的嘛，来，让老娘玩玩。"这是个满脸横肉，五大三粗的女人，嘴巴还特别臭，散发出茅坑里的臭气。她伸出手，去摸姐姐的脸。姐姐气急，一把推开了她。

她冷笑着说："你他妈的还有点力气嘛，还真看不出来。"

有几个女犯人大声喊道："0315号，办了她，办了她！"

每个犯人都有自己的号码，0315号就是那臭嘴女犯的号码。0315号狂笑了几声，接着说："办了这小婊子，小菜一碟，大家看我怎么把她给办了。"0315号扑过去，一把抓住姐姐的头发，另外一只手狠狠地扇了姐姐一耳光。姐姐气坏了，双手抓住她的衣服，使劲地拉扯。她们扭打在一起。0315号低估了姐姐的力量，姐姐最后把她按倒在地上，气喘吁吁地说："我没有得罪你，为什么要欺负我！"0315号没有回答姐姐，而是对在一旁呆若木鸡的其他女犯大声说："你们还站在那里干什么，还不给老娘上！"她的话音刚落，扑过来三个女犯，她们合力把姐姐按在了地上。0315号从地上爬起来，用脚踩住姐姐的半边脸，冷笑着说："你他妈够狠，连老娘都不怕，我要让你长点记性。"说着，她又叉着双腿，站在姐姐头上，脱掉裤子，蹲下来。姐姐大声喊："你要干什么，放开我，放开我——"0315号冷笑着说："让你尝尝我特制的啤酒。"然后，她就往姐姐头上撒尿，她那泡尿屙了足足有两分钟，尿量很大，姐姐的头发都被浇透了，满脸满脖子都是腥臊的尿液。姐姐紧闭嘴巴和眼睛，屈辱的泪水还是从眼角挤出来，她的心刀割般疼痛。

那些日子，她们变着法子折磨姐姐。

姐姐傻了一样，任凭她们折磨。0315号是个真正的杀人犯，她把出轨的丈夫杀死，大卸八块分尸，扔到丈夫情人的家里。她常在狱室里说她如何杀死丈夫的事情，那神态轻松自然，仿佛是在讲别人的故事，让姐姐不寒而栗。杀人，要有多大的仇恨，要有多坚硬冰冷的心，才能下得了手。姐姐不会去杀人，就是经历过那么多的屈辱，也不会去杀人。她心里很清楚，董媛媛不是自己杀的，她相信总有一天会真相大白，会还给自己一个公道。每天晚上，她都会梦见董媛媛。董媛媛在梦中脸色煞白，凄凉地站在姐姐面前，幽幽地说："李婉榕，你为什么要下毒害死我？"姐姐惊惶地喊叫："媛媛，不是我，不是我毒死你的——"每次从噩梦中醒来，姐姐发现自己在监牢里，泪水无声无息地流淌下来，委屈、痛苦、恐惧等情绪交织在一起，涌上心头。

有一个人，也被噩梦缠身。

那人是王颖。宿舍里只剩下她和胡月两人，董媛媛已经死了，尸体还在殡仪馆冰冷的藏尸柜里，因为还没有结案，她的尸体没有火化，姐姐在拘留所里关着，等待更多的证据定案。王颖每天晚上都无法入眠，因为只要一睡着，就会做噩梦，董媛媛就会在梦中掐住她的脖子，那张雀斑脸充满了愤怒，她说："你们为什么要害我，为什么要害死我，我什么地方对不起你们了，我和李婉榕好有什么错，她比你们强多了，自强自立，从来不会在背后捣鬼。"王颖说："我没有杀你，不是我干的，不是我干的，是胡月一个人干的，不关我事。"她从噩梦中醒来后，就再也睡不着了，睁着恐惧的眼睛一直到天亮。让她奇怪的是，胡月却睡得很香，醒来后也十分平静，仿佛什么事情都没有发生。王颖很诧异她的心理强大到如此的地步，毒杀了一个同学，竟然若无其事。胡月没有威胁王颖，让她不要说出去，可是，胡月的镇静就是无言的威胁。

王颖害怕胡月，也受尽折磨。想着死去的董媛媛和还在监牢里遭罪的姐姐，王颖心里恐惧、难过、不安，她还想，胡月可以毒杀董媛媛，同样也可以杀害自己或者任何人，胡月心里住着一个恶魔，那个恶魔随时都会对胡月下指令，让她残害自己。王颖每每想到这一点，就毛骨悚然，人无百日好，花无百日红，哪天胡月要是对她不好了，那会怎么样？董媛媛和姐姐的遭遇，就是很好的说明，王颖对自己说，你应该醒醒了。无边无际的恐惧，让王颖终于无法再将秘密保守下去，她鼓足勇气告发了胡月。

胡月被抓，她还是平静的样子。在派出所的审讯室里，她波澜不惊，语速平缓地告诉警察真相。她说："是我往董媛媛的茶杯里倒入了毒鼠强。是我戴着手套把她的茶杯放到李婉榕的桌子上的，目的是让她在茶杯上留下指纹。是我把杂志社寄给董媛媛的信放在李婉榕的枕头底下，制造她妒忌董媛媛的假象。我当时指证李婉榕，说看到她往董媛媛茶杯里放毒，也是瞎编的。你们一定会问我，为什么要毒死董媛媛，要嫁祸给李婉榕，我告诉你们，我厌恶她们。李婉榕独来独往，根本就不把我放在眼里，我讨厌她那副冷若冰霜的样子。董媛媛更让我讨厌，本来我们是一伙的，没想到，她在暗中和李婉榕好，对这种两面派，我深恶痛绝。另外，我承认我妒忌她，我也在偷偷写小说，我写了很多小说，投出去都石沉大海，而她写的第一篇小说就发表了，我心里恨死她了。所以，我要她死，也要李婉榕给她陪葬。你们还会问我，毒鼠强是在哪里买的，我也告诉你们，是在郊区的地摊上买的。"

面对这个杀人后还如此平静的女孩子，警察们也瞠目结舌。

姐姐被放出来了。她回到学校，回到女生宿舍三号楼302室，看到王颖一个人在默默流泪，她突然想起第一天进入宿舍时的情景，也不禁流出了泪水。王颖见她进来，站起身，说："李婉榕，我对不住你，我早该把真相说出来的。"姐姐说："我应该谢谢你，是你救了我。"王颖说："你恨我吗？"姐姐说："不恨，仇恨多累呀，会让人丧心病狂。"王颖说："可是我恨自己，恨自己的懦弱和没有主见，我要是像你那样，董媛媛或许不会死，你也不会遭那样的罪，胡月也不会杀人，也不会被抓，我完全可以阻止她的。我有罪！"姐姐说："该发生的总要发生，你阻止不了的，别自责了。"王颖说："我的心理没有那么强大，我受不了了，如果在这里继续待下去，我会崩溃，会疯掉的，我已经申请退学了，明天就离开，走之前，我还是要对你说一声，对不起！"

11

　　王颖走了。姐姐一个人待在宿舍里，看着那三张空荡荡的床，心里十分失落和难过，想起她们的欢声笑语，姐姐心里也在自责，如果没有自己，她们一定会很好的，是不是自己给她们带来了灾难，难道自己真的是一个不祥的人？她也想过退学，离开这里，可是，她不能，她要读完大学，要找一份好工作，要告诉父亲，她是个有用的人，是堂堂正正的人。

　　命运就是如此捉弄人，正当姐姐下决心好好学习，读完大学的时候，发生了一件彻底改变她命运的事情。

　　那天，她正在教室里上课，突然闯进来一个肥胖富态的中年女人，她粗鲁地打断了李杰教授的讲课，大声说："谁叫李婉榕，给我站出来。"李杰教授十分生气，让她出去，有什么事情等下课后再说。女人瞥了他一眼，说："我看你也不是什么好东西，培养出这样无耻的学生！我凭什么要出去，我就要在这里揭露破坏别人家庭的烂货！"李杰说："你胡说什么，谁破坏你的家庭了，谁是烂货！"女人大声说："你还好意思问我，就是那个叫李婉榕的烂货，破坏了我的家庭！"李杰的目光落到了姐姐的脸上，同学们的目光也落在了姐姐的脸上。姐姐不知道女人是谁，她想自己从来也没有破坏过谁的家庭，就站起来，对女人说："我就是李婉榕，你是不是找错人了，我怎么破坏你的家庭了？"女人冷笑一声，从包里拿出一条内裤，扬了扬，那条白色碎花内裤在她手中像面旗子。女人说："烂货，你敢说这不是你的内裤？这上面还有你的骚味呢！我那不要脸的老公，天天在深更半夜闻着它呢，我晓得，他被你迷住了，被你的骚气迷住了。"姐姐脸红了，那的确是她的内裤，她想起了在钟文光画室那个屈辱的晚上，一切都明白了，是钟文光那个流氓干的好事，非但迷奸了她，还偷走了她的内裤。众目睽睽之下，姐姐无地自容。女人还是冷笑着说："烂货，没话可说了吧？"

姐姐羞愧难当，不顾一切地冲出了教室。

她回到宿舍，木然地坐在椅子上，泪流满面。

钟文光在一个深夜，偷偷地从床上爬起来，悄悄地从隐秘处取出了姐姐的内裤，走到卫生间里，反锁上门，闻着内裤散发出的怪味，那条内裤他没有洗，他就是喜欢闻那股怪味。他边闻着内裤，边自慰。他没想到，老婆也悄悄起了床，站在卫生间门口，听着他在里面发出低沉的喘息。钟文光开门后，发现老婆就站在眼前，手中的内裤一把被老婆夺了过去。钟文光老婆是一个官员的女儿，在她面前，钟文光就是一只小老鼠。在老婆的逼问下，钟文光把一切都推给了姐姐，说是姐姐在当模特时勾引他的，他没有架住姐姐的勾引，才犯了错。他还写了份悔过书，悔过书中编造了姐姐勾引他的事情，而对他怎么迷奸姐姐的事实只字未提。

钟文光老婆饶不了姐姐，就拿着内裤到学校里闹，她还找到了校领导，把内裤和钟文光的悔过书一起放在了校长的办公桌上，要校长开除姐姐。

姐姐跳进黄河也洗不清，她没有证据证明钟文光迷奸了自己，这所大学里没有一个人会相信她的辩解，无论是老师还是同学，以及那些曾经追求过她的人，也不会有任何人站出来替她说话，有的只是嘲讽、冷漠的目光和不堪入耳的闲言赘语。姐姐没有辩解，她没有等学校开除，就自己离开了学校。

她提着行李，走出大学的校门，留恋地回头张望，在这个她曾经向往的美好地方，经历了那么多难堪的事情。姐姐的眼睛被泪水迷蒙，她站在大学校门口，大声地哭了出来，没有人理会她的痛哭，没有人理解她内心的哀伤。

此时，她是个被抛弃的孤儿，是一个无家可归的人。

她该往何处去？

12

  姐姐提着行李走进了红磨坊咖啡馆。

  周丽雅发现了她，惊讶地说："婉榕回来了，婉榕回来了——"店里的员工听到她的叫声，都跑出来，围着姐姐问寒问暖。看到他们的笑脸，听到他们真心的话语，姐姐含泪地笑了。周丽雅拉着姐姐的手，笑着说："婉榕，这么长时间没有来，是不是学习太紧张了呀？你也真是的，就是学习再紧张，也要抽时间来看我们呀，我们都很想你，经常提起你来，特别是潘小伟，他每天一来就问，婉榕来了没有。我们告诉她你没有来，他就很难过的样子，以前他从来不会为谁难过的。你不来了后，他又总是去喝酒泡妞了。"姐姐不会把自己经历的事情告诉他们，也无从开口，她只是说："你们还要我吗？"周丽雅说："要，怎么不要，你是我们的好姐妹，大家说，是不是？"大伙齐声说："是的，好姐妹！"姐姐心里有了温暖，她说："我再也不走了，和你们在一起。"大伙说："在一起——"

  邓红红笑着说："我马上给潘小伟打电话，他要是知道婉榕回来，一定会很开心的。"

  周丽雅说："对，快给他打电话，婉榕回来了，他就不会再去花天酒地了，也不会再和唐嫣在一起喝酒了。"

  潘小伟接到电话，果然十分兴奋，很快就赶过来了。他看到姐姐，第一句话就说："你瘦了。"姐姐发现他的声音还是那么柔软，鼻梁还是那么亮，她突然想起了一起看毛片的大年夜，他看完毛片后的情景：他站起来，像毛片里的黑社会大哥一样，不停地摇晃着身体，颤抖的手指着天花板，吼叫道："苍天啊，苍天啊，何处是我，是我虚幻的故乡啊——"

  想起这个情景，姐姐苦涩地笑了。姐姐说："我无家可归了，你会收留我吗？"

潘小伟用柔软的声音说："当然咯，我不收留你，谁收留你，不要怕，以后就住我家，你睡床，我睡沙发。你要觉得可以让我上床，也可以睡在一起。哈哈，开玩笑的，后面那句话是开玩笑的。"

姐姐相信他，相信他的人格，相信源自他对她一直以来的尊重。

她说："你睡床，我睡沙发。"

潘小伟笑着说："都一样，都一样，怎么睡都可以。"

……

那年十月五日的夜里，红磨坊咖啡馆打烊后，所有的员工都没有走，他们都走进了厨房，姐姐觉得很奇怪。潘小伟笑着对姐姐说："你闭上眼睛。"姐姐说："搞什么鬼呀，要我闭上眼睛。"潘小伟说："一会儿你就知道了。"姐姐听他的话，闭上了眼睛。潘小伟说："你不能偷看，等我让你睁眼，你才能把眼睛睁开。"姐姐点了点头，心里犯嘀咕，他们这是要干什么？

过了一会儿，潘小伟说："你可以睁开眼睛了。"

姐姐睁开了眼，看着眼前的一切，她呆了。咖啡馆的灯都灭了，但是并不黑暗，蜡烛的光亮照亮了姐姐的眼睛，也照亮了在场所有人的眼睛。周丽雅站在姐姐面前，手中捧着一个大蛋糕，蛋糕上插着20根蜡烛，蛋糕上写着红色的字：李婉榕生日快乐。所有员工都围着姐姐，脸上都洋溢着真挚的笑容。

姐姐顿时不知所措，又惊又喜。

潘小伟在姐姐的惊喜中，和员工们一起唱起了生日快乐歌。姐姐被这温馨和真诚的歌声打动，流下了泪水。这场景，让姐姐永生难忘。他们唱完歌，就让姐姐吹蜡烛，姐姐激动地吹灭了蜡烛，咖啡馆的灯又亮了起来。姐姐切下蛋糕，分给大家。看到姐姐脸上的泪水，潘小伟抓起一把蛋糕上的奶油，抹在姐姐的脸上，说："开心的时刻，不要哭。"其他人也学潘小伟，把奶油抹在姐姐的脸上。姐姐不停地躲着，大家追逐着姐姐，咖啡馆沉浸在欢乐的嬉闹之中。

大家都走了，只剩下姐姐和潘小伟。

姐姐说："潘小伟，你怎么知道我生日的？"

潘小伟说:"傻瓜,从你的身份证上了解到的呀,你当初来应聘时,不是给我看过身份证吗,我记忆力好,看一遍就记下来了。你不要感动喔,咖啡馆里的每个人,他们的生日我都记得住的,都要给他们过生日的,这是我们咖啡馆的优良传统。"

姐姐说:"不管怎么说,我还是得谢谢你,说实话,我从来没有过过生日,我们老家,年轻人没有过生日的传统,上了岁数的人才做生日,也是一些讲究的家庭才给老人办。这是我有生以来第一次过生日,我很开心。谢谢你,潘小伟。"

潘小伟说:"哈哈,真好,又破了你一次处,没有想到我潘小伟运气这么好,把你的生日处也破了。"

姐姐的脸红了。

潘小伟从口袋里掏出一个红色的小盒子,递给姐姐,说:"送给你的生日礼物。"姐姐打开一看,是一条铂金项链,闪动着迷人的色泽。姐姐说:"这样不好吧,这样贵重的礼物,我受不起。"潘小伟说:"放心收下吧,这只是我的一点心意,又不是定情物,不用担心什么的。"姐姐不知说什么好了。潘小伟从她手中拿过小盒子,又从小盒子里取出项链,说:"来,我给你戴上。"姐姐在晕晕乎乎的状态中,让潘小伟给自己戴上了项链。潘小伟端详着姐姐,喃喃地说:"真美。"

那是姐姐的第一次生日,也是最后一次生日,从那以后,她再没有过过生日,她自己总是遗忘那个出生的日子,别人也没有记起来。

他们锁好店门,正准备走,一辆摩托车冲过来,一个急刹车,停在了他们身边。

骑车人是唐嫣,她没有下车,一条腿叉在地上,从头上取下头盔,甩了甩头发,对潘小伟说:"潘小伟,我说又不理我了,不和我一起喝酒了,原来又和这个狐狸精在一起呀。嘿嘿,你他妈的真行。"

潘小伟说:"你和我只是普通朋友,为什么要盯着我不放呢?"

唐嫣说:"我爱你,你难道不知道吗!"

潘小伟说:"可是我不爱你,和你说过多少次了,你怎么如此顽固呢?"

"我不管，我就是爱你！"唐嫣十分霸道，她又对姐姐说："狐狸精，我警告你，你再黏着潘小伟不放，别怪我不客气，到时有你好瞧的。"

姐姐不说话，躲在潘小伟后面。

唐嫣朝他们竖起中指，骂了声什么，然后就骑着摩托车飞驰而去。

潘小伟对姐姐说："不要怕，不要怕。"

姐姐说："我不怕。"

在回去的路上，姐姐突然抬了下头，她看到了天上的星星，尽管只有稀疏的几颗，她还是看见了星星。姐姐兴奋地告诉潘小伟："我看见星星了，我看见星星了。"潘小伟把摩托车停在了海珠桥上，他们就站在海珠桥上看星星。那是个美好的夜晚，有生日蛋糕，有生日礼物，还有星星的夜晚，姐姐一直都记着那个夜晚，因为再也没有这样的一个夜晚，让姐姐留恋，让姐姐温暖。

13

潘小伟就是一颗流星，从姐姐的眼前划落。就在姐姐生日后不久的一个晚上，咖啡馆打烊后，潘小伟带姐姐去珠江边上的大排挡吃夜宵。那个晚上，姐姐有种不祥的感觉，眼皮总是在跳。潘小伟提出去吃夜宵时，姐姐有点不太情愿，说："我身体有点不舒服，是不是不去了？"潘小伟笑着说："肚子很饿，很想吃东西，你就陪我去嘛，很快的，吃完夜宵就回来。"姐姐没有坚持，答应了他。

夜晚的江风吹拂，十分凉爽。

潘小伟点了几个菜，有炒田螺、椒盐虾姑、蚝仔烙、白灼鲜鱿等。潘小伟想喝酒，姐姐没有让他喝，因为还要骑摩托车回去。潘小伟说："喝点啤酒没有关系的。"姐姐坚定地说："不行，开车就是不能喝酒，你不在乎自己的命，也应该替我的命着想吧。"潘小伟说："好啦，我听你的，开车不喝酒。我怎么会不在乎自己的命，我要好好活着,和你在一起多好。当然,你的命比我重要,我要保护好你的。"姐姐说:"别说好听话了,快吃吧,吃完赶紧回家。"

姐姐没吃什么东西,心里莫名其妙地慌乱,她没有胃口,只想早点回去睡觉。奇怪的是,平常饭量不大的潘小伟,今晚的胃口特别好,大快朵颐地吃东西,那么多菜被他一扫而空,而且,平常话很多的他,却没有说什么话。姐姐喜欢听他说柔软的话,喜欢被他的话催眠,可是,他在吃东西的过程中,没有说什么话。姐姐看着他津津有味地吃东西,鼻梁发亮的样子,心中隐隐约约地有种不安,她不明白为什么会这样。

他们吃完夜宵,朝停放摩托车的地方走去。

潘小伟还打着饱嗝,说:"今晚吃得真爽。"

姐姐笑着说:"你爽,我可不爽,我都难受死了。"

潘小伟说:"对不起,对不起,我太自私了,以后不会这样了。"

姐姐说:"没有关系了。"

潘小伟抬起头,在找什么。姐姐问:"你看什么呢?"潘小伟说:"我在找星星。"姐姐也抬起头,她看到灰蒙蒙的天空,天空中布满铅灰色的云,根本就没有星星的踪影。姐姐说:"走吧,看不到星星的。"潘小伟叹了口气:"要是有星星多好,你就会开心起来,我知道你晚上不开心。"姐姐说:"不是啦,我没有不开心,只是很累。"

就在这时,几个人堵住了他们的去路。

他们恶狠狠的样子。领头的一个脖子上戴着很粗的黄金项链的汉子说:"你们快活呀,真的快活呀。"潘小伟觉得不对,挡在姐姐面前,说:"你们想干什么?"黄金项链说:"你问我想干什么,我还想问你想干什么呢!你给老子滚开,我要找的是你身后的女人。"潘小伟说:"你们到底是什么人,到底要干什么!"黄金项链后面的一个瘦子说:"你瞎了狗眼,竟然不知道我老大是什么人,你在江南片打听打听,谁不知道我老大!"潘小伟想起来了,唐嫣和他说过,她哥哥是江南片地头上混社会的,还用她哥哥威胁过他。潘小伟:"你是唐嫣的哥哥吧?"黄金项链说:"没错,老子就是唐嫣的哥哥,你小子知趣的话就让开,我们要教训一下她,让她离你远远的,再不要出现在你身边。"

潘小伟说："这是不可能的，我和唐嫣没有任何关系，她凭什么让你这样做？"黄金项链说："由不得你了，兄弟们给我上，把那小娘们扔到珠江里去。"

姐姐浑身瑟瑟发抖，不知如何是好。

潘小伟对她轻声说："不要怕，有我呢！"

黄金项链的几个手下冲过来，潘小伟死死地护住姐姐，和他们扭打起来。潘小伟被他们打倒在地。见潘小伟吃亏，姐姐喊叫了一声，扑了过去，抓住一个流氓的衣领，用脚使劲地踢他的裆部。他们放开了潘小伟，朝姐姐围了过来。那个流氓被姐姐踢中了要害部位，倒在地上嗷嗷叫。几个流氓就对着姐姐拳打脚踢。被姐姐踢中要害部位的流氓从地上爬起来，掏出一把尖刀，气急败坏地朝姐姐扑过来，他吼叫道："让开，让我宰了这个骚娘们！"流氓们让开了。姐姐看着他，往后退缩。持刀者疯狂地朝姐姐扑过去，潘小伟大喊了一声，挡在了姐姐的前面，流氓手中的刀捅进了潘小伟的腹部。

潘小伟站在那里，睁大了眼睛，他的眼睛从来没有如此睁大过，眼珠子都鼓出来了。他低头看了看插在腹部的刀子，刀身全部没进了他腹部，他看到的只是露在外面的刀把。一口鲜血从他的喉头飙了出来，又一口鲜血从他口中飙出了……他一连吐出了八口鲜血，然后赫然倒地，四肢不停地抽搐。

有人喊："不好，出人命了——"

黄金项链见势不好，带着手下仓皇逃离了现场。

姐姐蹲下来，坐在地上，抱着潘小伟的头，喃喃地说："小伟，小伟——"

潘小伟瞪着眼珠子，惨淡一笑，说："婉，婉榕，我，我爱，爱你——"

姐姐涕泪横流，说："我知道，我知道，你一定要活着，一定要活着，我会陪你一辈子，我也爱你——"

……

姐姐守在医院急救室外面，心急如焚，她心里在为潘小伟祈祷。她脑海里一直浮现出这样的情景：潘小伟像毛片里的黑社会大哥一样，不停地摇晃着身体，颤抖的手指着天花板，吼叫道："苍天啊，苍天啊，何处是我，是我虚幻的故乡啊——"姐姐的泪水一直在流，她觉得自己流的不是泪水，而是血，她心在流血，眼睛也在流血。

潘小伟还是没能抢救过来。

当他的遗体从急救室里推出来时，姐姐呆立在那里，双眼模糊，她不敢去掀开遮住遗体的白布，不敢看他死后的容颜。潘小伟的遗体推过去后，她还怔怔地站在原处，脑袋一片空茫。

姐姐默默地走出医院的大门，站在萧瑟的夜风之中，不知往何处去。一辆摩托车朝她这边飞驰过来，她努力地睁着迷蒙的眼睛，希望看到潘小伟骑车过来，希望潘小伟神奇地出现在自己面前，微笑地用柔软的话语告诉她，他没有死，他神奇地活过来了，现在要带她回家，要一生都守护她。

她脸上露出了微笑，幸福而惨淡的微笑，她自言自语道："小伟，真的是你吗？你真的要带我回家，一生都守护着我吗？小伟，我早该答应你的，答应你的爱，早就应该的，现在我答应你，不会太晚吧？小伟——"

摩托车在她身边没有停，而是减慢了速度。在摩托车经过她面前时，骑车人伸出了一只戴着皮手套的手，抓住了她脖子上的项链，使劲一扯。那人扯断项链，一踩油门，摩托车呼啸而去。

等姐姐缓过劲来，发现潘小伟送她的珍贵的生日礼物被抢，已经晚了，那摩托车已不见踪影。姐姐朝摩托车的方向追过去，边跑边喊："还我项链，还我项链，那是小伟留给我最重要的东西——"

不知追了多久，天渐渐亮了起来，姐姐颓然坐在地上，一会儿哭，一会儿笑，凄惨地说："小伟，我对不起你，我不光要不回你的命，连你给我留下的最珍贵的礼物都没有保住，小伟，我对不起你——"

路过的人都漠然地看着她，不知道发生了什么，也不知道姐姐到底是谁，不知道她为何悲伤地哭，凄凉地喊叫。

第六卷

六月一日

1

夜里，起了风。我又梦见了姐姐。姐姐还是在一口深坑里朝我微弱地呼救。我醒来后，就听见了风声，是不是暴雨要来，白天里没有来临的暴雨会在深夜降落？我钻出睡袋，走出帐篷。那堆篝火在风中燃烧，发出"噼噼啪啪"的声音。天上黑漆漆的一片，看不见满天的繁星。强巴也不见了，他没有在火堆前守候，也许是太累了，倒在帐篷里沉睡。

我站在火堆前，往盐井的方向望去。

风中仿佛夹杂着姐姐的呼救声："阿瑞，救我，救我——"

我屏住呼吸，竖起耳朵，企图从风中辨别姐姐呼救声的真实性。是的，我是听到了姐姐的呼救声，尽管如此微弱。姐姐微弱的呼救声是从盐井那个方向传来的，她似乎十分焦虑，似乎再不救她就来不及了，我的呼吸急促，心脏快要破腔而出，我必须救姐姐，马上就去救姐姐，不管天多黑，夜里有多冷。

我正要拿起绳索去盐井，听到了沉重的脚步声。

是强巴的脚步声。

没错，真的是强巴的脚步声。他朝火堆走过来，手上紧握着锋利的藏刀，脸无表情。他见我手中拿着绳索，说："你这是？"我说我等不及了，要下到其余的那几口盐井里看个究竟，我一刻都等不了了。强巴明白我的意思，说："我和你一起去，可是，胡丽怎么办？"我说："让她睡吧，我们去就可以了，她的脚还有伤。"强巴说："我担心有人会伤害她。"我疑惑道："有人？"强巴说："是的，有人，刚才我发现有人靠近营地，就走过去问他是谁，那人转身就跑，我在后面追赶，他跑进树林里去了我才回来。他一定没有走远，还会伺机出来。"我说："真的？"强巴说："真的。"我相信强巴，他那双眼睛不会骗人。这是谁？他为什么要跟着我们，他想干什么？我顾不了许多，姐姐的呼救声还在风中回响。我说："我去叫醒胡丽，让她小心，有什么事情就喊我们。"强巴点了点头。

我进入帐篷,听到胡丽的呼噜声,她睡得很香,我不忍心半夜三更叫醒她。可是,为了她的安全,我必须唤醒她。我俯下身,推了推她的肩膀,说:"丽姐,你醒醒;丽姐,你醒醒——"胡丽睡得太沉了,我推了她几下,唤了好几声,她才醒过来,睁开眼说:"弟弟,怎么了?"我对她说了我的想法,她十分担心:"晚上下井,安全吗?"我说:"应该不会有什么问题,无论如何,我必须马上去。"胡丽说:"你说强巴发现有人?"我说:"是的,强巴说的肯定是真的,所以我才叫醒你,让你小心。"胡丽说:"那我跟你们一起去。"我说:"丽姐,你脚有伤,还是不要去了,就躺在这里休息,有什么情况你就喊我们。"胡丽说:"不行,我一定要和你去!"我无法阻止她,胡丽钻出睡袋,和我一起走出了帐篷。她的脚踝还很肿,走路还一瘸一拐的,很痛苦的样子。强巴不由分说背起了她。我们打着手电,朝盐井那边走去。

好几次,我隐隐约约听到身后有脚步声,回头用手电照了照,却没有发现人影。

到了盐井边上,强巴放下了胡丽,让她坐在一块平稳的石头上,还把藏刀递给她,给她防身,我们就准备下井。风越刮越猛,黑暗的四周仿佛危机四伏。我无所畏惧,只要能够找到姐姐,就是搭上我这条命,也在所不惜。我下了一口井,在冰冷的水中寻找着姐姐。一无所获。我爬出这口井,又进入了另外一口井,同样在冰冷的水中寻找着姐姐。还是一无所获。我又爬出了井口。我浑身瑟瑟发抖,强巴给我披上了羽绒服,说:"你歇会儿,我来下去。"我倔强地说:"不,还是我下。"我咬着牙,又爬下了一口井。我一进入这口井,就感觉到了异样,我仿佛闻到了一股异香,说不上是什么香味,而且觉得姐姐的呼救声越来越真切,就像是在我耳边呼救。我说:"姐姐,我来了,姐姐,我来了——"

强巴听到了我在井里传出的声音,他双手紧紧地抓住绳索,转头对胡丽说:"有情况,有情况——"胡丽听到强巴的话,赶紧站起身,不顾脚踝的疼痛,跑过来拉着强巴的手,颤抖着说:"弟弟在说什么?"强巴说:"你听——"

我一下到井底,就摸到了姐姐的身体,她的身体竟然还是温热的,姐姐还活着!我又惊又喜,冲着井上,大声喊叫:"我找到姐姐了,强巴,我找到姐姐了——"

强巴对胡丽说:"你听到没有,他说他找到姐姐了。"

胡丽激动地说:"我听到了,我听到了——"

这时,从黑暗中跑出一个人,他疯狂地喊叫:"婉榕,婉榕——"

强巴对着跑出来的人大喝了一声:"你是谁?"

胡丽用手电照了照那人的脸,惊讶地说:"宋海波,你怎么会在这里?"

宋海波披头散发,他说:"是不是找到婉榕了?是不是找到婉榕了?"

胡丽说:"李瑞他找到姐姐了。"

宋海波焦虑地说:"你别问我为什么会在这里了,我现在来不及对你说,先把婉榕弄上来再说吧。"

强巴见胡丽认识他,就没再说什么,他也同意宋海波的观点,要把我和姐姐赶紧弄上来。这时,狂风呼啸,狂风中还夹带着雨点。胡丽说:"不好,要下雨了。"强巴在上面对我说:"你下面的情况怎么样?"我大声说:"我已经把姐姐背在背上了,你们把绳索往上拉呀,不要松手。"其实,我是把姐姐放在我背上,把她的身体和我绑在一起。我已经忘记了寒冷,也许是姐姐温热的身体温暖了我。我使劲地拉着绳索,双脚蹬在井壁上,一点点地往上挪。强巴和宋海波用力地将绳索往上拉,胡丽也不顾伤痛,站在他们后面拉着绳索。我身上背着沉重的姐姐,就像是背负着一座沉重的山。我喘着粗气,慢慢地往上挪,不时地说:"姐姐,没事了,你安全了,姐姐,我会带你回家,再不让你独自漂泊了。"姐姐没有回应我,她也许是见到我太激动,什么话也说不出来了。我坚信姐姐还活着,我甚至可以感觉到她的呼吸。

我背负着沉重的姐姐被他们拖出盐井时,雨已经下大了。狂雨抽打着发白的江面,抽打着黑暗的群山以及苍凉的河滩,抽打着我们的肉身。姐姐被平放在河滩的乱石上,她浑身一丝不挂,伤痕累累。我用衣服盖住了姐姐的私处,扑在姐姐身上,大声喊着:"姐姐,姐姐,你醒醒,醒醒——"

他们默默地站在旁边,面容悲戚。胡丽哽咽着,滚烫的泪水流出来,就被冰冷的雨水浇成了冰。宋海波浑身颤抖,五官扭曲着,不知是在哭还是在笑。强巴弯下腰,把我拉起来,他说:"你姐姐她死了,她真的死了,早就死了。"我大吼道:"姐姐没死,我听到她的呼救声,我找到她时她的身体还是温热的,她还有呼吸,她没有死,没有死!"我挣脱他强有力的手,又扑到姐姐的身体上,双手使劲地朝她胸口压下去,然后放松,然后又压下去,又放松……我甚至嘴对着姐姐冰冷的嘴巴,给她做人工呼吸……我的努力是徒劳的,姐姐真的是死了,早就死了,只是姐姐的魂没有散,一直在引导我找到她。最后,胡丽抱起了我,她哽咽地说:"弟弟,姐姐她已经走了,你别再努力了,她早就走了,弟弟,节哀。"我还喃喃地说:"姐姐还活着,姐姐还活着。"

宋海波默默地从背包里拿出一捆白布。

在强巴的帮助下,宋海波把姐姐用白布包裹起来,一层一层地包裹起来。姐姐渐渐地离开了我,离开了我们。我想大声地哭,可是我已经没有了力气。我瘫倒在胡丽的身上。胡丽的脸贴在我的脸上,她惊呼:"强巴,不好了,弟弟发烧了。"强巴和宋海波一起包裹好姐姐,他走到我们面前,说:"胡丽,我来背他,赶快到帐篷里去,你在帐篷里照顾他,给他吃点药,然后我回来和宋海波把她抬到草地上,否则江上涨水了,会把河滩淹没。"胡丽说:"好,好。"强巴说:"你带药了吗?"胡丽说:"带了,带了,有退烧药,有的。"强巴背起昏糊的我,朝山坡草地的帐篷奔跑过去。等胡丽赶到,他已经把我放到帐篷里面了,还脱去了我身上湿漉漉的衣服,换上了干净的衣服。

帐篷外的篝火已经被大雨浇灭,还冒着烟。

强巴在回河滩的路上,碰到了宋海波。

他一个人把裹着白布的姐姐扛在肩膀上,朝帐篷那边走去。强巴要帮忙,他摆了摆手,示意不要帮忙。强巴打着手电,走在他前面,给

213

他引路。雨越下越大,在狂风暴雨之中,宋海波脚步坚实地走在乱石滩上,一步一步,朝前面走去。

……

天亮后,雨停了,天上浓重的铅云凝固了,风也停息了,只有澜沧江的江水还在咆哮,江水的咆哮在群山之间回响。暴雨后涨起的滔滔江水把乱石河滩淹没了,也淹没了那几口荒废的盐井。我醒转过来,浑身无力,骨头像散了架。胡丽一直陪着我,在我身边守护着我。她见我醒来,伸出手放在我额头上,她的手冰冷。她笑了笑说:"弟弟,你醒了,烧也退了。"我说:"我怎么了?"她告诉我,我把姐姐弄出盐井后就发高烧了,烧迷糊了,一直在说着胡话。

我赶紧坐起来,问:"姐姐呢?"

胡丽说:"在外面的草地上,宋海波一直在守护着姐姐。"

我要起来,胡丽按住了我,心疼地说:"你的身体很虚弱,需要好好休息。"

我说:"没事,我真的没事了,别忘了,我是个体育老师,身体素质不错的,不要紧,让我起来,我要去守着姐姐。"

胡丽拗不过我,只好让我起来。胡丽的脚踝肿得更厉害了,那只脚都不能落地了,只要踩在地上,就疼痛得龇牙咧嘴。我心里十分过意不去,让她坐在帐篷里,静静地休息。我的头还很痛,我走出帐篷,看到了姐姐被白布包裹的遗体,也看到了坐在姐姐遗体旁边,神色凝重的宋海波,他显得特别憔悴。我听到了强巴的呼噜声,他在另外一个帐篷里沉睡,他实在太辛苦了,应该好好睡一觉。

我走到姐姐的遗体旁边,坐在了宋海波身边。

他额头上的刀疤在晨光中透出一种暗红色的亮,他用舌头舔了舔干燥的嘴唇,说:"对不起,弟弟,你姐姐是因我而死的。我有罪,我不应该爱你姐姐的,也不应该去白马村小看望她的,是我害死了你姐姐。"

我咬着牙,冷冷地问:"是你杀了我姐姐?"

宋海波说:"我怎么会杀她,我那么爱她,我怎么可能杀她。是她为了救我,被泥石流冲进了澜沧江,我眼睁睁地看着她被大水冲走,眼睁睁地看着她消失在我的眼中。那天早上，她送我，一路上就和我说了一句话：'海波，以后不要再来看我了，我心已平静，不想再涉足尘世的爱了，你忘了我吧，我晓得你对我好，我会记在心上的。'我什么话也说不出来，只是心里在想，我不会再来打扰你了，但是，我会在心里默默地爱着你。我是走路到白马村小的，也走路出去，过铁索桥，到对岸山上的公路边坐车回去。我习惯了走路，多年来，在山上寻找一些可以用来雕刻工艺品的树根什么的，对步行我没有心理障碍，再长的山路，再险峻的山路，总是可以走到头的。你姐姐把我送到出事的地方，我停了下来，转过身，对她说：'婉榕，你回吧，不要再送，放心，我不会再来了。'你姐姐站在那里，想对我说什么。突然，我们的头顶传来轰隆隆的响声，你姐姐什么话也没有说出来，她冲过来，用力把我推了出去，我很清楚，你姐姐那一刻用尽了她所有的力量，把我推出几米远，我倒在地上。我还没有反应过来，一块从山上滚落的大石头击中了她，把她送进了汹涌的江水之中。我站起身，看着你姐姐在江水中沉浮，我喊叫着朝下游追去，不管身后的泥石流滚落……你姐姐是为了救我而死的，她死了，我还活着，羞愧地活着，我生不如死呀！"

我无语。

他又痛心疾首地说："我多么想和大家说出你姐姐死的真相，可是，可是我说不出口，我应该为她而死的，不应该让她为我而死！我现在才知道，世人鄙视我是有道理的，我就是个懦夫，是个窝囊废，我不配为人。你姐姐死后，我也和校长组织的人去寻找过你姐姐，可是没有找到。那时我就带好了白布，如果找到你姐姐的遗体，我要用纯洁的白麻布将她包裹，不让她的身体染上尘土。我知道你们来寻找你姐姐，就跟在了你们后面，一直躲躲藏藏，怕你们发现。"

我说："你为什么要怕？"

他说："我心里明白，胡丽瞧不起我，她还怀疑是我杀了你姐姐，我怕她赶我走。"

我长长地叹了口气。远处的树林里传来了清脆的鸟鸣声，就像家乡唐镇的早晨，也会有清脆的鸟鸣声传来，鸟鸣声是不是企图唤醒姐姐？

215

姐姐听到清脆的鸟鸣声了吗？我相信她听到了，至少，她的灵魂听到了，我同样相信，她也听到了我内心的呼唤，呼唤她醒来。

可是，可是姐姐再也不会醒来，无论这个世界变得更好，还是变得更坏，姐姐都不会醒来了。我想，姐姐，你生在这污浊的尘世，历尽千辛万苦，也许，死亡是你最好的归宿，你可以在另外一个世界里和爸爸妈妈相聚，并且在那里等着我们的到来。我还想，在另外一个世界里，爸爸不会再厌恶你，不会再伤害你，原本，你们应该相亲相爱的。

2

姐姐出生于1973年10月5日。姐姐出生的那天，唐镇发生了一件邪恶的事情。一个在镇街上卖油炸糕的老婆婆，被公社市管会的人以投机倒把的罪名抓去游斗，打死在我家门口。母亲就要生姐姐了，父亲走出家门，去找接生婆王二嫂。父亲看到了老婆婆的尸体，吓得毛骨悚然。他逃离了现场，走到王二嫂家里，心惊胆战地对她说："王二嫂，我老婆要生了。"王二嫂爽快地说："好，我马上去。"王二嫂提起放着接生工具的竹篮，走出了家门，父亲跟在她后面，没走几步他就溜了，离开了镇街，来到镇子外面的河边，坐在河边的草地上，望着沉缓流动的河水发呆。

父亲是唐镇中心小学的老师，曾经被当成臭老九被抓去批斗过，他的腿也被红卫兵打断过，落下了残疾，走起路来有点瘸。唐镇人还给他起了个绰号，叫他"李跛子"。所以，每次镇子里有人被抓去批斗，他就会心惊胆战，仿佛批斗的就是他。老婆婆被打死在家门口，父亲更加受不了了，他不敢回去看那惨烈的场景，只好由王二嫂自己去家里替母亲接生了。他像只惊弓之鸟，忐忑不安，生怕有人抓他去游斗，尽管他已经恢复了教师的身份，重新回到小学校里教书。父亲被批斗怕了，被打怕了，由一个血气方刚的知识分子变成了软骨头。天上乌云翻滚，狂风大作。父亲坐在草地上，在狂风中瑟瑟发抖，明明知道暴雨就要降临，他也不敢起身回家，屁股生了根，整个人长在草地上，暴雨无情地降落后，他还是坐在那里。暴雨抽打着父亲，他感觉到寒冷，肉体冷，心也冷，冷透了。

我家门口，老婆婆的尸体在暴雨来临之前就被抬走了，暴雨落下后，地上的血迹很快就被冲刷干净。入夜后，父亲才偷偷地摸进小镇，回到了家。那时，唐镇还没有通电，没有电灯，用的是煤油灯。父亲一进家门就把门关上了，上了闩，他不是害怕老婆婆的鬼魂，而是害怕如狼似虎的人抓他去批斗。父亲回家后，赶紧跑到卧房里。妈妈早已经生下了姐姐，正在给姐姐喂奶。妈妈是个温婉善良的女人，她对父亲说："你跑哪里去了，王二嫂找你半天都没找到，你明天把接生费给人家送过去。"父亲说："男孩还是女孩？"母亲说："女孩。"父亲嘴角抽搐了一下，说："男孩女孩都一样。"母亲说："你过来看看，这女仔长得还蛮好看的。"父亲没有去看姐姐，他默默地出了卧房门，开饭去了。

也许是老婆婆的死让父亲受了惊吓，他总觉得姐姐的出生是不祥之兆，虽然他一直没有说出口，但很少用正眼看姐姐，也极少去抱她。姐姐基本上是母亲一个人抚养，父亲总是早出晚归，吃完晚饭就躲进书房，备课和批改作业，有时还看看闲书，从不过问姐姐的事情。母亲任劳任怨，辛苦地操持家，带着孩子，还要伺候臭老九父亲。姐姐在两岁那年得了贫血症，脸色苍白，瘦得只剩一层皮。为了救姐姐的命，母亲不知道输了多少血给姐姐，母亲也变成皮包骨，瘦得不成人形。镇上有人看不过去，碰到父亲，就直截了当地说："李跛子，你不能这样无情无义，你看你老婆，都快变成鬼了，你倒是养得白白净净，婉榕是你的亲骨肉，不是半路捡来的，你也可以抽点血给她的。"父亲唯唯诺诺地说："你说得对，说得对，问题是，我的血型和我女儿不一样，不能输血给她的。"父亲这样说了，别人拿他也没有办法，其实，父亲和母亲都是O型血，姐姐也是O型血，父亲就是不肯给姐姐输血。在外面被人说了，父亲回到家里，就没有好脸色，姐姐怕他，躲在角落里不敢吭气。父亲骂姐姐是吸血鬼，是蚂蟥。母亲抱着姐姐，心疼她，回了父亲一句:"你怎么能这样说自己的女儿?"父亲没有理她们,默默地吃完饭,然后躲到书房里去了。

父亲无论是在小镇上还是在小学校里,为人都十分低调,与世无争,见谁都点头哈腰,老实巴交的样子。连他的学生都可以当他的面叫他李瘸子,他也不会发火,更不会给他们脸色,还面带笑容。他的内心一直充满了恐惧,这种恐惧感到"文革"结束多年后才有所缓解。在唐镇,父亲最怕一个人,那就是石匠上官山炮。父亲要是远远地看到上官山炮,就会两腿发软,赶紧绕道走。要是和上官山炮狭路相逢,父亲就会低下头站在一边,让他过去,要是碰到上官山炮不高兴,瞪他一眼,父亲就会浑身哆嗦。父亲害怕上官山炮是有缘由的,上官山炮,就是当年打断他腿的红卫兵。

父亲在外面装孙子,回到家,他就是皇上,衣来伸手饭来张口,还动辄发脾气,朝母亲和姐姐大吼大叫。姐姐曾经说过,只要听到父亲吼叫,她就会有种大难临头的感觉,她从来不敢和父亲对视,她甚至不清楚父亲的眼睛长成什么样子。有一次,父亲让母亲把饭端到书房去吃,母亲让姐姐也端一盘菜,父亲嫌母亲动作慢了,冲母亲大吼大叫,姐姐吓得一哆嗦,手中的盘子掉落在地上,碎了。父亲见状,把姐姐拎过去就是一顿打,把姐姐的小屁股都打肿了。母亲伤心极了,整个晚上都替姐姐揉着屁股,姐姐在母亲的柔情下睡去,眼角还有泪水。姐姐就是哭,也不敢大声哭出来,只能咬着牙,默默地流泪。姐姐就是在这样的情境中成长,要是没有母亲,她也许在两岁那年就死掉了。

3

父亲在家里当皇上的日子,在母亲死后就结束了。姐姐5岁那年,母亲怀上了我。母亲在这个家里是奴隶,就是怀孕了也不得闲,要料理繁重的家务,还要下地干活。那时"文革"已经结束了,教师的地位有了很大的提高,学生也不敢当面叫他李瘸子了,父亲有点小得意,在外头不怎么张扬，回到家里就更加作威作福，非但不帮母亲做事情，还变本加厉地使唤母亲和姐姐，炒的菜咸了或者淡了，他都要发火，母亲只好重炒。母亲经常在厨房里，边烧饭，边对坐在灶膛前烧火的姐姐说："唉，我要是死了，你爸该怎么办，没有人会像我这样对他好的了；我死了，你也不好办，会苦死的。他原来是多好的一个人哪，就是那几年被批斗坏了。我好担心，我要是死了，你们该怎么办？这个家会不会就散了？"姐姐说："妈妈，你不会死的，我不要你死，你要死的话，一定带上我，我和你一起去死。"妈妈抹了抹眼睛，她眼睛里有泪，她说："生死都有命，我也不晓得什么时候会死，要是我真的死了，你要好好活着，记住妈妈一句话，一定不要恨你爸，要好好待他，他这一辈子也不容易。"姐姐没有说话，脸被灶膛里的火烘得通红，目光凄迷。

母亲怀胎十月，生我前一个小时还在菜园子里摘菜，姐姐跟着她，提着竹篮子，母亲将摘下来的青菜叶子放进竹篮子里。那是夏日的黄昏，汗水浸透了母亲的衣衫。姐姐满头是汗，十分口渴。母亲突然坐在菜地里，压坏了好些青菜。她对姐姐说："婉榕，快去叫你爹，我不行了，要生了。"母亲脸色煞白，双手抱着高高隆起的肚子，有血从裤子上渗出。姐姐吓坏了，她叫着："妈妈，妈妈——"母亲说："快，快去叫你爹，告诉他，我要生了。"姐姐扔掉手中的竹篮，飞快地跑回家。菜地离我家有一百多米远，姐姐跑回家，对正在看闲书的父亲说："爸，爸爸，妈妈要生了，快去，快去——"父亲扔下手中的闲书，飞快地跑出了家门。

父亲带着接生婆王二嫂来到了菜地，他们赶到时，母亲已经奄奄一息了，躺在菜地上，血浸透了她的衣裤，浸透了她身下的青菜以及泥土。王二嫂看了看，惊惶失措地说："不好，不好，血崩了。"姐姐站在大人们的后面，眼泪汪汪，不知如何是好。母亲被放上一块门板，四个青壮汉子抬着门板上的母亲，朝两公里外的镇卫生院狂奔。菜地一片狼藉，姐姐闻到了浓郁的血腥味。她木然地站在菜地里，在浓郁的血腥味中哭出了声。过了一会儿，她才离开菜地，跌跌撞撞地朝卫生院方向奔去。姐姐赶到卫生院时，母亲死了，我还没有生下来，母亲就死了。医生剖开母亲的肚子，取出了我，发现我还活着，而且是个男孩。对父亲来说，这是不幸中的万幸。我在母亲的肚子里长得很大，足足八斤四两。

母亲死了，姐姐没有哭，她内心悲恸，就是哭不出来。她和父亲站在母亲的遗体边，父亲撕心裂肺地喊叫，显示他的伤悲。王二嫂抱着我，也流着泪，她的泪水掉落到我脸上，我也哇哇大哭。王二嫂伤感地说："可怜的孩子，一生下来就没有妈妈了，这往后的日子怎么过？"母亲出殡时，姐姐也没有哭，悲恸到了极点，已经流不出泪。涕泪横流的父亲见姐姐没哭，伸手就给了姐姐一耳光，说姐姐没有良心，竟然母亲死了都不哭。父亲还骂姐姐是吸血鬼，把母亲的血吸干了，要不是姐姐把母亲的血吸干了，母亲就不会那么孱弱，就不会难产而亡。父亲把母亲的死亡全怪罪于姐姐，认为姐姐是不祥之人。其实我也是吸血鬼，是我吸干了母亲的血，让她过早离世，也让姐姐失去了母亲的庇护，陷入黑暗人生。

我来到人世，父亲在家里作威作福的日子画上了句号，他开始担忧如何把我带大。对他这样一个男人而言，要抚养我和姐姐两个孩子是十分艰难的事情，特别是我，让他寝食难安。我舅舅考虑到父亲的困难，就让舅妈到我家来带了我一段时间。舅妈的到来让父亲舒了口气，父亲以为舅妈是母亲，以为可以重新过母亲在世时的美好日子，回家后还是对诸事不闻不问，都推给舅妈。父亲回家后就躲进书房，什么事情也不做，舅妈是个眼睛里揉不进沙子的人，她抱着我走到书房门口，直截了当地说："李跛子，你还像个父亲吗，两个孩子你都不管，告诉你，我不是你家的奴隶，我是好心来帮你带几天孩子的，要不是看小阿瑞可怜，你这个家我一天也待不下去。还不赶快去做饭，想等我伺候你，想都别想。"父亲理亏，终于明白，对自己百依百顺的女人已经死了，再也不会回来了，他还得承担这个家庭的责任。

父亲只要回到家里，舅妈就支使他干这干那，一点面子也不给他，最让父亲憋气的是，她总是当着姐姐的面叫他李跛子。父亲心里憋气，又不能顶撞舅妈，一来，舅妈是个厉害角色，他惹不起；二来，舅妈是帮他带孩子的，要是惹她生气，她扔下孩子走了，谁来帮他带孩子？父亲不敢得罪舅妈，却拿姐姐撒气。吃完饭，他把碗筷收拾到厨房，唤姐姐进了厨房，让姐姐洗碗，他像监工一样站在旁边，双手叉腰，脸色阴沉地瞪着姐姐。姐姐只要手脚慢点，或者碗没洗干净，他就恶声恶气地咒骂姐姐。父亲咒骂姐姐的话十分怨毒，根本就不像一个教书先生说的话，姐姐记着那些恶毒的话语，那些恶毒的话语伤害着姐姐幼小的心灵。舅妈听到父亲在厨房里骂姐姐，便走进厨房，冷笑着对父亲说："李瘸子，你对我有什么意见就直说，不要指桑骂槐，婉榕也是你的骨肉，你咒骂她，就等于咒骂你自己，你还是个有文化的人，我看你的文化都到屁眼里去了，你还有脸当老师？以前，你老丈人家里都说你老实，我看是老实老师偷屎吃！"父亲气急败坏地走出厨房，进入书房，用力地关上了门。舅妈对姐姐说："婉榕，你别怕，他再欺负你，你就告诉我，舅妈给你撑腰。"姐姐无言以对。

舅妈在我家待了几天，受不了父亲的乖张，就抱着我回舅舅家去了。她本来想把姐姐也一起带走，生怕父亲虐待姐姐。姐姐不肯跟她走，流着泪说："舅妈，我不能走，妈妈对我说过的，要是妈妈死了，要我好好地照顾我爸。妈妈让我不要记恨我爸，要对他好。我不能跟你走，舅妈，你不走行吗？你要走了，我爸会难过的，他喜欢弟弟，他真的喜欢弟弟。"舅妈说："你不走可以，你要答应我，只要他打你骂你，你就告诉我和舅舅，我们会替你出头的。我不能留在你家了，否则我会发疯的，你爸谁也不喜欢，他只喜欢他自己，他一直都是为他自己而活。"姐姐哭着说："舅妈，你以后会把弟弟送回来吗，我要想弟弟了，可怎么办？"舅妈抹了抹眼睛，说："可怜的孩子，你要是想弟弟了，就到舅妈家看弟弟，我走了，你要照顾好自己，不要光想着照顾你那个没心没肺的爸。"

姐姐坐在门槛上掰豆角，不停地往小街另一边张望。小街上两只狗在打架，一只黄狗和一只黑狗，它们是因为争一泡小孩屙的屎而打起来的，两条狗咬在一起，乱成一团，狗毛纷飞。不少无所事事的人像看戏一样观赏狗打架，他们脸上都挂着寡淡的笑容，眼中跳跃着些许兴奋的火星。姐姐心乱如麻，根本就没有心思观赏狗打架，担心父亲回家后会有什么反应。父亲出现在姐姐的眼帘,他不像那些无聊的人停下来观赏狗的相互撕咬,而是绕过观战的人群,朝家里走来。姐姐见到父亲,心里一沉,赶紧站起来,拿起装着豆角的木盆匆匆走进了厨房。父亲踏进家门后,就四处寻找舅妈的身影,他是想我了。父亲没有找到舅妈和我,而是在厨房里找到了姐姐。父亲瞪着姐姐,恶声恶气地说:"吸血鬼,你舅妈和弟弟呢?"姐姐恐惧地望着父亲阴沉的脸,嗫嚅地说:"舅妈抱着弟弟,回舅舅家去了。"父亲明白了,舅妈是在他家里待不下去了,把我抱走是怕他养不活我。父亲不但不思己过,还破口大骂舅妈,说她拐带了我,还扬言要去派出所报案。父亲是不会去报案的,他也不敢去要回我,因为舅舅和舅妈都是强悍之人,他怕。姐姐说:"舅妈不是拐带弟弟,她说会对弟弟好的,等他长大点,会送弟弟回来的。"父亲气急败坏地撩起一脚踢在姐姐身上,瘦弱的姐姐倒在地上,头撞在灶角上,破了,流出了血。姐姐坐在地上,血从头顶流下来,流到她的脸上,流到她的脖子上。姐姐哭了,伤心地哭了,边哭边喊着妈妈。父亲也看见了血,姐姐头上流出的血,让父亲的心暂时柔软,他叹了口气,抱起了姐姐,来到厅堂里。他找来了唐镇人家常备的刀斧药,也就是止血药,敷在姐姐头上的伤处,然后撕了块破布,包扎好姐姐的伤口。父亲第一次柔声对姐姐说:"莫哭,莫哭,都怪爸不好。"姐姐望着父亲,觉得他特别陌生,因为这样的时刻并不多。

父亲到厨房去做饭了,姐姐还坐在厅堂里,回味着刚才父亲温柔的话,心里有些安慰,有些怀疑。这时,农技站的老陈带着他儿子小陈走进了我家。姐姐看到比自己大两岁的小陈手中拿着一个小布娃娃,她迎了过去。老陈是上海人,文革时下放到唐镇,他和父亲一直很要好,经常在一起谈天说地。老陈问姐姐:"你爸呢?"姐姐指了指厨房,说:"在里面。"老陈摸了摸姐姐的头,说:"我去找你爸,你和小陈玩。"小陈把手中的布娃娃递给姐姐,说:"妹妹,这个布娃娃送给你了。"姐姐说:"真的?"小陈认真地说:"真的。"姐姐接过布娃娃,抱在怀里。他们就坐在门槛上,说着话。小陈问姐姐头上的伤是怎么回事,姐姐没有说是父亲踢她撞伤的,而是说自己摔的。小陈心疼地拉住姐姐的手,说:"乖乖,一定很痛吧。"姐姐觉得他的手很温暖,说:"不痛了,不痛了。"小陈是姐姐童年最好的伙伴,他从来没有欺负过姐姐,还经常给姐姐糖吃。小陈递给姐姐一颗水果糖,说:"吃吧,吃了头就不痛了。"水果糖很甜,有桔子的味道。姐姐吃着糖,真的忘记了伤口的疼痛。小陈突然低下了头,一副哀伤的样子。姐姐问:"小陈哥哥,你怎么了?"小陈还是拉着姐姐的手,说:"我和爸爸要离开唐镇了。"姐姐说:"要去哪里?"小陈说:"回上海去。"姐姐说:"那以后还来吗?"小陈说:"我不晓得还会不会来,我爸爸说,一切都结束了。"姐姐没有说话了,她茫然地望着寂寥的小街,眼中闪动着泪光。老陈落实了政策,要带儿子回上海去了,父亲也十分感慨。那天晚上,父亲大方了一次,打了一壶米酒,买了块猪头肉,另外弄了几个小菜,给老陈父子送行。那顿饭吃得忧伤,父亲和老陈依依不舍,小陈和姐姐也依依不舍。末了,老陈摸着姐姐的脸,对父亲说:"你看,多漂亮的小姑娘,老李呀,你要好好待她,以后让她考到上海来读大学,我想让她做我儿媳妇。"父亲看着姐姐,仿佛第一次发现姐姐是个漂亮的小姑娘。父亲叹了口气,说:"漂亮有什么用,唉,她以后会怎么样,难说。"他们离开我家时,小陈拉住姐姐的手不放。老陈使劲掰开了他的手,他就哭了。姐姐也哭了。老陈和父亲也抹泪。姐姐记得那个晚上,记得那个脸色白净的小男孩,她一直保留着那个小布娃娃,保留着她短暂一生中最纯真的美好记忆,尽管他们离开唐镇后,就失去了联系。

4

我两岁的时候,姐姐到舅妈家,把我接回了家。我和舅妈亲,不愿意跟姐姐回家。姐姐怎么哄我也没有用,舅妈没有办法,只好用背带把我绑在姐姐背上,强行让姐姐把我背回家。舅妈流着泪把我们送到村口。姐姐背着我走出村口了,我还哇哇大哭。姐姐那时7岁,7岁的姐姐背着2岁的我走在山间小道上,两边都是葱绿的山林。从舅舅家到唐镇有

5公里的路程,姐姐虽然干瘦,个子却比她的同龄人要高出一头,力气也大,也许和她很小就开始干活有关。姐姐边走边唱山歌给我听,听着姐姐的山歌,我不哭了,然后就在姐姐背上睡着了。姐姐把我背到家后,浑身都被汗水湿透了,父亲惊喜地解开背带,抱着我仔细端详,他还兴奋地把我举起来,说:"儿子,你终于回家了。"我冷漠地看着陌生的父亲,不知道他是谁。他让我笑,我就是不笑,我笑不出来。姐姐站在一旁,微笑地看着我们。

如果没有姐姐,这个家是毫无生气的。姐姐把家里收拾得井井有条,她秉承了母亲的勤劳和细心。其实对我来说,姐姐起到了母亲的作用。表面上,父亲对我很好,会给我买好吃的东西,还会让我骑在他脖子上,带我到镇街上游走,仿佛告诉镇上的人,他是多么地疼爱我。可是在大部分时间里,是姐姐抚养我,姐姐喂我吃饭,姐姐给我洗澡,晚上姐姐还要带我睡觉,我离不开姐姐。就是姐姐上学,也要带着我,整个唐镇小学,只有姐姐带着孩子上学,上课时,她用背带把我绑在背上,背负着我听讲。按理说这是不允许的,因为父亲是小学里的老师,学校里的其他老师就默许了姐姐。姐姐说我是狼,狼心狗肺的狼。晚上睡觉时,我会突然醒来,趴在姐姐身上找奶吃,找不到,就咬姐姐。姐姐在疼痛中惊醒,就会生气地说我是狼,狼心狗肺的狼。姐姐威胁我说:"狼崽子,你以后再咬我,我就不理你了,把你送到山上,让豺狗把你叼走。"我害怕了,几次后,就再没有咬过姐姐。我没有吃过奶,我生下来母亲就死了,是舅妈用米汤把我喂养到两岁,舅妈晚上搂着我睡时,会撸起衣服,露出肥大的奶子,让我吮吸她的乳头,她的乳房里没有奶水,只是安慰我幼小的心灵。

就那样,姐姐把我抚养大。

为了我,姐姐没少挨过父亲的打骂。

我们家后院有一棵枣树,据说那是父亲小时候栽下的。1960年,闹饥荒,那年春天,枣树开满了花,父亲在饥饿中盼望枣树结出丰硕的果实,那样就可以让家人免于饥饿了。我爷爷奶奶还是没有扛过那个春天,先后饿死,他们没有等到枣子成熟,就先后离开了人世。父亲有时说起来爷爷奶奶，总会发出悲凉的喟叹。姐姐喜欢带我在后院玩，枣子成熟时，她会爬上枣树，采摘枣子，扔下来给我吃，手脚都被枣树的刺划出血痕。一次，我把整个一颗枣子吞了下去，结果噎住了，我快噎死了，要不是及时送到医院，我就没命了。那天，父亲把姐姐绑在枣树上，用一根竹鞭使劲地抽打姐姐。姐姐被打得伤痕累累，哭喊着，让父亲饶命。父亲根本就不顾她的哭喊和哀求，竹鞭都打裂了，还不住手。见姐姐挨打，我也大哭，姐姐对我好，我心里很清楚，我抱着父亲的腿，也哀求他不要打姐姐了。父亲还是不停手，眼看姐姐要被父亲打死了，我张嘴就在父亲的小腿上狠狠地咬了一口。父亲惨叫了一声，扔掉了手中的竹鞭，恼怒地把我拎起来，瞪着我吼叫："你怎么能咬我，你这养不熟的狗！"我吓坏了，以为他要打我，姐姐也以为他要打我，哭喊道："爸，你别打阿瑞，他还小，不懂事，你还是打我吧，呜呜呜——"父亲把我放了下来，悻悻而去。我跑过去，踮起脚尖，给姐姐解开了绑住她的背带。姐姐就抱住我哭，我也和姐姐一起哭。

我其实也是个让人不省心的孩子，喜欢乱跑，姐姐要是没看住我，我就会跑得无影无踪，害得姐姐四处寻找。我5岁那年的某个夏日，姐姐带我去河滩上拔兔草。姐姐在我家后院养了好多兔子，几乎每天都要去拔兔草。我们来到了河滩上，茫茫的野河滩上，野草茂盛。我和姐姐在一起拔草，野麦草，兔子最喜欢吃了。我们在河滩上寻找野麦草，连根拔起，抖掉根部的泥土，然后放进畚箕里。河滩上有很多野麦草，很快地，两个畚箕里就填满了野麦草。拔完草，姐姐就要到河边把野麦草洗干净，这样，回到家后，就可以直接给兔子吃了。姐姐疏忽了我，自顾自地洗草。我看到了一只花斑蝴蝶。那只花斑蝴蝶漂亮极了，深深地吸引住了我。我想捉住那只花斑蝴蝶，看它停落在一片草叶上，就蹑手蹑脚地走过去，屏住呼吸，伸出了脏兮兮的小手……我的手刚刚接近它，它就敏捷地飞了起来。花斑蝴蝶就那样飞一会儿，停一会儿，诱引我往另一个方向而去。花斑蝴蝶飞进了一片小树林，这是一片乌桕树林，乌桕树叶在阳光中散发出青涩的味道。进入小树林后，花斑蝴蝶不见了，我十分惆怅，它会飞到哪里去呢？就在我迷惘之际，一对男女出现在我面前，他们都穿着白色的衬衣，很干净的那种白色衬衣。他们和蔼地朝我微笑，那女的长得还挺好看的，蹲在我面前，亲切地对我说："哟，你这孩子长得好靓呀。"我说："你是谁？"女人笑着说："我是你爸爸的朋友。"我说："我怎么没有见过你们？"女人还是笑着说："你当然没有见过我咯，我都好几年没来唐镇了，刚才我见到你爸爸了，你爸爸说你在这里，我们就来找你了。"说着，她从裤兜里掏出一把大白兔奶糖。我对大白兔奶糖没有抵抗能力，吃了她的一颗大白兔奶糖，我就相信了他们。他们说要带我去城里玩，说是我父亲答应了他们，同意他们带我去的。那时，我竟然忘记了河边洗草的姐姐，鬼使神差地跟他们走了。姐姐洗完草，发现我不见了踪影。她慌乱地在河滩上寻找我，喊叫着我的名字。姐姐找遍了整个河滩，都没有找到我。她恐惧极了，心想我会不会在河边玩水，掉到河里，被湍急的河水冲走了。姐姐跑到河边，搜寻着我，她心急如焚，要是找不到我，那该怎么办？

就在姐姐绝望地站在河边，死的心都有了的时候，一个从镇子里来的人告诉姐姐，我差点被人贩子拐走了，姐姐才挑着那担野麦草，匆匆忙忙地赶回家。姐姐来到家门口，家门口围了很多人，七嘴八舌地议论什么。王二嫂看到姐姐，走到她面前说："婉榕，你怎么不看好弟弟，要不是有人发现，把你弟弟追回来，你弟弟就被人贩子带走了。"姐姐羞愧难当，低下了头。王二嫂又说："以后一定要看好弟弟，不能再发生这样的事情了，要是你弟弟没了，你爸会打死你的。我看你现在不要回家，你爸正在教训你弟呢，你到我家去躲会儿吧，等你爸气消了你再回去，你现在回去，难免要挨一顿毒打。"姐姐想，这一顿毒打是躲不过去的，她十分了解父亲的品性，所以，她没有听王二嫂的话，还是回了家。父亲见姐姐进了家门，撇下了我，把大门关上，将所有看热闹的人挡在了门外。他关上大门的那一瞬间，姐姐感觉到又一场灾难要落在她身上。果然，愤怒的父亲扑到姐姐身旁，一把抓住姐姐的头发，将她拖到后院，姐姐喊叫着："爸，我知道错了，放了我，求求你放了我——"我也跟在他们后面，哭着说："爸，放了姐姐，都是我的错，不怪姐姐，是我贪吃，才跟他们走的，求求你放过姐姐吧。"父亲根本就不理会我们的喊叫。姐姐的头被父亲不停地往枣树上撞,撞出了血,直至姐姐撞晕过去。姐姐瘫软地倒在枣树下,我大叫道:"爸,爸,你把姐姐撞死了。"父亲站在那里,一动不动,脸色煞白,过了好大一会儿,他才回过神来。父亲抱起姐姐,一瘸一拐地朝门外走去,他恐惧极了,真的以为姐姐死了。姐姐要是死了,他就是杀人凶手,我会恨他一辈子。我帮父亲打开门,几个邻居骂父亲心狠,并且帮着父亲把姐姐送往卫生院。

姐姐没死,她的命大,她被送到卫生院后,醒转过来。我站在姐姐的病床边,看着她悠悠地醒来,姐姐睁开眼睛,看到了泪流满面的我。她伸出手,我握住了姐姐冰凉而又柔软的手,喊了声:"姐姐——"姐姐的眼角渗出泪水,她微笑地对我说:"阿瑞,你没事就好,你没事就好。"我哽咽着说:"姐姐,都怪我,都怪我害你受罪。"姐姐说:"阿瑞,不怪你,是姐姐不好,姐姐粗心大意了,以后我会看好你的,不会再让你被坏人骗走了。"我说:"姐姐,我晓得我错了,再不会上当受骗了,我再不吃大白兔奶糖了。"姐姐说:"傻瓜,糖还是要吃的,但是记住,不要吃坏人的糖。等兔子出笼,姐姐把兔子卖了,给你买糖吃,买你最喜欢的大白兔奶糖,好吗?"我点了点头,哭出了声。姐姐说:"阿瑞,莫哭,莫哭,你哭我也要哭了。"我努力憋住,不让自己再哭出声,我不要姐姐哭,我不忍心看她流泪。

我希望姐姐一生都不要伤心,不要流泪。

那是我最淳朴的愿望,尽管往往事与愿违。

5

姐姐14岁的时候,就出落成一个美丽的姑娘了。14岁的姐姐在唐镇中学读初中,很多人说,姐姐是唐镇中学的校花,姐姐不以为然。我也会被姐姐的美丽打动,她柔美漆黑的长发、忧郁而纯净的丹凤眼、娇美的脸庞……都会照亮我的眼睛。有这样一个美丽的姐姐是我的福分,我为姐姐而骄傲，每当有人在我面前夸赞姐姐，我的心里就开出了花。姐姐喜欢花，特别喜欢栀子花，她在后院种了好几棵栀子花，栀子花开的时候，花香溢满了后院，我们家就充满了栀子花的芳香。

姐姐长大了，父亲也十分惊讶，惊讶于姐姐的美丽，惊讶之后，父亲也十分不安，为姐姐的美丽而不安。他常常自言自语："木秀于林，风必摧之。"那时我还小，领悟不到父亲此话的含义。渐渐地，父亲不像从前那样打骂姐姐了，但这不证明父亲就对姐姐好了，他只是换了种方式对姐姐施暴，那就是冷暴力，他基本上不和姐姐说话，就是偶尔说上一句，也是冷冰冰的挖苦讽刺，不光姐姐心里难受，我也受不了。我一直搞不清楚，父亲为什么要那样对待姐姐，仿佛姐姐不是他的亲生骨肉。姐姐也很少和父亲说话，他们没有交集，没有感情，有的是埋在各自内心的仇恨，莫名其妙的仇恨。上初中后，姐姐喜欢上了诗歌，她有时会把我叫到后院，在枣树下读诗给我听，读完后问我写得好不好，我除了夸赞，还是夸赞，姐姐的诗歌写得很美，像她人一样美。姐姐说："只要你喜欢，我就多写些，读给你听。"我开心极了，我喜欢和姐姐在一起，喜欢她读诗给我听，喜欢看她的笑脸，我不喜欢她愁眉苦脸的样子。只要她读完诗，在等待我表态时，脸上就会呈现羞涩的笑容。一次，她刚刚读完诗，父亲像幽魂般出现在后院，他冷冷地说："写几首破诗有什么用，也不能当饭吃，还想当诗人，做梦吧。"姐姐就不在后院读诗给我听了，她并没有因为父亲的冷嘲热讽而停止写诗，她写好了诗，会把我带到河边，在河边读诗给我听。那真是一段美好的时光，美丽的姐姐和美丽的诗，留在我记忆深处，不可磨灭。

在学校里她很少说话，没有什么好朋友，也没有时间去和朋友们玩耍。她经常在上课钟敲响的前一刻才急匆匆地冲进教室，一放学，她就跑出学校，回家忙碌。家里的活基本上由她承担了，我很担心这样会影响她的学习，她的成绩却出奇的好。我心疼姐姐，希望给她分担一些家务，她却不让我干任何事情，只要我好好读书。这个世界上，最心疼我的人就是姐姐，没有之一。无论怎么样，我还是会帮姐姐做些事情，比如去拔兔草，她还是养着很多兔子，她每年养兔子都有不少收入，一部分给父亲补贴家用,一部分存起来,她目光看得长远,说我们以后上大学要花很多的钱。

姐姐用她自己赚的钱买过一条花裙子和一件白衬衫。那是唐镇墟日时,城里的服装贩子到唐镇赶集,摆出服装摊子,姐姐在服装摊子上买的。我记得姐姐穿上花裙子和白衬衫时的模样。穿好后,她走出房间,红着脸问我:"阿瑞,你看姐姐这样穿,好看吗?"我愣住了,过了好大一会儿才说:"漂亮,太漂亮了。"姐姐脸上露出了微笑:"真的?"我使劲地点了点头,说:"漂亮,漂亮极了。"就在这时,父亲回家了,他看到姐姐,也愣了会儿,然后冷冷地说:"这衣服穿给谁看,不要引火烧身,到时后悔就来不及了。"姐姐没有在意他的话。我们一起去上学,姐姐和我走过小街时,吸引了许多火辣辣的目光。有人在我们身后感叹:"李跛子这个怂人,没想到女儿会这么出众。"

姐姐的美丽吸引了许多人的目光,其中一个人就是上官明亮。上官明亮比姐姐大两岁,也比姐姐高两级,读高一。那时的上官明亮长得还是十分帅气的,高高的个子,英俊的脸,一头乌黑的头发梳得整齐发亮。学校里很多女同学喜欢上官明亮,他不光人长得帅,而且很大方,花钱如流水,因为他父亲上官山炮是当时唐镇最有钱的人。上官山炮承包了一个采石场,十分赚钱,他只有上官明亮一个独子,所以什么事情都惯着他,不要说钱了,就是儿子要天上的星星,他也会想办法把星星摘下来。因为姐姐的那条花裙子,上官明亮喜欢上了姐姐。一天下午放学后,上官明亮在半路上堵住了姐姐。他微笑地对姐姐说:"李婉榕,你真美。"姐姐说:"你想干什么?"上官明亮说:"我想和你交朋友。"姐姐脸红了,说:"我现在不想和任何人交朋友。"上官明亮说:"可是我想和你交朋友。"姐姐说:"可是我不想,你以为你是谁呀,想和谁交朋友就和谁交朋友。"上官明亮用手摸了摸头发,说:"在唐镇中学,只要我想和谁交朋友,没有人会不乐意的。"姐姐倔强地说:"我就不乐意,让开,好狗不挡道。"上官明亮让开了道,看着姐姐走过去,他对着姐姐的背影说:"我一定会追到你的,一定会让你做我的女朋友的!"

那时，姐姐心里有什么事情，都会对我讲，不像后来，什么事情都对我保密，哪怕是天大的事情。回到家里，姐姐看父亲还没有回家，就把我拉到后院的枣树下，悄悄地说："不好了，上官明亮要我做他的女朋友。"我说："姐姐，你喜欢上官明亮吗？"姐姐摇了摇头，愁眉苦脸的样子。我说："姐姐，你不喜欢他，就不要答应他。"姐姐说："我当然没有答应他，在没有考上大学之前，我是不会和谁交朋友的，我一定要考上大学。可是，我怕他纠缠我。"我像个男子汉一样拍了拍胸脯，说："姐姐，你不要怕，我会保护你的。"姐姐笑了，眼中还是有些忧郁，她摸了摸我的头说："阿瑞，你要是我哥哥就好了，就可以保护我了。你保护不了我的，你自己还要我保护呢。放心吧，你不要担心，我自己会想办法的。"我倔强地说："姐姐，我一定能够保护你的！"

我用姐姐给我煮的一个鸡蛋从同学那里换来了一根钢锯条，我把锯条前面截出个斜面，在磨刀石上磨得锋利尖锐，用破布条缠住锯条后半段，当成手柄，自制了把刀子。我把自制的刀子放在书包里，心想，只要上官明亮敢欺负姐姐，我就用刀子捅他。每天早上，我和姐姐一起去上学，就会把手放进书包里，握紧刀子的手柄，一路上不停地左顾右盼，提防上官明亮对姐姐的突然袭击。放学后，我没有马上回家，而是到唐镇中学门口等待姐姐出来，和她一起回家，好在唐镇小学和唐镇中学紧挨在一起，我不用跑冤枉路。上官明亮不是傻瓜，对我们的提防一目了然，他不再在上学和放学的路上堵住姐姐。

上官明亮十分嚣张，他会在课间的时候去找姐姐，在姐姐面前死缠烂打。姐姐无奈，把他的行为告到班主任那里去了，班主任又把这事反映到校长那里去了，校长是个正直而又暴躁的老头，把上官明亮叫到办公室，好一顿臭骂。校长教训上官明亮之际，好多同学趴在校长办公室的窗户上看热闹。上官明亮低着头，忍受着校长的训斥。校长教训完后，就让他滚出了办公室。上官明亮灰溜溜地走出校长办公室，不一会儿又趾高气扬了，对那些冲着他嘻嘻哈哈的同学说："我一定要把李婉榕追到手，否则誓不为人！"

上官明亮换了种方法，自己不出马了，而是发动男同学轮番到姐姐面前替他当说客，企图说服姐姐做他的女朋友，给他当说客的同学每人可以拿到20元钱，如果谁要说服了姐姐，上官明亮会奖励他100元钱，那时候100元钱可以买多少粮食呀。那些男同学都被姐姐骂得灰头土脸，无计可施。见男同学无法说服姐姐，上官明亮还让一些女同学也加入了说客的行列。对付那些给上官明亮当说客的女同学，姐姐没有骂她们，而是根本就不理睬，半句话都没有回应，见姐姐态度冷漠，她们也无计可施。上官明亮的说客计划失败后，又想出了一个鬼主意，在学校里散布谣言，以逼姐姐就范。不几天，学校里流传着关于姐姐和上官明亮的故事，说姐姐其实喜欢上官明亮，只是不肯承认，而且摆架子，故意吊上官明亮的胃口。姐姐听到这个谣言，只是一笑置之，故事中的女主角都不以为然，这个谣言也不攻自破，随风飘散。上官明亮还是不死心，又想出了一个花招。他每天都给姐姐写一封求爱信，一连写了好几天，他以为用这个办法能够打动姐姐。姐姐把上官明亮写给她的求爱信用红笔标出了错别字以及语法的错误，并且在每封信上面写上一行字："就这水平还写情书，好好学习吧，别胡思乱想了。"姐姐把上官明亮的求爱信都贴在了学校的黑板报上，全校哗然。本来上官明亮骄傲得像只刚打鸣的公鸡，姐姐的这一招让他变成了霜打的茄子，蔫了。

  姐姐回家告诉我，说以后上官明亮应该不会再死缠烂打了，我还是不放心，而且担心上官明亮报复姐姐，毕竟姐姐让他在学校里丢了脸。姐姐比我乐观，她微笑地说："阿瑞，你放心吧，不会有事的。"

  我心想，但愿姐姐不会有事。

  父亲知道了上官明亮追求姐姐的事情，他十分恼火，对姐姐说："我现在管不了你了，你也有自己的尊严了，我不想说你什么，只是提醒你一句，你要是敢和上官明亮好，你就和我脱离父女关系，永远不要再踏进这个家门。"说话时，父亲明显是压抑着内心的怒火，他浑身颤抖。上官明亮是父亲仇人的儿子，父亲的腿就是上官明亮的父亲打断的，想到残疾的腿，他心里难以平静。姐姐说："我不会和任何人好，我只有一个目标，考上大学，离开唐镇，我有自己的向往。"

  父亲无语。

6

六月一日，是儿童节。那天阳光明媚，对姐姐而言，却是灾难日，这天让姐姐的生命蒙上了不可抹去的阴影。这是姐姐14岁那年的六月一日，姐姐已经过了过儿童节的年龄，而我那天却过得很快活，参加小学校里组织的活动，天快黑了才和父亲一起回家。我们以为姐姐在家里做好了饭，等我们回家吃呢，结果回家后，我们没有看到姐姐。父亲脸色阴沉下来，说："她会去哪里？"我跑到后院，没有发现姐姐，却看到盛开的栀子花突然全败了，栀子花的香味也消失殆尽。我心里涌起不祥的感觉，姐姐会不会发生什么事情？

天已经黑了，姐姐还没有回家。我拿起手电冲出了家门，我要去寻找姐姐。我来到了我家的菜地，没有发现姐姐。我想到了姐姐常去拔兔草的地方——野河滩。我跑出了唐镇，穿过一片田野，翻过河堤，来到了野河滩。茫茫的野河滩在夜色中显得诡秘恐怖。我壮着胆子走进野河滩，不停地喊叫："姐姐，姐姐，你在哪里，你在哪里——"那是我第一次寻找姐姐，心里焦虑万分。没有人回应我，只有河水的呜咽和远处乡镇的狗吠，我浑身发冷。我在野河滩上游荡，寻找着亲爱的姐姐，我的声音都喊哑了，也没有找到姐姐。姐姐会不会在那片小树林里？我朝小树林走过去。快走到小树林时，手电筒的光束落在了两只装满了野麦草的畚箕上，这是姐姐的东西，没错，是姐姐的东西，那么，她一定就在附近。我又大声喊叫："姐姐，你在哪里，姐姐，你在哪里——"还是没有人回答我，满天的繁星也不会回答我。我打着手电走进了小树林，闻到了浓郁的乌桕树青涩的味道。

我看到了姐姐，是的，我真切地看到了姐姐。姐姐坐在树与树之间的草地上，双手抱着曲起的双膝，头深深地埋在两腿之间，下身裸露，大腿上血迹斑斑，她的裤子和内裤被扔在一边。姐姐出事了，我的第一反应就是，姐姐出事了。我看不到她的脸，她是死是活我不清楚，姐姐血迹斑斑的大腿让我心惊肉跳。我扑过去，推了推姐姐的肩膀，喊叫道："姐姐，姐姐，你怎么了？姐姐，你别吓我呀，姐姐。"姐姐抬起头，她的头发蓬乱，脸色苍白，眼睛很红，积满了泪水。她突然抱住我，大哭起来。有风吹过，把姐姐凄惨的哭声传到远处。

姐姐被上官明亮强暴了。

事情的经过是这样的。下午，姐姐上完第二节课就放学了，那时天色尚早，才四点多。姐姐回家后，来到后院看了看，发现兔草快没了，决定先去野河滩拔兔草，然后再回家做饭。茫茫的野河滩上仿佛只有姐姐一个人，她听到了河水的呜咽，有点害怕，于是就唱起了山歌，给自己壮胆。姐姐想，要是弟弟在，她就不会害怕了。姐姐低着头，拔着野麦草，没有留意周遭的情况。有个人溜进野河滩，猫着腰，在草丛中穿行，向姐姐悄悄地临近，姐姐一无所知。这个人就是上官明亮，对姐姐，他还没有死心，其实，每天他都在暗中盯着姐姐，伺机行动。上官明亮躲在草丛中，注视着姐姐，眼睛里燃烧着烈火，好几次，他想豹子般一跃而起，把姐姐扑倒在地，可是，天上明晃晃的阳光让他心虚，让他下不了决心。太阳快要落山了，姐姐也拔好了兔草，准备回去了。姐姐突然尿急，于是，她把装满野麦草的畚箕和扁担放在草地上，然后钻进了小树林里。上官明亮也弯着腰，蹑手蹑脚地跟进了小树林，他躲在离姐姐最近的一棵乌桕树后面，偷窥姐姐撒尿。姐姐撒尿的声音激发了上官明亮心中的欲望，他眼中的烈火熊熊燃烧，无法扑灭。姐姐刚刚站起来，正要把裤子往上提，上官明亮从树后面闪出，猎豹般朝姐姐扑了过去。姐姐猝不及防，被上官明亮扑倒在地。上官明亮十分壮实，压在瘦弱的姐姐身上，姐姐有点喘不过气，她喊叫道："上官明亮，你想干什么，快滚开——"上官明亮用手捂住姐姐的嘴巴，喘着粗气，说："李婉榕，我就是喜欢你，就是要和你交朋友，你答应做我女朋友，我就起来。"姐姐说不出话来，只是使劲挣扎。姐姐越挣扎，上官明亮就越是紧紧地压着她，他的手触碰到了姐姐刚刚发育的乳房，他的欲望被彻底激发。姐姐不停地挣扎，双腿乱蹬，没有蹬掉身上的上官明亮，却把自己的裤子给蹬掉了。上官明亮低吼道："李婉榕，不管你答不答应，从今往后,你就是我上官明亮的人了。"……就那样,上官明亮强暴了姐姐。那时太阳刚刚西沉,上官明亮看到了姐姐下身鲜血淋漓,突然害怕了,站起来,穿好裤子,慌忙逃走。

我让姐姐穿上了裤子,姐姐无力地站起来,摇摇欲坠的样子,我扶住了她。我心如刀绞,咬着牙说:"姐姐,我要给你报仇!"这时,野河滩上出现了许多火把,很多人在喊着我和姐姐的名字,我听出来了,那喊叫声中有父亲的声音。我朝着他们大喊:"爸,我们在小树林里,爸,我们在小树林里——"他们找到了我们。我告诉他们,姐姐被上官明亮强暴了,很多人义愤填膺,这些人都是我的宗亲。父亲听了我的话却沉默了,他站在一旁,看着还没有绽放就凋零的姐姐,眼神十分复杂。一个中年宗亲背起姐姐离开了小树林,我跟在他后面,护着姐姐。其他人跟在我后面,朝小镇涌去。

姐姐被放在床上,两个同宗女人把我赶出了姐姐的房间,给姐姐换衣服,擦拭身体。男人们在厅堂里七嘴八舌,讨论着怎么替姐姐讨公道。我坐在自己房间的门槛上,瑟瑟发抖,怒火在我心中燃烧,仿佛要将9岁的我化为灰烬。脾气暴躁的人说要带人到上官山炮家,把上官明亮抓出来,活活打死;温和的人则建议报警,把上官明亮抓去坐牢;懦弱的人说,让上官山炮赔点钱算了,反正上官山炮有的是钱,况且他在唐镇的势力很大,连镇上的干部都让他三分,硬碰硬不一定有胜算。他们在吵吵时,有人说:"李瘸子呢,他跑哪里去了,婉榕是他女儿,他决定怎么样,我们就按他说的办,大家都不要争了。"就在这时,大家看到父亲挑着那两畚箕的野麦草,一瘸一拐地走进家门。他走进后院,然后走出了厅堂,貌似平静地对大家说:"大家回去吧,婉榕也回来了,劳神大家了。"父亲的话像冰冷的水,浇灭了大家的情绪,既然父亲都不把这当回事,大家也没有兴趣了,纷纷离开了我家。那脾气暴躁的宗亲临走时,对父亲说:"千万不能放过了上官明亮,他都骑在我们头上屙屎了,放过他,我们李家还有什么脸面!"

父亲沉默无语。

父亲的沉默无语让姐姐伤透了心,她本来以为父亲会给她出头的,无论如何,她是父亲的骨肉,他怎么能够当缩头乌龟!父亲的沉默也伤透了我的心,他在我心中的形象也彻底坍塌了。那两个女人安顿好姐姐,也走了。我端了一碗饭,在饭上面盖上一层青菜,进入了姐姐的卧房。姐姐眼巴巴地望着我,我说:"姐姐,吃点东西吧,放心,我一定会给你报仇,爹不管,我会管!"姐姐摇了摇头,然后闭上眼睛,泪水从她眼角挤了出来。姐姐心里一定很绝望。我把饭碗和筷子放在床头,站起身,默默地出了姐姐卧房的门。我来到自己的卧房,从书包里取出自制的尖刀,默默地走出了家门。父亲木讷地坐在厅堂里,一声不吭地看着我走出家门,无动于衷。

热血在我体内沸腾,在燃烧,要将我9岁的身体烧成灰烬。我在镇街上踽踽而行,旁若无人地朝上官山炮家里走去。我还没有走到上官山炮家,就看到两个警察押着上官明亮迎面而来。他们后面跟着不少人,有人举着火把,举着火把的是我那脾气暴躁的宗亲,他气不过,跑到派出所报了警。看到上官明亮,我大喊了一声:"王八蛋,我杀了你!"可是,我还没有冲到他跟前,就被一双有力的手抱住了,他说:"阿瑞,别乱来。"抱住我的是父亲,我挣扎着,说:"放开我,我要杀了他。"父亲死死抱着我,我就那样眼睁睁地看着上官明亮从我面前经过,他似乎蔑视地瞧了我一眼,那一刻,我是多么地无力,多么地绝望,多么地恨我父亲,他以前凶狠地打姐姐的劲头哪里去了,他还有点男人的血性吗?他只会在家里对自己的亲人耍狠,在外人面前,却是个龟孙子,这样的父亲有什么用!

7

姐姐在床上躺了三天三夜,三天三夜,她不吃不喝。这三天里,家里来了两拨人,一拨是派出所的警察,来调查取证的;另外一拨是上官山炮,他带了镇上的几个有头有脸的人来和父亲谈判,希望能够私了。父亲见到仇人,没有轰他走,反而两腿打颤,什么话都不说。上官山炮留下了一篮子鸡蛋，说是给姐姐补身体，还说需要多少钱，让父亲想好了对他说。父亲一直没有碰放在桌子上的那篮子鸡蛋，也没有去找过上官山炮。

三天三夜后，姐姐从床上爬起来，对我说："阿瑞，我饿。"听到姐姐喊饿，我赶紧到厨房煎了两个荷包蛋，放在饭上面，端进房。姐姐接过饭碗，狼吞虎咽地吃起来。她眼中已经没有了眼泪，脸上也没有了痛苦，这三天三夜，姐姐的内心经历了什么样的折磨，是什么让她平静下来，我无法想象。姐姐吃完饭，对我说："阿瑞，听姐姐一句话，以后不要替我报仇了。"我没有答应她，也没有表态。姐姐说："阿瑞，你一定要答应我，不要替我报仇了。"我默默地站起身，走了出去。父亲仿佛苍老了许多，他站在厅堂里，欲言又止的样子。我没有理他，要知道，那时我心里有多瞧不起他。

姐姐换了身干净的衣服，梳好头，走出了房间。她手中拿着那条花裙子和那件白衬衫。她的目光落在桌子上的那篮子鸡蛋上，她冷笑了一声，提起那篮子鸡蛋，走到大门口，扔掉了那篮子鸡蛋，那些鸡蛋落在地上，有的碎了，没碎的在鹅卵石街面上滚动。姐姐面无表情地走到后院，划了根火柴，把那花裙子点燃，烧了；烧完花裙子，她又将白衬衫点燃，烧成灰烬。后院的那几棵栀子花枯萎了，姐姐一并也将枯萎的栀子花烧了，整个后院，充满了难闻的焦糊味。接着，姐姐将野麦草放进兔窝里，给兔子吃，姐姐木然地凝视着吃草的兔子，一动不动。

姐姐重新回到学校读书去了，仿佛什么事情都没有发生过。

上官明亮被学校开除了，校长说他是害群之马。上官明亮没有被判刑，因为他是未成年人，只是被送到少管所去了，成了一个少年犯。上官明亮被送去少管所后，镇上有了许多传闻。有人说，是姐姐故意勾引上官明亮的；有人说，父亲为了报上官山炮打断腿之仇，让女儿使出了苦肉计，把他儿子送进了少管所，断送了他儿子的前程，上官明亮可是他的独子，父亲这一招狠毒……对于各种流言蜚语，姐姐一概不理会，自己该读书就读书，该干活就干活，姐姐还让我不要受到影响，要好好读书，以后考上大学，离开唐镇，离开家。姐姐变得少言寡语了。

我心里还是想着，要给姐姐报仇。

……

上官明亮在少管所待了几年，回到了唐镇。他几乎变了一个人，那头乌黑的头发没有了，变成了光头，脸也变黑了，胡子也长得浓密了，眼睛里没有了过去的生气，变得阴暗了，身体也结实多了，看上去就像一座小山。他像一条鼍狗，在唐镇窜来窜去，惹是生非，经常和镇上那些流氓打架，他打架没有吃亏的时候，下手还特别狠，唐镇人都惧怕他。上官明亮不但和镇上的流氓打架，还和他父亲上官山炮斗狠。他回唐镇后，上官山炮让他去采石场当监工，以后就把采石场交给他管理。上官明亮死活不去，还嘲笑上官山炮："赚那么多钱有鸟用，连李婉榕都瞧不起我。"上官山炮说："天下好姑娘多得是，你为什么就要在李婉榕这棵树上吊死？"上官明亮说："我偏就要在她这棵树上吊死，其他姑娘再好又怎么样，关我鸟事！"上官山炮气得发抖，扬手给了他一耳光，上官明亮也不示弱，反手给了上官山炮一巴掌。上官山炮气坏了，他活了那么多年，只有打人的份，谁敢碰他一指头，到头来，竟然给儿子打了。他扑过去，和上官明亮扭打在一起。这对父子冤家从家里一直打到家门外，他们在镇街上扭打，吸引了许多看热闹的人。最后，上官明亮把他爹压在身下，掐住他爹的脖子，要不是被人及时拖住，上官山炮就一命呜呼了。从那以后，他们父子就变成了仇人，老死不相往来。

上官明亮连自己父亲都敢打，已经没有了人性，没有人性的人鬼都怕，唐镇人提起他就恐惧，见到他都躲着走，有人还拿他来吓小孩："你再哭，再哭上官明亮来揍你了。"小孩听到上官明亮的名字，马上就不哭了。整个唐镇，也许只有姐姐和我不怕上官明亮，父亲吓得要死，老是提醒我们要小心他。我和姐姐都把父亲的话当耳边风，父亲在我们心里早就名存实亡。那时，我已经长成了少年，也读初中了，姐姐则读高三了，过几个月就要参加高考了。我很担心姐姐，害怕上官明亮会害姐姐，这是姐姐关键的时刻，如果受到影响，考不上大学，姐姐就白白忍辱负重了这么多年，她一直期待着有那么一天，能够考上大学，离开唐镇，离开家。姐姐让我不要怕，她不会受他影响的，还让我不要

237

去碰他，说我打不过他，现在和他较劲是鸡蛋碰石头。我不怕，哪怕我是鸡蛋，我也要去碰他这块又臭又硬的石头。我没有忘记要给姐姐报仇。可是，我必须等姐姐上大学后再给她报仇，如果现在找上官明亮报仇，会影响姐姐考大学，我不想牺牲姐姐的前程，那对她很重要。为了保护姐姐，我每天上学放学都和姐姐在一起，书包里还藏着自制的刀子，我相信它能够刺进上官明亮的心脏。

上官明亮根本就不把我放在眼里，这让我十分愤怒。

上官明亮很明显还在打姐姐的主意。他有时就站在我家门口，等我们出门后，就死皮赖脸地对姐姐说："李婉榕，你就嫁给我吧，反正你早就是我的人了。"我气得发抖，脑袋一热，掏出刀子就要冲上去，姐姐抱住了我，她在我耳边低声说："阿瑞，你傻瓜呀，我都不生气，你生什么气，你和他拼命，值得吗，他是什么东西，我们要争气，但不是和他这样的烂人赌气斗狠，我们要好好读书，考上大学，离开这地方。"我只好收起了刀子，忍耐，我必须忍耐。上官明亮见我收起了刀子，挑衅地说："来呀，有种过来找我拼命呀，我就要娶你姐姐做老婆，我这辈子非你姐姐不娶了！"姐姐拉起我就走，姐姐说："不要理他，你越理他，他就越来劲，我们不理他，他连狗都不如。"我说："可他是条疯狗，我们不理他，他也要咬我们的。"姐姐说："他还没有疯，放心，他不敢。"

不知道是不是上官明亮威胁了父亲，他竟然帮上官明亮说话，要姐姐嫁给他。姐姐差点一口血吐出来，喷到父亲的脸上。我也气愤地说："你还是我们的爸爸吗，说出这样无耻的话。"父亲沉默了，越来越苍老的他活得连尊严都没有了。姐姐对我说："阿瑞，不要恨爸，他以前不是这样的人，是文革时把他斗怕了，打怕了。"这是母亲死前对姐姐说的话，如今姐姐对我说。姐姐说她想念母亲了，就拿出母亲和她合影的黑白照片，我们一起看。我没有见过母亲，看着母亲的照片，我可以感受到她的慈爱，就像真切地感受到姐姐的慈爱，很多时候，我把姐姐当成了母亲。

上官明亮真的疯了。

那天下午放学后，我和姐姐走出校门。上官明亮就在校门口等着姐姐。我们都没有防备，他就扑向姐姐，抱住了姐姐。我拔出了刀子，他冷笑地说："过来呀，过来捅死我呀。"姐姐喊道："阿瑞，不要过来。"上官明亮一只手抱住姐姐，另外一只手撸起上衣，他的肚子上捆着几根绑在一起的雷管，他撸起衣服的那只手还拿着打火机。他打着了火，说："李瑞，你过来呀，你过来连你一块炸死。"我吓坏了，没想到他会如此狠毒。他又对姐姐说："只要你答应嫁给我，我就放了你，否则我们同归于尽，到阴间结婚。"姐姐突然喊叫道："你炸呀，炸死我呀，我也活够了，早就不想活了，我就是死了也不会嫁给你的。"上官明亮说："这是你的心里话？"姐姐说："是，是我心里话。"上官明亮绝望了，点燃了雷管的引线。我喊叫着："姐姐，姐姐——"姐姐说："阿瑞，别过来，我死了，你要照顾好爸，他这一生不容易。"就在这时，上官明亮放开了姐姐，朝路边的池塘跳了下去。他在最后一刻改变了主意，不想和姐姐同归于尽了，才跳进了池塘。他以为跳进池塘就没事了，结果，雷管还是爆炸了。一声巨响过后，池塘里冲起一股水柱，水柱落下去后，水面上漂浮着许多死鱼，上官明亮在水中扑腾着，大喊救命。他没有被炸死，只是肚子炸了个窟窿。他被人从池塘里捞起来，送到医院救回了一条命。

姐姐认定上官明亮是疯子，我们都躲着他。上官明亮在唐镇消失了一段时间，那段时间唐镇十分平静，我却提心吊胆，生怕他会突然出现，做出对姐姐不利的事情来。我的刀子不离身，我要保护好姐姐，尽管我清楚，我保护不了姐姐。就在姐姐高考前一周的那个黄昏，家里没有盐了，姐姐让我去买盐。出门时，我把刀子放进裤兜里，我时刻提防上官明亮。我拿着盐巴走回到家门口时，上官明亮鬼魂般出现在我面前。我掏出了刀子，他朝我逼过来，冷笑着说："就你手中的刀子能够把我杀死？来呀，来捅我呀。"我边往后退，边说："你不要逼我。"他说："老子就逼你，怎么了，你能把我怎么样？能把我的屌咬掉？"我气坏了，不想退缩了，我想一了百了，紧握刀柄朝他扑过去。他眼疾手快地抓住了我的手腕，他的力气很大，我根本就不是他的对手，他夺

239

去了我手中的刀子，然后把我打倒在地，膝盖顶在我胸膛上，刀子放在我脖子上，他说："只要我动一下，就可以割破你的动脉血管。"有人进屋告诉我姐姐，说上官明亮要杀我。姐姐跑出来，她没有喊叫，没有惊惶，而是冷静地对上官明亮说："上官明亮，你起来，我有话对你说。"姐姐的话对他来说有巨大的魔力，他放开了我，把刀子扔在地上，跟着姐姐走了。姐姐把他带到一个街角，对他说了通话，上官明亮连连点头，然后转身走了。姐姐回到我身边，关切地问："阿瑞，他没有伤害到你吧？"我摇了摇头，说："你和他说了些什么？"姐姐没有回答我，而是把我拉回了家里，进门后她才说："阿瑞，你答应我，再不要找他斗狠了，他已经答应我，再也不会找我们的麻烦了。"姐姐一直没有告诉我，那天她和上官明亮说了些什么，直到她死，也没有告诉我。

……

8

胡丽的脚踝根本就走不了路了。强巴把她抱上了骡马，然后牵着胡丽骑的那匹骡马往回走。姐姐被白麻布裹着的遗体被捆绑在骡马上，这是强巴的那匹骡马，宋海波牵着这匹骡马走在中间。我还是骑着我的骡马，走在最后。我们一路翻山越岭，走了两天才回到白马村。这两天都没有下雨，也许是老天怜悯我们。

我无法把姐姐带回家乡，我想，那片向阳的山坡是姐姐最好的归宿，这里远离喧嚣的尘世，还有神山守护，姐姐的灵魂会得到安息。我们决定把姐姐埋在那棵雪松下。安葬姐姐的那天是个晴朗的日子，阳光灿烂，天空蔚蓝。白马村小的校长请来了附近寺庙里的活佛和喇嘛，给姐姐诵经。白马村的村民和村小的所有师生都来给姐姐送葬，他们有的摇着转经筒，有的手拿念珠，有的双手合十，神情肃穆，和僧人们一起诵经。胡丽把王杰和张冲也叫来了。强巴和宋海波在雪松下挖了一个坑，我和王杰抬着姐姐白麻布紧裹的遗体，轻轻地放进了挖好的坑里。

我把姐姐遗物——两大本日记、老式手提电脑、帆布背包，放在了姐姐身边，我不想带走这些东西，要它们继续陪伴姐姐。我不会带走姐姐的任何一件遗物，姐姐永远在我心里，我没有必要用她的遗物来提醒自己还有个姐姐，我不可能将她遗忘。胡丽手上拿着姐姐生前一直没有丢弃的那个小布娃娃，她想将它留下来，做个纪念，我同意了。可是，就在我们埋葬姐姐时，泪流满面的胡丽还是把小布娃娃扔进了坟墓，和姐姐一起被埋葬。

我们在姐姐的坟墓前立了块石头墓碑，墓碑上写着：李婉榕之墓（1973-2009）。姐姐生于1973年10月5日，卒于2009年4月6日，享年36岁。墓碑是宋海波雕刻的，上面的字也是他雕刻的。宋海波一直在流泪，忏悔，他不停地说，是他害死了姐姐。这是个可怜的男人，我相信他真爱姐姐，也许，他一生都会背负着沉重的心理压力，不能解脱。我希望他能够忘记姐姐，希望他能够快乐地活着，人生短暂，他不应该痛苦一生，这样对他不公平。我想，姐姐如果地下有知，也不会想让宋海波痛苦，不会希望我们活着的每个人都活在痛苦之中，她会希望我们都快乐地活着。

安葬完姐姐，活佛、喇嘛、村民、师生都离开了，只剩下我、胡丽、宋海波、王杰、张冲几个人。王杰伤感地说："一切都像一场梦，我到现在，还觉得婉榕还活着，没觉得她已经走了。"胡丽说："姐姐活在我们心里。"张冲说："生和死，只是一口气的距离。"宋海波没有说话，他背对着姐姐的坟墓，看着层层叠叠的远山，浑身抽搐。我也没有说话，我脑海里一片空茫。

王杰弹起吉他，唱起了姐姐最喜欢的那首歌：

风起了雨下了

荞叶落了

树叶黄了

春去秋来

心绪起伏

时光流转
岁月沧桑
不要怕不要怕
无论严寒或酷暑
不要怕不要怕
无论伤痛或苦难
不要怕不要怕
……

王杰略带沙哑的歌声在姐姐的墓园里飘荡，随着高原的风，传得很远。姐姐应该不会寂寞，至少还有歌声陪着她。我想，每年我都会来看姐姐，哪怕在姐姐的墓园里坐上一会儿，哪怕和姐姐只说一句话，对她的灵魂也是慰藉，对我自己的心灵，同样是慰藉。

9

我依依不舍地告别了胡丽他们，离开了香格里拉。这个美丽的地方将会让我梦魂牵萦。如果没有老婆黄七月，如果没有女儿李雪花，也许我会留在这里，可以经常去看姐姐，可以陪伴孤独的胡丽，她也是我姐姐，我害怕有一天胡丽也没了，我同样会悲恸欲绝。她和姐姐一样，都是悲苦的女人，都希望获得真正的爱和安慰，在没有慰藉的人生中，她们只能自己舔着伤口，用寂寞和忍耐，用炉火，温暖破碎的心灵。

我担忧胡丽，又特别想念老婆孩子，内心充满了矛盾。

我们每天都活在矛盾之中，活在生与死的悖论之中。

从昆明回福建的火车上，我在报纸上看到了一则新闻故事。新闻故事的标题十分奇怪：盗贼的玫瑰花。这是个离奇的故事，却真实地发生在上海。故事的主人公是个盗贼，他会在夜深人静时潜入单身女人家里偷盗财物，如果被盗的单身女人长得漂亮，他就会追求她。盗贼追求女人的手段，就是每天给她送一束玫瑰花。就是这简单的一招，就有女人上当。几年来，每年都有女人被他玩弄。走的夜路多了，自然会碰到鬼，他不会一直很幸运，他最后一次用玫瑰花对一个单身女人展开攻势时，这个女人报警抓住了他。盗贼家有妻儿，为了减轻罪罚，他把自己做过的一切都对警察招供了。他说他最难过的，是玩弄了一个外地女子，还差点丢了自己的命。外地女子发现自己上当受骗，捅了他一刀，因为盗贼的心脏长歪了，那一刀没有刺中他的心脏，让他逃过了一劫。他没有吸取教训，好了伤疤忘了痛，还是色心不死，继续用玫瑰花骗取单身女性的信任，最终还是被抓。

看完这个新闻故事，我还在感叹世间什么人都有，还没有想到什么。当我无聊地看第二遍时，盗贼的名字让我大吃一惊，这个盗贼竟然名叫吴晓钢，这不就是欺骗姐姐，害死姐姐孩子的吴晓钢吗！尽管故事里没有说外乡女子怀上了他的孩子，是他害死自己的骨肉才挨了外乡女子一刀的事实，我还是确定，故事中的外乡女子就是姐姐，他就是姐姐遇到的那个吴晓钢。姐姐在死前的那段时间，还为自己是个杀人者而忏悔，可怜的姐姐到死还认为自己是个杀人犯，没想到吴晓钢还在人间继续作恶。我心潮起伏，难以平静。我把那张报纸藏了起来，等到来年，我要把这张报纸在姐姐坟前和纸钱一起焚烧，要她知道吴晓钢根本就没有死，让她的灵魂能够真正地安息。

10

当汽车驶入唐镇地界时，我望着熟悉的群山、原野，这一草一木透露出亲切之情。我离开唐镇才一个多月，却仿佛离开了多年，心情十分激动。我想起姐姐，姐姐离家那么多年，只在我结婚那年回来过一次，在她短暂而漫长的漂泊生涯中，她是不是也对家乡充满了痛苦的思念，是不是对家乡的一草一木都记忆犹新？我迫切地想见到黄七月和女儿，心里说，汽车呀，你跑快点，我要马上见到她们。在回归的途中，我给黄七月打过无数次电话，她就是不接，而且也没有新手机消息发给我，她是不是以为我死了？或者是她对我绝望了，心死了？我从来没有如此渴望见到她们，从来没有如此想念她们，她们的音容笑貌不停地在我眼前浮现。

汽车终于开进了唐镇汽车站。我焦虑地站起来，提着行李下了车。我的心十分不安，无法想象见到妻子女儿后，会发生什么样的事情。我脚步沉重，走出汽车站大门时，我环顾了四周，没有看到亲人的身影，却发现了上官明亮。他站在一个水果摊旁边，和卖水果的女人说着什么，面无表情。他看到我的时候，脸色顿时生动起来，他朝我跑过来，挡住我的去路。他焦急地说："你终于回来了，终于回来了。"我回不回来，关他什么事情？他激动什么？我冷冷地说："让开，我不想看到你。"在我心里，上官明亮一直是我的仇人，我没有杀掉他，心里一直觉得对不起姐姐。现在我不会杀他，未来也不会，我不会为了杀他而陪上自己的性命，我要为值得的亲人而活，好好地活着。上官明亮没有走开，他近乎哀求道："阿瑞，我晓得你这次出远门，是去寻找你姐姐。我只想问你一个问题，你姐姐现在在哪里，她过得好吗？"我瞪着他，他的头发全白了，我走时，他的头发都没有白，怎么在短短的一个多月里头发就全白了呢？上官明亮显得落寞和憔悴，早已经没有了从前的飞扬跋扈。他现在是个穷光蛋，一文不值的穷光蛋。他父亲上官山炮没有把家产留给他，而且都败光了。早些年，上官山炮是赚了不少钱，后来因为一次事故，开山放炮时炸死了几个人，积攒的钱都赔得差不多了，他就关掉了采石场。上官山炮关掉采石场后，就没有了收入，加上他嗜赌如命，连房子也卖掉了，家产败得精光，不久，他就死于一次醉酒。他到邻村的一个朋友家喝酒，喝醉后在回家的路上从小木桥上掉落，淹死在水中，其实那时是枯水季节，河水很浅，上官山炮淹死在浅水之中，这个结局，唐镇人都没有料想到。

我盯着上官明亮的眼睛，他眼睛里早没了凶狠的神色，像垂死的野狗，哀伤而恐惧。我说："没错，我是去寻找姐姐了。"他迫切地问："她在哪里，她怎么样了？"我抑制住内心的伤感和愤怒，冷漠地说：

"我姐姐死了,死了,再也不会回来了。"

上官明亮呆呆地站在那里,什么话也说不出来。

我没有再说什么,默默地和他擦身而过。此时,我只有一个强烈的愿望,回家!

我走出好长一段路,上官明亮追了上来。他跟在我身后说:"她不会死的,她不会死的,我昨晚还梦见她了,梦见她和你一起回来,还让我到车站接她。她不会死的,不会死的!你在骗我,骗我——"

我没理他,继续走我的路。

上官明亮还是跟在我身后,不停地说姐姐不会死,说我骗他,还说他要等姐姐回来,和他结婚。我突然掉转头,吼叫道:"放狗屁,臭流氓,你有什么资格说这样的话,姐姐和你有什么关系!我告诉你,姐姐死了,死了!姐姐再不会受苦受难了,再不会被伤害了,你也该死心了!"

上官明亮一生未娶,他说他一直在等待姐姐,因为姐姐曾经答应过他,大学毕业后会回来和他结婚的。我不相信他说的鬼话,可是,他说出了一个真相。他悲哀地说:"你还记得当年我把你按倒在地,用从你手中夺过来的刀子威胁你姐姐,扬言要杀你的事情吗?你一定记得,不过,你不晓得当时你姐姐把我叫走后,和我说了些什么。她是这样对我说的:'上官明亮,我晓得你喜欢我,真心地喜欢我,我答应你,等我考上大学,大学毕业后,就会回来和你结婚,和你白头到老。但是有个条件,无论我弟弟怎么对你,你都不能伤害他,也不能再逼我了。你同意吗?'我怀疑她的话,要她发誓,她真的发了毒誓,说,如果不回来和我结婚,她就做短命鬼。我相信了她的话,一直等着她回来。"

我终于明白了姐姐当初和他说的话,我一直心存疑虑,想破了脑袋也想不到姐姐到底对他说了些什么,他才放过姐姐的。原来是这样,姐姐为了让自己安心考大学,为了我的安全,竟然对他说了这样的话语。姐姐欺骗了上官明亮,姐姐的谎言让上官明亮等待了那么多年,等来的却是姐姐的死讯。我突然有点同情这个男人,我把他撇在那里,默默地转身,朝家的方向走去。

不一会儿,我听到了上官明亮撕心裂肺的哀嚎:"你不会死的,不

245

会死的,你骗我,你们都在骗我,骗我——"

我穿过小镇的老街,来到了家门口。小镇的老街还是鹅卵石铺成的街面,小街两旁都是些老房子,很多老房子已经破败,没有人居住了,很多人家都在唐镇新规划的住宅区建了新楼房,搬离了老街。老街的住户越来越少,异常的冷清。我们一家还住在老屋里,老屋有两百多年的历史,姐姐在这里住过,父亲母亲在这里住过,爷爷奶奶在这里住过,曾祖父曾祖母也在这里住过……我一直想让老婆女儿住上新楼房,却没有如愿。我提着行李,站在家门口,看着斑驳的、紧闭的杉木门,心情复杂而激动。

黄七月和女儿李雪花在不在家?

我伸出手,推了推家门,家门反闩着,我敲了敲门。不一会儿,我听到了细碎的脚步声,这脚步声是那么的熟悉,那么的亲切,这是黄七月的脚步声。脚步声停了下来,杉木门"吱呀"一声,打开了。黄七月苍白的脸出现在我眼前。她的目光里充满了仇恨和愤懑。我朝她尴尬地笑了笑,嗫嚅地说:"我回来了。"此时,我就像是个做错事离家出走后突然回来的孩子,等待着黄七月的惩罚。

黄七月冷冷地说:"你还回来干什么?这里已经不是你的家了,你走吧。"

我赔着笑脸说:"七月,你听我解释,好吗?"

黄七月说:"没有什么好说的了,我们的日子过到头了,这些日子我也想清楚了,我们只剩下离婚这条道可走了。"

我说:"七月,你让我进屋,听我把话说完,我说完后,你如果还是觉得要和我离婚,我就成全你,和你到民政打离婚证。"

她看了我一会儿,说:"进来吧。"

踏入家门,我看到了女儿李雪花。她坐在天井边的小板凳上吃枇杷,下巴和小脸蛋上沾满了黏黏的汁液和果肉,她注视着我,无动于衷,仿佛我是陌生人。我叫道:"雪花,雪花,爸爸回来了——"她还是那样漠然地看着我,无动于衷。我的心被她的表情刺痛了,有种流泪的冲动。我想起了父亲和姐姐,当初,姐姐是不是也这样漠然地看着父亲？我放下行李，走过去，说："乖女儿，我是爸爸呀，你难道不认识爸爸了？"李雪花突然说："妈妈说，爸爸死了。"我说："爸爸没死，爸爸这不回来了吗。"我伸出手要抱他，她站起来，飞快地跑到黄七月后面，抓住黄七月的裤子，说："妈妈，我怕。"黄七月说："雪花不怕，妈妈在，不会有人伤害你的。"

晚上，黄七月把李雪花哄睡后，走出房间，关上房门，对坐在厅堂桌子边的我说："你有什么话就赶紧说吧，明天我还要上课，我不像你，可以抛下工作，抛下家，抛下妻儿，到处游山逛水。"我委屈地说："我没有去游山逛水，真的没有，是姐姐死了，我去找她的遗体。"黄七月睁大眼睛："她死了？"我沉重地点了点头，然后开始讲述寻找姐姐的事情，也对她讲了许多关于姐姐的故事。也许这是我有生以来说得最多的一次，说到深夜。我用平静的语气讲述姐姐的故事，一直讲到回来碰到上官明亮，以及他说的关于姐姐的话。黄七月虽说以前对姐姐有看法，可她在我讲述的过程中，不停地用纸巾擦拭眼中流出的泪水。我讲完后，黄七月已经哭成了泪人，她用手捶着我的臂膀，哽咽地说："你这混蛋，为什么不告诉我，为什么打你电话也不接，为什么发消息你也不回，为什么要让我伤心，让我绝望？"我抱着黄七月，抚摸着她的背，轻声说："对不起，七月，我错了，我应该一开始就告诉你的，我错了，原谅我。我现在明白了，什么是最重要的，什么是最值得我珍视的。那就是你和女儿，是这个家，我不会再离开你们，不会！我要奋发图强，要给你们幸福的生活，要给你们造新屋。"黄七月说："我们不要什么新屋，这老屋住得也很舒服，我只要我们一家人开开心心地在一起，哪怕生活平平淡淡，也是幸福的。"我紧紧地抱住她，心里无比踏实。

我们走进房间，我站在床头，看着熟睡的女儿那稚嫩的红扑扑的小脸蛋，眼睛湿了，女儿让我想起了苦难的姐姐，想到了父亲。人生下来是无辜的，凭什么受穷，凭什么受欺负，凭什么要受到伤害？我不能像父亲伤害姐姐那样，我不能伤害女儿，我不希望女儿长大后变成另外一个姐姐，首先要从我自己做起。没有父爱的孩子，心里会有阴影，会影响她的性格，影响她的一生。父亲临终前是多么的悔恨，悔恨当初那样对待姐姐，他的悔恨已经晚了，姐姐的一切都无可挽回，人不能重新再活一次，世上也没有后悔药可买。父亲最悔恨的，不是童年时对姐姐的暴戾，也不是姐姐被强暴后的软弱，而是姐姐考上大学后对姐姐的不支持，他没有给姐姐一分钱，姐姐当年是不辞而别的。我凝视着女儿，伸出颤抖的手，轻轻地摸了摸她的小脸，心里说："孩子，爸爸会用心呵护你，让你健康成长，无论你的未来怎么样，爸爸都会尊重你，给你爱，也给你自由。"

11

我回唐镇的第二天早上，有个捕蛇人在野河滩的树林里，发现上官明亮吊死在一棵乌桕树上。那就是他当年强暴姐姐的地方，当年小树林里的树都长大了，粗壮的躯干、弯曲的枝桠可以吊死人了。有人说，上官明亮在家里嚎叫了一夜，天蒙蒙亮时，他的嚎叫声消失了。有早起的人看到他孤独地走出小镇，朝河滩的方向走去。没有人料到他会上吊自杀，只有我才知道他为什么要去死，因为姐姐死了，他的等待已经没有了意义。上官明亮对姐姐的强暴影响了姐姐一生，最后，也是姐姐的谎言要了他的命，他的一生充满了痛苦，充满了等待的焦虑。上官明亮充满希望却又无望的生命，在这个露水味很浓的早晨结束，树林里的鸟儿开始欢快地鸣叫，开始新一天的生活。

2013年4月23日完稿于上海家中